Das Blut der Nibelungen

BERND FRENZ

PANINI BOOKS

Bibliografische Information der Deutschen Nationalbibliothek
Die Deutsche Nationalbibliothek verzeichnet diese Publikation in der Deutschen Nationalbibliografie; detaillierte bibliografische Daten sind im Internet über http://dnb.d-nb.de abrufbar.

Dieses Buch wurde auf chlorfreiem, umweltfreundlich hergestelltem Papier gedruckt.
In neuer Rechtschreibung.

„Das Blut der Nibelungen" von Bernd Frenz

Lektorat: Caspar D. Friedrich, Sonja Gebauer
Redaktion: Mathias Ulinski, Holger Wiest
Chefredaktion: Jo Löffler
Umschlaggestaltung: tab indivisuell, Stuttgart
Titelillustration: Jürgen Speh
Satz: John Campbell
Druck: GGP Media GmbH, Pößneck
Printed in Germany

ISBN 978-3-8332-2255-9
1. Auflage, Oktober 2011

www.paninicomics.de

Einige Worte zur Erklärung

Es war wohl im Frühsommer letzten Jahres, als bei Bauarbeiten in einem Kloster eine alte Mauer beschädigt wurde. Die genaueren Umstände sind mir nicht bekannt, ich weiß nur, dass dabei mehrere Steine aus einer Wand herausgebrochen wurden. Hinter einem der geborstenen Quader befand sich ein Hohlraum, in dem eine eiserne Schatulle verborgen lag. Zur Enttäuschung der Handwerker enthielt sie keinen Schatz, der sich leicht zu Geld hätte machen lassen, sondern nur einen vergilbten Papierstoß, der dort viele Jahrhunderte überdauert haben musste.

Bevor die Maurer den Schaden heimlich wieder instand setzten, nahm einer von ihnen den merkwürdigen Fund an sich. Und da er wusste, dass ich mich für alte Schriften interessiere, gingen die Pergamente gegen die Zahlung einer geringen Summe in meinen Besitz über. Nachdem ich einige Seiten der handschriftlichen Aufzeichnungen gelesen hatte, glaubte ich zunächst, eine – wenn auch geschickt angefertigte – Fälschung vor mir zu haben. Doch je länger ich mich mit dem Text beschäftigte, desto klarer wurde mir, dass ich eine echte Sensation in Händen hielt: eine bis dato unbekannte Quelle, die die wahren Ursprünge des Nibelungenliedes offenbarte.

Natürlich habe ich sofort Kontakt zu einigen Historikern aufgenommen. Doch bereits der Versuch, ihnen den Inhalt des Manuskriptes stichwortartig zu schildern, machte mir klar, dass sie den

Bericht des Mönches Konrad bestenfalls als weinselige Kuriosität eines mittelalterlichen Fantasten abtaten. Und dass seine Aufzeichnungen, gerieten sie in die Hände der Wissenschaft, ernsthaft Gefahr liefen, in den Tiefen der Museumsarchive zu verschwinden.

Aus diesem Grunde habe ich mich entschlossen, den Text auf eigene Faust in eine moderne Sprache zu übertragen und so der Allgemeinheit zugänglich zu machen. Dabei ging es vor allem darum, gewisse altertümliche Formulierungen zu glätten, die heute niemand mehr verstehen würde.

Der Kern der Geschichte blieb jedoch unangetastet.

Wenn Sie das vor Ihnen liegende Buch lesen, sollten Sie daher eines bedenken: So unglaublich Ihnen einige der darin geschilderten Ereignisse auch erscheinen mögen, jedes einzelne Wort davon ist wahr …

Vorspiel

Bruder Konrads größte Schwäche war es, dass er seine Gefühle nicht im Zaum halten konnte. Ob Freud oder Leid, seliger Genuss oder Magengrimmen, was auch immer ihn bewegte, zeichnete sich nur allzu deutlich auf seinen scharf gezeichneten Zügen ab. Aus diesem Grunde war dem hageren Mönch auch schon beim Eintreten anzumerken, dass er größtes Ungemach zu verkünden hatte. Hinter den dicken Mauern des alten Königssitzes war es auch tagsüber empfindlich kühl, trotzdem glitzerten Schweißperlen auf seiner sorgfältig ausrasierten Tonsur. Leise schloss er die Tür des kleinen Raums, der ihnen als Schreibstube diente, hinter sich, bevor er den Bischof ansah und das Wort ergriff.

„Herr …" Nervös zupfte er an seiner braunen Kutte. „Er ist wieder da! Und er will sich einfach nicht abwimmeln lassen."

Der Bischof brauchte nach keinem Namen zu fragen, um zu wissen, wer mit dieser ominösen Ankündigung gemeint war. Nur ein einziger Mensch auf Erden wusste solchen Schrecken zu verbreiten, dass schon seine bloße Anwesenheit den frommen Kaplan Konrad das Fürchten lehrte. Nein, es war keineswegs der Anflug einer spürbaren Kälte, die seinen persönlichen Schreiber erzittern ließ, während er mit fragendem Blick vor dem massiven Eichentisch stand, sondern der bloße Gedanke an den, der vor ihrem Kontor beharrlich Einlass begehrte.

Der Bischof verspürte wenig Lust auf die erbetene Audienz, aber er wusste, dass er sich ihr auf Dauer unmöglich entziehen konnte.

Gedankenverloren sah er zum Fenster hinaus. Von draußen drangen die Hammerschläge der Steinmetze herein und hallten als leises Echo von der niedrigen, mit wuchtigen Querbalken gestützten

Decke wider. Es mochte noch Jahre, wenn nicht Jahrzehnte dauern, bis dort, wo einmal die kleine Kapelle gestanden hatte, ein riesiger Dom zum Himmel aufragen würde. Doch selbst ein solches Monument des wahren Glaubens würde den Mann, der in diesem Moment draußen wartete, nicht von weiteren Besuchen abhalten, darum konnte ihn der Geistliche genauso gut sofort empfangen, an diesem schändlichen Ort der großen Niederlage.

Der Bischof wollte den guten Konrad gerade auffordern, den ungebetenen Gast einzulassen, als ihm ein rostiges Knarren der Türangeln zuvorkam. Zusammen mit einer schwarz gekleideten Gestalt, die einen mit stilisierten Vogelschwingen verzierten Helm trug, drang ein Schwall kühler Luft zu ihnen herein. Konrads eben noch von Furcht gezeichnetes Gesicht verwandelte sich augenblicklich in eine Maske der Empörung. Abrupt fuhr er herum und schickte sich tatsächlich an, dem Ritter entgegenzueilen, um ihn für die Unverschämtheit seines unaufgeforderten Eindringens zu schelten. Guter, braver Konrad. Wie schade es doch wäre, einen solch treuen Diener in einem sinnlosen Akt der Selbstaufopferung zu verlieren.

„Es ist schon gut“, sagte der Bischof besänftigend, bevor sich sein Kaplan ins Unglück stürzen konnte. „Entzünde lieber ein kleines Feuer. Unser Gast sieht durchgefroren aus.“

Den hochgewachsenen Ritter umwehte tatsächlich ein eisiger Hauch, der den Bischof frösteln ließ. Im gleichen Moment, da die schwere Eichentür krachend ins Schloss fiel, erstarben alle Hammerschläge, beinahe so, als hätte sich der unheimliche Besucher mit den draußen arbeitenden Steinmetzen abgesprochen, um die Wirkung seines plötzlichen Erscheinens zu verstärken. Aus dem gleichen Grunde verharrte er wohl einen Moment in dem tiefen Schatten nahe dem Eingang, anstatt sogleich in das helle Rechteck zu treten, das die schräg einfallende Nachmittagssonne auf die Bodenquader malte.

Plötzlich verstummten auch alle anderen Geräusche. Nicht nur in der kleinen Schreibstube, sondern ebenso draußen, auf der Baustelle, ja, selbst in der ganzen Stadt. Ganz so, als sei der alles verschlingende Tod nach Worms zurückgekehrt.

Der große Ritter, der gerade seinen Flügelhelm absetzte, förderte das Gefühl der Beklemmung noch, denn er sah wirklich zum Fürchten aus. Reglos stand er da, ganz und gar in Schwarz gewandet, angeblich, damit ihn das Blut seiner Feinde, das er häufiger als jeder andere vergoss, nicht dazu zwang, laufend die Kleidung zu wechseln. Auf schwarz gefärbtem Garn, so raunten die Leute, stachen rote Spritzer bei Weitem nicht so stark hervor wie auf helleren Stoffen. Und so war auch der Stahl brüniert, der ihn rüstete, und die Holzscheide seines Schwertes stark gedunkelt.

Wie ein überlebensgroßer, arg zerzauster Rabe stand er da – und sah auch sonst so aus, wie überall erzählt wurde. Der Mann, den die eine Hälfte des Volkes für einen Teufel hielt, während ihn die andere wie einen Heiligen verehrte – und den doch alle, ganz gleich, was sie über ihn dachten, aus tiefstem Herzen fürchteten.

Hagen von Tronje.

Ja, er war es wirklich. Der letzte Ritter des Abendlandes, der die Allmacht Jesu Christi anzuzweifeln wagte.

Wie ein äußeres Zeichen dieses Frevels war sein Antlitz furchtbar entstellt. Mochten die klaren Linien der rechten Gesichtshälfte und das wohlgeformte Kinn auch an seine einstmals edlen Züge erinnern, die fehlenden Backenzähne zur Linken sowie die darüber liegenden Brandnarben zeigten, dass er schon viel, vielleicht zu viel, in seinem Leben durchlitten hatte. Zum Glück versperrte eine tief in die Stirn gekämmte Haarsträhne den Blick auf seine leere Augenhöhle.

„Bruder Martin!" Hagen nannte den Bischof tatsächlich bei seinem alten Namen, dem, den der Geistliche schon vor langer Zeit aus Scham abgelegt und durch einen neuen ersetzt hatte. „Ihr seid es also wirklich.“

Der Klang der volltönenden Stimme löste eine Reihe von Erinnerungen in dem Bischof aus. Erinnerungen an seinen ersten Aufenthalt in Worms, damals, als eine bevorstehende Doppelhochzeit ganz Burgund – das alte Burgund – in Aufregung versetzt hatte. Seinerzeit war Hagen von Tronje ein stattlicher Edelmann gewesen, nach dem sich junge und alte Maiden gleichermaßen verzehrten. Für einen kurzen Moment wurde die Erinnerung des Bischofs so mächtig, dass sich die alten Züge des Tronjers über die tatsächlichen zu schieben schienen und so alle Entstellungen verdeckten. Zwei oder drei Herzschläge lang verlor das Gesicht dadurch all seinen Schrecken – bis draußen ein einsamer Steinmetz damit fortfuhr, einen Quader zu bearbeiten.

Der Bischof zuckte unter dem plötzlichen Hammerschlag zusammen.

Selbst Hagen wurde aus seiner Erstarrung gerissen. Forschen Schrittes setzte sich der schwarze Recke in Bewegung und blieb erst kurz vor dem mit edlen Schnitzereien verzierten Eichentisch stehen.

„Das Schicksal hat es besser mit Euch gemeint, als mit mir, Bruder Martin, aber auch Ihr seid grau geworden“, erklärte er mit leichter Wehmut in der Stimme, bevor er fragte: „Ihr habt also die alte Kapelle niederreißen lassen?“

Der Bischof zuckte mit den Schultern. „Sie war ohnehin entweiht und nur noch eine Ruine.“

„Und lasst stattdessen einen großen Dom errichten?“

„Natürlich.“ Der Geistliche richtete sich noch etwas mehr auf. „Worms ist viel zu wichtig, um es weiter vor die Hunde gehen zu lassen. Um dem Volk neues Zutrauen einzuflößen, bedarf es jedoch eines deutlichen Zeichens, damit ein jeder schon von Weitem sieht, dass die Stadtmauern wieder unter dem Schutz unseres Herren stehen."

Den spröden Lippen des Tronjers entfuhr ein geringschätziges Zischen. Gleich darauf besann er sich jedoch eines Besseren und setzte zu einem zustimmenden Nicken an.

„Ihr habt recht, Bruder Martin", gestand der Ritter ein. „Es ist höchste Zeit für einen Neuanfang! Damit sich das Volk wirklich sicher fühlt, muss es jedoch erfahren, was seinerzeit tatsächlich geschehen ist. Zu viele Gerüchte haben die Wahrheit schon bis zur Unkenntlichkeit entstellt."

Der Bischof spürte eine Welle der Furcht in sich aufsteigen. Furcht davor, dass seine eigene unrühmliche Rolle ans Tageslicht gezerrt werden könnte. „Was wollt Ihr damit sagen, von Tronje?", stieß er heiser hervor.

„Dass Ihr als einer der wenigen nachvollziehen könnt, was damals wirklich geschehen ist", erklärte Hagen ungerührt, als wäre ihm der missbilligende Ton seines Gegenübers entgangen. „Schließlich habt Ihr einiges von dem miterlebt, was seinerzeit geschehen ist. Doch auch mir wurden viele Dinge erst im Laufe der Jahre offenbart. In der Zeit der Jagd, in der ich versucht habe, Burgund wieder zu dem zu machen, was es einmal war. Vieles von dem, was mir dankbare Geschöpfe der alten Völker zuflüsterten, ergab für mich zunächst keinen Sinn, doch nach und nach fügte sich das, was mir Wassernixen oder Zwerge wie Alberich aufzutischen wussten, zu einem großen Ganzen zusammen. So wie die Scherben eines zerschlagenen Krugs, wenn man sie Stück für Stück aneinanderfügt, wieder die einstige Form erkennen lassen. Darum weiß ich nun, was alles vorgefallen ist, sogar während jener Ereignisse, bei denen ich nicht selbst zugegen war. Wollt Ihr mir deshalb zuhören und dafür Sorge tragen, dass die Männer und Frauen dieses Landes davon erfahren?"

Bei der Erwähnung von Nixen und Zwergen hätte sich der Bischof am liebsten voller Ekel geschüttelt, denn solch heidnischer Aberglauben war ihm zutiefst zuwider. Aber die Neugier in ihm, die ihn trieb, mehr über die Plage biblischen Ausmaßes zu erfahren, die Worms seinerzeit heimgesucht hatte, war stärker als jede Abscheu.

„Natürlich will ich das!", stieß er hervor, ohne lange nachzudenken.

„Gut." Hagen von Tronje nickte zufrieden. „Bedenkt aber, dass die Jahre nicht spurlos an mir vorübergegangen sind, Bruder Martin. Darum lasst Euren Kaplan niederschreiben, was ich zu berichten habe, damit ich nichts davon zweimal erzählen muss und die Nachwelt trotzdem wortgetreu erfährt, was sich alles zugetragen hat."

Auf einen Wink des Bischofs hin bezog Konrad tatsächlich Position hinter dem hohen Schreibpult. Eifrig nahm er eine neue Kerze aus dem Vorratskasten, drückte ihren Stumpf in die noch weichen Wachsreste der niedergebrannten Vorgängerin und zündete den Docht mit einem Kienspan an. Danach tauchte er einen angespitzten Gänsefederkiel ins offene Tintenfass und sah auf. Er war bereit.

Hagen von Tronje hatte inzwischen seinen Flügelhelm auf dem Tisch abgelegt und sich ächzend auf einen davorstehenden Schemel niedergelassen. Eine Hand fest um den Griff seines Schwertes gekrampft, wartete er geduldig, bis der Mönch fertig war, bevor er zu erzählen begann.

Anfangs ging es nur stockend voran, aber mit der Zeit kamen ihm die vom Kratzen der Federspitze untermalten Sätze immer flüssiger über die Lippen. Und schon bald wählte der alte Recke seine Worte so gut, dass die Vergangenheit vor ihrer aller Augen lebendig wurde …

*Uns ist in alten Mären
wunders viel geseit ...*

1. Kapitel

Im Hort der Nibelungen

Nichts im menschlichen Leben hat wirklich einen Anfang oder ein Ende, denn im Ringen um die nackte Existenz folgt jedes einzelne Schicksal verschlungenen Pfaden, die sich früher oder später im Nirgendwo verlieren. Mögen Geburt und Tod auch manche Grenze setzen, so ist doch jedes Menschenleben am Ende nur ein winziger Tropfen im Meer der Ewigkeit.

Aber Geschichten, die stets nur einen kleinen Teil des großen Ganzen erzählen, müssen ganz einfach irgendwo beginnen, und die Geschichte vom Blut der Nibelungen fängt wohl am besten in jener rußgeschwärzten Höhle an, die dort liegt, wo der Odenwald am tiefsten ist. Eine Höhle, aus der bei Tage harte Hammerschläge drangen, denn es handelte sich um die Behausung von Mime, dem Schmied. Einem alten Spross der Nibelungen, jenes dem Untergang geweihten Volks, das einst in großer Zahl diese der sieben Welten bevölkerte. Viele Legenden rankten sich um Mime und die anderen der Seinen, die dem Ansturm der neuen Zeit noch trotzten. Selbst jene Menschen, die die verschlungenen Pfade zu seiner Höhle kannten, erschauerten, wenn sie an all die Geheimnisse dachten, die das Geschlecht der Nibelungen mit sich trug.

Davon, dass ihren zwergenhaft gewachsenen Körpern große Kräfte innewohnten, war oft die Rede, und von einem wertvollen Schatz, der tief unter der Erde verborgen lag und nur darauf wartete, von einem starken Arm gehoben zu werden. Auf diese Gerüchte angesprochen, verzog Mime sein faltiges Gesicht meist zu einem verschmitzten Lächeln, bevor er zu einer Antwort ansetzte, die stets so ähnlich klang wie: „Gold und Geschmeide ist meinem Volke einerlei! Uns Zwergen liegt es ganz einfach im Blut, Erze und Kohlen in den Bergmassiven zu schlagen, um aus ihnen etwas Neues zu schaffen. Unsere Schätze sind daher Schilde, die jedem Treffer widerstehen, und Klingen, die jedwede Deckung zu durchbrechen wissen."

Bei diesen Worten ließ er gern eines seiner in Arbeit befindlichen Schwerter durch die Luft pfeifen, um seine Rede zu unterstreichen. Auf allzu neugierige Gemüter wirkte das meist wie eine unmissverständliche Warnung, die rasch von jedem Goldfieber heilte. Jene Eingeweihten aber, die um die wahre Natur des Nibelungenschatzes wussten, weil das geheime Wissen in ihrer Familie von Generation zu Generation weitergetragen wurde, stellten keine überflüssigen Fragen, sondern erfreuten sich einfach an dem, was die Zwerge den Menschen schon immer Wertvolles zu geben hatten: Sicherheit auch vor größter Unbill, das Wissen um alte Erkenntnisse und unbezwingbare Schwerter, die Schmiede wie Mime anzufertigen wussten.

An jenem Abend, als sich das Unheil über Burgund zusammenbraute, waren die Klänge von Hammer und Amboss längst verstummt. Auf der Lichtung, die sich vor dem mit sattem Moos bewachsenen Höhleneingang erstreckte, hatte sich eine unnatürliche Ruhe breitgemacht. Die Natur duckte sich vor einem bevorstehenden Wolkenbruch. Nicht einmal das Summen der Gewitterfliegen störte noch die zwischen den Bäumen lastende Stille. Nur aus großer Höhe, dort, wo sich am Himmel dunkle Wolken auftürmten, war ab und zu ein Grollen zu hören. Fast klang es, als tobte dort Donar, der Donnergott, vor Wut darüber, dass immer mehr Menschen lieber den Worten des Stallgeborenen folgten, als auf den Einzug in die heiligen Hallen von Asgard zu hoffen.

Mime, der weder alte noch neue Götter verehrte, sondern nur an seine eigenen Fähigkeiten glaubte, machte sich nichts aus den dräuenden Naturgewalten, obwohl der abrupte Wetterumschwung seine alten Glieder schmerzen ließ. Ächzend räumte er einige schwere Greifzangen zurück an ihren Platz, bevor er sich über einen Tonkrug mit frischem Apfelmost und einen Teller voller Brot und Ziegenkäse hermachte.

Die natürlichen Wölbungen der sich weit verzweigenden Felshöhle waren durch den geschickten Einsatz von Hammer und Meißel so stark erweitert worden, dass die Hauptgrotte mit der Schmiede einen Mittelpunkt bildete, von dem rundum weitere Gänge abzweigten. Von hier aus gelangte man nicht nur in die Waffenkammer und zu Mimes Schlafstätte, sondern auch in verschiedene Vorratslager, die das leibliche Wohl sicherstellten, sowie in Kavernen, in denen Berge von Kohlen und Erzbrocken aufgeschüttet waren. Auch der Hort, in dem der geheimnisumwitterte Schatz der Nibelungen ruhte, wurde von hier aus betreten. Groß und dunkel, mit Konturen, die einen sich nach oben hin verjüngenden Haufen nachzeichneten, so türmte er sich, nicht einmal durch ein Gitter geschützt, das den Zutritt verwehrte.

Wozu auch?

Der Nibelungenschatz wusste sich sehr gut selbst zu schützen.

Die in der offenen Esse langsam ausglühenden Kohlen warfen bereits zuckende Schatten an die Wände, als Mime an seine Wirkungsstätte zurückkehrte. Obwohl sein Tagwerk bereits erfüllt war, wollte er eine kurz vor der Vollendung stehende Klinge noch etwas mit dem Schleifstein bearbeiten. Denn seit ihn der letzte Lehrling verlassen hatte, empfand er die Zeit vor der Nachtruhe, die er sonst mit langen Gesprächen bei Apfelmost und einem Pfeifchen verbracht hatte, als ungewohnt einsam und leer.

„Ja, ja, so ist das“, seufzte der Zwerg leise vor sich hin, um wenigstens den Klang der eigenen Stimme zu hören. „Erst wenn etwas entschwindet, wird unsereinem bewusst, wie sehr es ihm ans Herz gewachsen ist.“

Obwohl durch den Eingang nur noch wenig Licht einfiel, nahm Mime auf einem mit Schaffell bedeckten Sitz Platz, der ihm einen Blick ins Freie ermöglichte. Sorgfältig benetzte er den Schleifstein mit Wasser aus einer Schüssel, bevor er ihn mit großer Sorgfalt an der ohnehin schon messerscharfen Schneide entlangführte.

Trotz des metallischen Kratzens, das die Ohren beleidigte, schliff Mime unablässig die doppelschneidige Klinge. Die dicht über seinem Kopf blakende Fackel rußte leicht. Eine Weile arbeitete er schweigend vor sich hin, bis eine von draußen hereinpfeifende Böe an ihm vorüberstrich und durch den Abzug der Esse entwich. Sie war ein Vorbote des nahenden Gewitters, dem allerdings etwas ungewöhnlich Mächtiges anhaftete. Etwas, das Mime von seiner Arbeit aufblicken ließ und selbst im Hort für Unruhe sorgte.

Ketten begannen zu rasseln, als die Umrisse des Schatzes in Bewegung gerieten. Einzelne, aus dem Haufen hervorstehende Silhouetten, die eben noch an Leuchter, Zepter oder Kronen erinnert hatten, richteten sich zu einer geraden Linie spitz zulaufender Hörner aus.

„Ruhig bleiben!“, mahnte Mime knurrend. „Oder ich ziehe deine Ketten stramm!“

Ein Blick über die Schulter genügte ihm, um zu erkennen, dass seine Warnung umgehend Wirkung zeigte. Der kurze Moment der Ablenkung reichte allerdings auch dazu aus, dem draußen lauernden Feind unbemerkt Einlass zu gewähren.

Als Mime wieder nach vorn blickte, zeichnete sich eine große Gestalt in dem gezackten Eingangsspalt ab. Die matt schimmernde Rüstung, die sie trug, machte unmissverständlich klar, dass es sich um keinen gewöhnlichen Wanderer handelte.

Mime zählte weit über fünfhundert Jahre. Selbst für einen Nibelungen hatte er damit ein stattliches, wenn auch keineswegs greisenhaftes Alter erreicht. Einer wie er zuckte nicht mehr zusammen, wenn er überrascht wurde, nicht einmal, wenn ein unbehagliches Prickeln das Rückgrat emporkroch.

„Was willst du?", fuhr er den Gepanzerten an. „Es ist zu spät, um heute noch Handel zu treiben! Komm morgen früh wieder!"

Trotz dieser deutlichen Worte trat der fremde Ritter unbeirrt näher.

„Draußen beginnt es bald zu regnen!", sprach er dabei. „Ich habe gehofft, du könntest mir Unterschlupf gewähren."

Das war zunächst einmal kein ungebührliches Ansinnen, doch Mime störte sich daran, dass ihm weder Vögel noch Baumwichte einen nahenden Besucher gemeldet hatten. Das erschien doch äußerst verdächtig! Insbesondere, da die Rüstung des Fremden nicht aus einem mit Brust- und Rückenplatten verstärkten Kettenhemd bestand, sondern den Körper vollständig wie eine zweite Haut umspannte. Im Licht der ersten Fackel verwandelte sich ihr matter Schimmer überdies in einen goldenen Glanz.

Mime versuchte zu schlucken, doch es gelang ihm nicht. Seine Kehle war plötzlich rau und trocken.

Kein Wunder. Die verdammte Goldrüstung strahlte eine Aura aus, die sich völlig von der Handwerkskunst der Nibelungen unterschied, aber auch nichts Menschliches aufwies. Mime spürte bei dem Gedanken, aus welcher Hand sie dann nur stammen konnte, wie sich einige borstige Haare in seinem Nacken aufrichteten.

„Stehen bleiben!", forderte er mit fester Stimme. „Ich habe dir keinerlei Gastrecht erteilt." Zum ersten Mal seit langer Zeit hätte er gern wieder Alberich an seiner Seite gewusst oder wenigstens einen der vielen Lehrlinge, denen er im Laufe der letzten Jahrhunderte die Schmiedekunst beigebracht hatte.

Einen scharfen Atemzug lang war er tatsächlich versucht, einfach aufzuspringen und durch das Gewirr der hinter ihm liegenden Gänge davonzueilen. Niemand kannte sich in dem unterirdischen Labyrinth besser aus als er, und wenn er sich durch einen der engen Luftschächte zwängte, die von den Erzstollen senkrecht in die Höhe führten, konnte ihm kein Gegner dieser Größe mehr folgen. Doch in Abwesenheit seines Bruders war Mime der Hüter des Nibelungenhortes, außerdem widerstrebte es ihm mit jeder Faser seines Zwergenleibes, die Flucht anzutreten.

Unauffällig ließ er den Schleifstein zu Boden gleiten und tastete nach dem stumpfen Ende der in seinen Händen befindlichen Klinge. Statt mit einem richtigen Griff, war sie bloß mit groben Lederwickeln versehen, doch das genügte, um einen tödlichen Streich auszuführen.

Mime hätte es sich glatt zugetraut, auf diese Weise einen oder sogar mehrere menschliche Gegner niederzustrecken, aber die goldene Panzerung, deren unsichtbare Scharniere bei keiner einzigen Bewegung quietschten, war vermutlich nur mit allerbestem Zwergenstahl zu durchdringen. Mit einer perfekten Klinge, wie sie selbst Schmieden wie ihm nur einmal in hundert Jahren gelang. Etwa mit Balmung, Gram oder einem anderen der besonderen Schwerter, die seinen Amboss bereits mit einem Namen versehen verlassen hatten.

Ohne noch länger mit seinem Schicksal zu hadern, stieß sich Mime aus dem Sitzen heraus vom Boden ab. In einer Zeitspanne, die weniger als einen Lidschlag währte, katapultierte er sich rückwärts in die Höhe und kam sicher auf dem fellbespannten Granitblock zum Stehen.

Nun plötzlich auf Augenhöhe mit seinem Gegner, schlug er eine Acht aus dem Handgelenk. Pfeifend schnitt der Stahl durch die Luft. Den fremden Ritter beeindruckte das immerhin so sehr, dass er kurz innehielt.

Mochten auch tiefe Falten das Gesicht des Zwerges zerklüften, so schwang er doch immer noch täglich die schwersten Schmiedehämmer. Lange Schwerter im Kampf zu führen, selbst wenn sie seine eigene Körperhöhe überragten, war ein Leichtes für ihn. Die Muskeln unter seinem groben Leinenhemd spannten sich so stark an, das sie wie dicke Knoten hervortraten. Seine lederne Hose und die schweren Stiefel schützten zwar nur ungenügend vor stählernen Attacken, aber Mime hatte auch nicht vor, einen gegnerischen Treffer zuzulassen.

Wütend versuchte er seinen Blick mit dem des großen Ritters zu kreuzen, ja, sich regelrecht in ihn hineinzufressen. Das war leider nicht so einfach, wie er es sich gewünscht hätte, denn der mit schlagenden Greifenschwingen verzierte Goldhelm ließ nur wenig von dem Gesicht des Eindringlings erkennen. Zwei schmale Sehschlitze, hinter denen kornblumenblaue Augen funkelten, waren die einzigen freien Stellen in dem fugenlos anliegenden Körperschutz, der so ganz anders war als alle gewöhnlichen Rüstungen.

Es war Mime ein Rätsel, wie der Ritter unter diesem Helm etwas hören, geschweige denn atmen konnte.

„Bist wohl auf unseren Schatz aus?“ Die Lippen des Zwerges verzogen sich zu einem bösen Lächeln. „Lass das lieber bleiben! An dem haben sich schon ganz andere die Finger verbrannt!“

„Es ist nicht das Feuer, das ich von ihm begehre“, erklärte der Goldene überraschend, „sondern das Blut, das unverwundbar macht.“

Mimes Augen verengten sich zu schmalen Schlitzen.

„Das Blut willst du?“, stieß er in jähem Erschrecken hervor. „Wahnsinniger! Weißt du eigentlich, wonach du da verlangst? Unheil ist alles, was dir solch böser Zauber einbringen kann.“

Der Ritter zögerte kurz, als würde er sein Vorhaben tatsächlich überdenken, aber ein Blick in seine unnachgiebigen Augen genügte, um festzustellen, dass dies nur eine Finte war. In Wirklichkeit griff er bereits nach der Waffe, die an seiner Hüfte hing.

Erst jetzt fiel Mime auf, dass es sich dabei um kein Schwert sondern um eine armlange Goldstange handelte. Kaum dass der Ritter sie vom Waffengehänge gelöst hatte, begann sie zu wachsen. Schneller als selbst ein Zwergenauge es verfolgen konnte, verlängerte sich die Stange zu beiden Seiten hin und nahm dabei die Form eines germanischen Spießes an, der sich bequem mit beiden Händen führen ließ. Eine Art vergoldeter Ger mit breit ausgearbeiteter Spitze, deren ungewöhnlich dicke Parierstange an eine Saufeder erinnerte.

Zauberei! Anders ließ sich der Vorgang nicht erklären. Auch nicht für Mime.

„Geh mir aus dem Weg, Zwerg!“ Die Stimme unter dem geschlossenen Helm dröhnte seltsam hohl, sodass sich nicht sagen ließ, ob sie jung oder alt war, ihr Ton verächtlich oder mitleidig. „Dies ist meine erste und letzte Warnung! Gehorchst du mir nicht, hast du die Folgen zu tragen.“

Mime war längst über den Punkt hinaus, an dem ihn noch Furcht schütteln konnte. Außerdem würde ihn der Goldene ohnehin von hinten niederstrecken, sobald er zu fliehen versuchte. Schon allein deshalb, weil einer, der sich anschickte, den Nibelungenschatz zu rauben, dabei keine Zeugen brauchen konnte.

Statt zurückzuweichen, sprang Mime aus dem Stand heraus jäh nach vorn. Natürlich nicht direkt auf seinen Gegner zu, das wäre heller Wahnsinn gewesen, sondern dicht an ihm vorbei, um aus dem eng begrenzten Sichtfeld des Helmes zu entschwinden.

Triumphierend kreiselte Mime auf dem Absatz herum und schwang sein Schwert, sodass es genau in die Kniekehle des Ritters fahren musste, während der noch nach vorn starrte. Mimes Plan schien aufzugehen, und das aus gutem Grund. So furchteinflößend die goldene Panzerung auch wirken mochte, besaß sie doch einen entscheidenden Nachteil: Sie engte die Beweglichkeit, das Gehör und die Sicht ihres Trägers maßgeblich ein.

Zu allem entschlossen wollte der Nibelung prüfen, ob die Stabilität des anschmiegsamen Metalls all diese Einschränkungen aufwog.

Um sich gegen einen möglichen Rückschlag zu wappnen, der ihm die Waffe aus den Fingern prellen konnte, spannte er jeden Muskel an. In seiner wilden Jugend hatte Mime in Hunderten von Kämpfen auf Leben und Tod gefochten, und so glaubte er, auf alles vorbereitet zu sein.

Dass sich das anvisierte Knie so leicht wie ein Stück Butter durchschneiden ließ, zog er dabei ebenso in Betracht wie die Möglichkeit, dass sein Gegner lediglich unter der Wucht des Aufpralls einknickte. Sogar, dass sich der Ritter keinen einzigen Fingerbreit von der Stelle rührte, wäre keine Überraschung gewesen. Nur mit dem, was dann tatsächlich geschah, rechnete Mime nicht.

Nämlich damit, dass der andere seinen Spieß blindlings nach hinten wirbelte.

Ohne den Helm auch nur einen Fingerbreit weit zu wenden, traf der Goldene perfekt ins Ziel. Eigentlich war es eine vollkommen unmögliche Attacke, trotzdem wurde das Schwert abgelenkt und Mime aus der Hand geschlagen.

Noch ehe der Zwerg richtig begriff, wie ihm geschah, sauste das stumpfe Ende des Gers auf ihn herab. Knapp unterhalb des Rippenbogens hämmerte es in seinen gedrungenen Leib und trieb ihm die Luft aus den Lungen.

Stöhnend knickte Mime ein. Noch im Fallen steckte er weitere Schläge ein, einen davon in der linken Kniekehle.

Blutige Schleier vernebelten seine Sicht.

Als sie sich zu lichten begannen, lag er ausgestreckt auf dem

Rücken und sah zu dem goldenen Ritter empor, der breitbeinig über ihm stand. Die scharfe Waffenspitze schwebte nur eine Handbreit über seiner Kehle. Hätte der Nibelung noch die Kraft besessen, sich abrupt aufzurichten, wäre ihm der Spieß unweigerlich in den Hals gefahren.

Andere Ritter hätten solch einen schnellen Sieg sicher ausgekostet, indem sie das Unvermeidliche noch ein wenig hinausgezögert und mit ein paar markigen Worten unterlegt hätten. Aber der Goldene hob sofort seinen Spieß an und stieß kräftig zu.

Mime bäumte sich auf, als die breit auslaufende Spitze in sein Herz drang und sofort wieder herausgerissen wurde. Eine rote Fontäne schoss aus der Wunde hervor. Das Hemd saugte sich augenblicklich mit Blut voll. Brennend heiße Wellen jagten durch Mimes Brustkorb, während er röchelnd nach Atem rang. Schon mit einem Bein im Reich der Toten, raffte er noch einmal alle Kräfte zusammen und nutzte die verbliebene Luft in seinen Lungen zu einem Abschiedsfluch.

„Elendes Pack!", keuchte er heiser. „Verdammt sollt ihr sein, die ihr euch selbst für Götter haltet!"

Vergebens. Die Worte zeigten keinerlei Wirkung. Der Goldene hatte sich bereits abgewandt und setzte seinen Weg fort – aber das nahm der sterbende Nibelung schon gar nicht mehr richtig wahr.

2. Kapitel

Tief im Hort geriet erneut etwas in Bewegung.

Nun, da Mime nicht mehr drohen konnte, schwoll das eiserne Rasseln zu einem ohrenbetäubenden Scheppern an. Schwarz umrissene Schatten drehten sich im Dunkel umeinander, trotzdem setzte der Ritter seinen einmal eingeschlagenen Weg fort. Groß und kräftig war der Fremde, aber auch von überraschend schlanker Gestalt. Trotz seiner Rüstung bewegte er sich mit der federnden Geschmeidigkeit eines angriffslustigen Wolfes.

Die Vorgänge im Hort verunsicherten ihn nicht, im Gegenteil. Zielstrebig ging er auf eine in den Fels eingelassene Vorrichtung zu.

Es handelte sich um zwei stählerne Winden, mit denen sich lange Ketten auf- und wieder abwickeln ließen. Schwere Metallzapfen arretierten die mit einem feuerfesten Bann belegten Glieder, die durch mehrere Löcher im Stein verschwanden. Über rund geschliffene Ecken hinweg liefen sie durch faustgroße Schächte, bis sie an den Fesseln des Untieres endeten, das hier seit einer halben Ewigkeit gefangen war.

Ja, da lag er, der letzte der großen Drachen, die das Land einst in Angst und Schrecken versetzt hatten: Fafnir.

Fafnir, dessen feuriger Atem heißer brannte, als jede Esse zu glühen vermochte. Fafnir, dessen Flammenschlund den Nibelungenstahl zum härtesten von ganz Midgard machte. Fafnir, den die Zwerge schon vor Jahrhunderten überlistet und in unbezwingbare Eisen geschlagen hatten.

Furchtlos löste der Goldene die Arretierungen.

Die unter Spannung stehenden Ketten verschwanden einige Handbreit tief in der Wand, weiter aber auch nicht. Anstatt die gewonnene Freiheit zu nutzen und bis an den Rand der Schmiede zu trotten, wie er es beinahe täglich tat, sobald Mime neuen Stahl zu härten gedachte, blieb Fafnir einfach in der Höhle liegen.

Nach einer Weile vergeblichen Wartens zog der Ritter eine über ihm befindliche Fackel aus ihrer Eisenhalterung und packte den goldenen Spieß in seiner Rechten fester.

Im Hort roch es wie in einem Viehstall, aber wenigstens wie in einem, der regelmäßig ausgemistet wurde. Die lastende Dunkelheit wich nur widerwillig vor der offenen Flamme zurück, obwohl der spiegelnde Glanz der Rüstung den Lichtschein verstärkte. Wie von einem Glorienschein umgeben, drang der Goldene zum Lindwurm vor. Gegen die sich langsam hervorschälenden Konturen des Untieres wirkte er geradezu winzig klein.

Als der Eindringling auf eine Unebenheit trat, blieb er abrupt stehen.

Die abgesenkte Fackel offenbarte eine Hornschuppe. Sie war nicht die einzige. Mehr als ein Dutzend von ihnen lagen überall auf dem Boden verstreut herum. Mit einer verächtlich wirkenden Bewegung trat der Ritter sie zur Seite. Danach klemmte er seine Waffe unter die rechte Achsel, sodass sie beinahe waagerecht vom Körper abstand.

Unvermittelt begann die goldene Spitze zu glühen.

Ein kurzer Lichtstrahl sirrte durch die Finsternis und endete oberhalb einer Fackelhalterung. Aus dem pechdurchtränkten Holz, das darin steckte, züngelten augenblicklich Flammen hervor. Zielsicher zog der Ritter den Ger im Halbkreis herum. Wie von unsichtbarer Hand entzündet, begannen weitere im Hort verteilte Fackeln zu brennen, bis ein unruhig zuckendes Zwielicht das hohe Gewölbe erfüllte.

Obwohl er keineswegs schlief, regte sich Fafnir keinen Deut von der Stelle. Gleich einem in Gefangenschaft aufgewachsenen Kettenhund, der die Freiheit fürchtete, verharrte er auf seinem Platz. Wahrscheinlich nahm er die Veränderung in seiner Umgebung auch nur undeutlich wahr. Seine Pupillen, die blicklos ins Leere starrten, wurden von einer milchig weißen Haut überzogen. Er war erblindet. Möglicherweise so stark, dass er nicht einmal mehr hell von dunkel unterscheiden konnte.

Auch sonst wies die Bestie alle Anzeichen eines hohen Alters auf. Ihr einstmals prächtiges Schuppenkleid wirkte angefressen. Überall dort, wo die dicken Hornplatten ausgefallen waren, schimmerte eine fahle, von braunen Flecken durchsetzte Haut hervor. Auch dem vom Nacken bis zum Schwanzende verlaufenden Rückenkamm fehlten bereits mehrere Hörner.

Neben dem Stroh, auf dem Fafnir ruhte, lag eine zur Hälfte verspeiste Hirschkuh. Nur ein paar Fliegen umschwärmten den zerrissenen Kadaver. Fafnir wurde augenscheinlich gut versorgt und hatte sich längst mit seiner schon so lange währenden Gefangenschaft abgefunden.

Ob er überhaupt ahnte, dass nicht Mime, sondern ein Fremder auf ihn zuging?

Er regte jedenfalls keinen Muskel, als der Ritter an das linke Hinterbein trat. Dabei hätte Fafnir nur seinen langen, in einer stachligen Kugel endenden Schwanz herumreißen müssen, um den Goldenen von den Füßen zu fegen.

Draußen ertönten schwere Donnerschläge, als der Ritter seinen wundersamen Ger mit beiden Händen packte und zum Stoß anhob.

Blitzschnell zuckte der Spieß in die Tiefe. Mit großem Geschick geführt, prallte die Spitze gegen die nahtlos geschmiedete Fessel. Klirrend zerbrach der Zwergenstahl in zwei gleich große Hälften und rutschte zu beiden Seiten der Pranke herab.

Draußen begann der Regen heftig gegen den Höhleneingang zu prasseln.

Fafnirs Haupt ruckte in die Höhe, als auch die Schellen um seinen Dornenschweif und das zweite Hinterbein zersprangen. Die faustgroßen Nüstern seiner lang gestreckten Schnauze blähten sich. Nun nahm er doch die Witterung des Goldenen auf. Ein Zittern durchlief die angelegten Schwingen des Schuppenbergs. Langsam schien der blinde Koloss zu begreifen, was vor sich ging.

Zwei weitere Stöße mit dem Ger sprengten die verbliebenen Fußschellen, danach waren auch die Vorderläufe frei. Abrupt stemmte sich Fafnir in die Höhe und schüttelte nacheinander die Beine, wie um zu prüfen, ob wirklich kein Gewicht mehr an ihnen hing.

Sobald seine Neugierde befriedigt war, sackte er wieder in sich zusammen. Tastend fuhr er mit der Schnauze über den rauen Felsboden, bis er an die Reste der Hirschkuh stieß. Zufrieden schnappte er zu. Als er den Kopf hob, klaffte dort, wo eben noch ein Hinterlauf gesessen hatte, ein blutiger Krater im toten Wild.

Unter lautem Krachen mahlten die Drachenzähne gegeneinander. Ob vergreist oder nicht, Knochen zu zerkauen, vermochte Fafnir noch mit Leichtigkeit.

Ohne sich an dem Anblick dieses grausigen Mahls zu stören, holte der Ritter neuerlich aus.

Fafnir witterte die Gefahr.

Abrupt hielt er in seiner Mahlzeit inne. Plötzlich wurde es so still, dass wieder das Prasseln des Regens zu hören war. Donnergrollen ertönte. Ein Blitz schlug so dicht vor der Höhle ein, dass der gleißend helle Widerschein bis in den Hort hineinzuckte.

Im gleichen Moment stieß der Ritter zu.

In einer schwungvollen Aufwärtsbewegung rammte er seinen Ger in den vor ihm ruhenden Fleischberg. Mühelos drang die

Spitze bis zur Parierstange ein. Sie glühte von innen heraus auf, als er den Spieß zurückzog, um ihn sofort wieder zwischen den Hornschuppen zu versenken.

Schmerzerfüllt schreckte der alte Lindwurm in die Höhe und versuchte zurückzuweichen. Vergeblich. Wie besessen attackierte ihn der Goldene am ganzen Körper.

Stich um Stich prasselte auf Fafnir ein. Nur die Parierstange verhinderte, dass seine Innereien durchlöchert wurden. Der geheimnisvolle Glanz, der die Waffenspitze bei jedem Eindringen überzog, flaute längst nicht mehr ab, sondern hielt nun ununterbrochen an.

Fauchend breitete Fafnir die geschuppten Flügel aus und begann wild mit ihnen zu schlagen. Eine der entfalteten Schwingen traf den Ritter an der Schulter.

Der heftige Streich zwang den Goldenen tatsächlich in die Knie – aber nur vorübergehend. Rasch sprang er wieder auf und durchbohrte Fafnir auch an der Hinterflanke.

Die mächtige Bestie blutete bereits aus acht Wunden, und es kamen laufend neue hinzu. In langen dunkelroten Bahnen lief der Lebenssaft an ihr herab. Vor Wut und Schmerz kreischend, warf sie den Kopf in den Nacken. Bis aufs Äußerste gereizt, besann sich Fafnir endlich seiner mächtigsten Waffe – des Feuers!

Begleitet von dunklem Brausen, schoss eine flackernde Lohe aus seinem Maul hervor. Rot umrandet, mit einem blendend weißen Kern, so strich sie an seinem Körper entlang.

Kurz bevor der Feuerstoß den Ritter erreichte, verengten sich die Sehschlitze des Goldhelms. Vier, fünf Herzschläge lang hüllte ihn der glühend heiße Sturm von Kopf bis Fuß ein. Doch mochten die Flammenzungen auch noch so heftig auf seiner Rüstung tanzen, das focht ihn nicht an.

Unbeirrt stieß er weiter zu.

Nicht einmal der kleinste Rußfleck verunzierte den goldenen

Panzer, als der Drache zum ersten Mal Atem schöpfte. Nur eins hatte sich verändert – dort, wo zuvor die Sehschlitze gesessen hatten, wölbte sich nun eine makellos glatte Rundung, die den Helm endgültig wie aus einem Guss erscheinen ließ.

Auch vollkommen blind fand der Ritter sein Ziel.

Weitere Flammenzungen bedeckten ihn, während er sein blutiges Werk vollendete. Die Luft in der Grotte heizte sich so weit auf, dass das Atmen zur Qual wurde, aber die von Brandgarben umtoste Rüstung wollte einfach nicht schmelzen. Mehr noch, sie erwärmte sich nicht einmal. Wo jeder andere Ritter längst im eigenen Schweiße gekocht hätte, bewegte sich der Goldene, als spürte er nicht die geringste Unannehmlichkeit.

Gewandt tauchte er unter einem Schlag mit dem Dornenschweif hinweg und stieß dann von hinten auf den Lindwurm ein. Der blutbesudelte Schaft in seinen Händen war bereits so schlüpfrig, dass er ihm zu entgleiten drohte, trotzdem fügte der Ger dem malträtierten Körper weitere Verletzungen zu.

Da er bereits aus zahllosen Wunden blutete, begann Fafnirs Gegenwehr zu erlahmen. Als selbst der verzweifelte Versuch, den Ritter zu zerbeißen, nicht den geringsten Kratzer auf der Rüstung hinterließ, blieb dem waidwunden Drachen nur noch eine einzige Möglichkeit, den ungleichen Kampf zu überleben.

Er orientierte sich an der von draußen eindringenden Kälte, presste seine Flügel fest an den Körper und stürmte fauchend davon. Blind, wie er war, eckte er mehrmals an, während er die Schmiede durchquerte.

Trotzdem fand er den richtigen Weg.

Die ganze Höhle erbebte unter dem Ansturm seiner gewaltigen Körpermasse. Krachend zerbarsten zwei im Wege stehende Schemel, und auch Mimes Haupt zerknackte wie trockenes Reisig unter dem Tritt einer herabsausenden Hinterpranke.

Zum Glück spürte der Tote nicht mehr, wie sein Kopf zerquetscht wurde, während der Lindwurm gepeinigt kreischte, weil ihm der nachsetzende Ritter weiter in den Hinterleib stach. Erst draußen, im tobenden Unwetter, fand die Qual ein Ende.

Flügelschlagend preschte der Drache auf die Waldlichtung hinaus und schwang sich abrupt in die Lüfte. Das war ein Ort, an den ihm der unheimliche Gegner nicht mehr folgen konnte.

Der kalte Regenguss erfrischte Fafnir und wusch die Blutschlieren von seinen Schuppen. Senkrecht stieg er in die Höhe, streckte den langen Hals herab und starrte in die unter ihm gähnende Tiefe. Zwar konnte er seinen Peiniger nicht sehen, doch er spürte dessen unheilige Aura und witterte ihn mit seinem scharfen Geruchssinn. Ehe sich die Bestie jedoch dazu entschließen konnte, einen weiteren Flammenstoß – weitaus kräftiger als alle anderen zuvor – in den Höhleneingang zu spucken, spaltete eine Explosion den Himmel.

Gleißend hell riss die Regenwand auseinander. Dutzende von Blitzen zuckten in den Wald hinab. Riesige Baumwipfel zerbarsten in von Lichtfunken umtanzten Erschütterungen.

Obwohl er erblindet war, schmerzte Fafnir der grelle Widerschein in seinen Augen.

Ein weiterer Blitzausläufer fuhr direkt auf ihn zu und sprang zu ihm über. Vor diesem übermächtigen Angriff gab es kein Entrinnen. Plötzlich streckten sich ihm Tausende feinster Lichtfransen entgegen, die wie Elmsfeuer über den Hornpanzer huschten.

Während sie sich fortlaufend verästelten, knüpften die weißblauen Entladungen ein knisterndes Netz, das Fafnir von allen Seiten umschnürte. Wie von einer unsichtbaren Riesenhand geschüttelt, bäumte sich die mächtige Gestalt am Himmel auf. Rasende Schmerzwellen ließen den Drachen erzittern. Der gewaltige Donnerhall, der die Einschläge begleitete, trug ein Übriges dazu bei, Fafnir in die Flucht zu treiben.

Unter lautem Getöse und von weiteren Blitzen umzüngelt, jagte er davon.

Noch nie zuvor in seinem Leben, nicht einmal in den kämpferischen Zeiten der Freiheit, war er so gemartert worden. Trotz der vielen Verletzungen, aus denen sein Lebenssaft rot hervorrann, strengte er jeden Muskel bis aufs Äußerste an.

Das Unwetter hatte sich regelrecht gegen ihn verschworen.

Wann auch immer er innezuhalten oder zu landen versuchte, entluden sich neue Blitze. Waagerecht zischten sie auf ihn zu, bissen in seinen Leib, sodass ihm gar nichts anderes übrig blieb, als weiter gegen die Naturgewalten anzukämpfen.

Doch Fafnir war nicht der Einzige, dem in jener Nacht der sichere Tod drohte. Bei einem schweren Unwetter verkrochen sich die meisten Menschen instinktiv in ihren Hütten, doch manch ein Burgunder befand sich zu weit von einer Höhle oder einem anderen trocknen Unterschlupf, um dort schnell Schutz zu finden.

Zu denen, die von dem gewaltigen Wolkenbruch überrascht worden waren, gehörten auch drei ungleiche Männer, die gerade die Fischreusen eines dorfeigenen Tümpels kontrollierten. Sowohl der Wirt des Mühlbachhofes als auch der Müller und der Köhler wurden nass bis auf die Haut.

Wie eisige Nadeln stachen die kalten Tropfen durch ihre Kleidung. Der mit Blut vermischte Regen peitschte ihnen dabei so stark ins Gesicht, das ihr kleiner Kahn zu kentern drohte.

Mit letzter Kraft retteten sie sich ans feste Ufer, wobei sie ebenso gut hätten ertrinken können! Das unfreiwillige Bad im Drachenblut zeigte bereits seine erste Wirkung, noch während sie ihrem Dorf entgegenstolperten. Von schweren Hustenanfällen geschüttelt, erreichten sie die heimischen Türschwellen. Nicht ahnend, dass sie weit mehr als nur eine schwere Erkältung in ihre Häuser schleppten, traten sie ein …

Und so wie diesen drei Unglücklichen erging es in jener Nacht noch vielen anderen Burgundern.

Der gepeinigte Fafnir indes, der über ihren Köpfen am Himmel entlangzog, bemerkte nicht einmal, dass er von einer fremden Macht in eine ganz bestimmte Richtung gedrängt wurde.

Wie die Leinen in der Hand des Kutschers den Weg des Pferdegespanns bestimmen, so trieben ihn die immer wieder herabzuckenden Blitze an den Rand des Odenwaldes und von dort aus den Rhein hinab. Endlos lang verlief die Jagd, bei der ihm peitschende Regenschauer alles Blut aus den Wunden wuschen. Die klaffenden Einstiche waren zu groß, um sich von allein zu schließen. Vielleicht lag es auch an der magischen Waffe, die ihn verletzt hatte – aber sein sonst so schnell stockendes Blut wollte einfach nicht gerinnen.

Fafnir pflügte über den Himmel und zog rötliche Schwaden hinter sich her. Heulende Sturmböen sorgten dafür, dass sie sich immer weiter verdünnten und über weite Landstriche hinweg verteilten.

Zu einer Zeit, da jedes andere Wesen schon zu Tode gehetzt worden wäre, versteifte Fafnir seine Flügel und segelte einfach weiter. Letzte Blutstropfen perlten aus seinem geschundenen Leib hervor. Das Tosen des Sturms ließ nach. Die Regenwand brach auf. Zwischen den Wolken wurden die steinernen Umrisse einer von Türmen und Zinnen bestimmten Stadt sichtbar, die rechts des Flusslaufs thronte.

Fafnir wusste nicht, dass Worms vor ihm lag. Er wusste nur, dass sein ausgebluteter Körper dem Tode geweiht war.

Sterbend sackte er immer tiefer …

3. Kapitel

Königsburg zu Worms

Es war nur ein kleines Bankett, nichts im Vergleich zu dem, was in zwei Wochen folgen würde, dennoch hallte der große Festsaal von dem lautem Gelächter der Gäste wider, von ihrem Schmatzen und Schlürfen und ihren anzüglichen Bemerkungen.

Von weit her angereiste Trommler und Flötisten spielten auf.

Die angekündigte Doppelhochzeit hatte bereits viele Musikanten angelockt, ebenso auswärtige Gaukler, Feuerspucker und Akrobaten, die alle vor der Stadtmauer kampierten. Ortwin von Metz, der auch für die aufgefahrenen Köstlichkeiten zuständig war, hatte aber vor allem liebreizende Tänzerinnen auf eine erste Vorstellung eingeladen.

König Gunther, der bald den Bund der Ehe eingehen sollte, wusste das Organisationstalent seines Truchsess sehr wohl zu schätzen. Gerade langte er mit fetttriefenden Händen nach dem Gesäß der neben ihm einschenkenden Dienstmagd, die sich diese herrschaftliche Zuneigung nur zu gern gefallen ließ. Hätte Ute von Burgund ihrem Sohn nicht mit strenger Stimme Einhalt geboten, Gunther wäre der kichernden Jungfer wohl auch noch unter den Rock gegangen.

Kurz gesagt, es war lange vor der Zeit der Minne, als Männer und Frauen noch gern lärmend beieinandersaßen und bevor der Klerus jeden Anflug von Wollust ins Reich des Bösen verwies.

Hagen von Tronje, der ebenfalls kein Kostverächter war, hielt sich an diesem Abend zurück, denn seine Braut saß nur wenige Plätze von ihm entfernt. Amüsiert sah er zu Kriemhild hinüber, die das Treiben ihres ältesten Bruders mit geröteten Wangen zu ignorieren versuchte, während sie in einer Pastete stocherte, die mit einer lecker duftenden Mischung aus Rindfleisch, Speck, Äpfeln und Gewürzen gefüllt war.

Giselher, dem jüngsten der drei Königssöhne, erging es ähnlich wie ihr. Mit großen Augen verfolgte er, wie auch bei anderen Gästen alle Hemmungen fielen. Etwa bei Ekkehard von Breitenhain, der gerade eine in Honigwasser geschmorte Gänsekeule in den Ausschnitt seines Weibes steckte, um gleich darauf das süße Fett von ihren prallen Brüsten zu lecken.

Andere im Saal ließen es noch bei derben Umarmungen und der einen oder anderen Grabscherei bewenden, allerdings verwechselte dabei so mancher das eigene Eheweib mit dem eines anderen. Doch nicht nur viele Mannsbilder hatte der üppige Weingenuss lüstern gemacht, auch mehrere Hofdamen legten ein Verhalten an den Tag, das eher in die Abgeschiedenheit ihrer Schlafgemächer gepasst hätte. Vom Trunke und den eigenen unkeuschen Gedanken erhitzt, beugten sie sich gern weiter nach vorn, als es nötig gewesen wäre, nur um den einen oder anderen tiefen Blick in ihre hochgeschnürten Mieder zu gestatten.

Selbst Hagen bekam von Frauen, die er alle schätzte und die ihm schon früher ihre Gunst erwiesen hatten, eindeutige Blicke zugeworfen. Doch keine von ihnen trieb es dabei so dreist wie Pia von Odenthal, die immer wieder unter der Tafel hindurch versuchte, ihren nackten Fuß an seinem rechten Bein zu reiben.

Trotz all der angenehmen Erinnerungen, die Hagen mit der jungen Witwe verband, fiel es ihm leicht, ihren Annäherungsversuchen zu widerstehen.

Mochten auch viele bei Hofe glauben, die geplante Verbindung zwischen ihm und Gunthers Schwester diene vor allem dazu, den stärksten Vasall des Landes enger an das Haus Burgund zu binden, er wusste es besser. Seit er zum ersten Mal ihre weichen Lippen auf den seinen gespürt hatte, wusste Hagen, dass er keine weiteren Buhlschaften brauchte, solange er bloß Kriemhild sein Eigen nennen durfte.

Sollten andere ruhig lästern, dass die Prinzessin zu zart gebaut wäre, um einem Mann starke Söhne zu schenken. Was scherte es ihn, dass Frauen mit von Natur aus breiten Becken leichter Kinder gebaren, wenn schon allein der Gedanke an die geliebte Kriemhild sein Herz höher schlagen ließ?

Ja, er liebte diese gertenschlanke Maid, die wie ein jüngeres Ebenbild ihrer Mutter aussah, und er liebte sie so, wie sie war: fast so groß gewachsen wie er selbst, mit strohblondem Haar, das ihr bis weit über die Schultern fiel – wenn sie es nicht gerade zu Zöpfen geflochten trug. Auch ihre Brüste, die andere Ritter für zu knabenhaft hielten, waren ganz nach Hagens Geschmack.

Sie füllten seine schmalen Hände tadellos aus.

Zumindest so viel hatte er während ihrer nächtlichen Treffen im Rosengarten herausfinden können, wenn sie bis zum Morgengrauen über alles Erdenkliche sprachen, ohne dass ihnen dabei jemals langweilig wurde.

Weitere Günste wollte ihm Kriemhild erst in der Hochzeitsnacht gewähren, ganz so, wie es die Verkünder des neuen Glaubens verlangten. In dieser Hinsicht nahm es die Prinzessin wesentlich genauer als viele andere Damen bei Hofe, aber gerade diese Haltung war es, die Hagen besonders an ihr reizte.

Vielleicht deshalb, weil ihm solche Keuschheit bisher so selten begegnet war.

Solange er zurückdenken konnte, hatte er leichtes Spiel bei den Frauen gehabt. Der holden Weiblichkeit gefiel es nun einmal, dass er, im Gegensatz zu den sonst eher grobschlächtigen Gesellen, die die königlichen Lehen verwalteten, ein fein geschnittenes Gesicht von beinah mädchenhafter Schönheit besaß. Früher, selbst noch in seiner Zeit als Knappe, hatte ihm das oft den Spott anderer Männer eingebracht, doch seit dem Tage seiner Schwertleite war das vorbei.

Zwei Duelle, in denen er einem Gegner beide Ohren abgetrennt und einem anderen den Schädel gespalten hatte, hatten genügt, um alle diesbezüglichen Anspielungen für immer zum Verstummen zu bringen.

Wahrlich, Hagen von Tronjes Schwertkunst war weit über die Landesgrenzen hinaus gefürchtet, erst recht, seit er aus der Hand seines sterbenden Vaters Gram erhalten hatte. Ein Schwert, um das sich viele Legenden rankten. Legenden, deren wahrer Kern weitaus größer war, als es sich manche Burgunder überhaupt vorstellen konnten.

Ja, vieles von dem alten Wissen war verloren gegangen, seit König Dankrat die Eichen an den Thingplätzen fällen ließ und den Glauben an den Christengott zur neuen Religion in Burgund erhoben hatte. Königin Ute, die aus ihrer Abneigung gegen Wodan und seine wilden Gesellen nie einen Hehl gemacht hatte, war stets die treibende Kraft dieser Entwicklung gewesen. Und so war auch nach dem Tode ihres Gemahls fleißig weiter an der steinernen Kirche gebaut worden, die den neuen Glauben für alle Zeiten in Worms manifestieren sollte.

Verglichen mit den hohen Mauern der Königsburg nahm sich die davor errichtete Kapelle verschwindend klein aus, trotzdem war ihre Bedeutung nicht zu unterschätzen. Dass sich König Gunther am Tage der Weihe darin trauen ließ, machte auch weit über die Landesgrenzen hinaus deutlich, dass er und seine Untertanen von Stund an gläubige Christen sein wollten.

Um dieses Ereignis noch größer und gewaltiger zu gestalten, hatte die Königsmutter eine Doppelhochzeit eingefädelt, bei der sie auch gleich noch ihre einzige Tochter unter die seidene Brauthaube brachte. Wen sollte es da verwundern, dass sich sogar Abordnungen aus Lothringen, Aquitanien und der Lombardei angekündigt hatten, um an den pompösen Festlichkeiten teilzunehmen?

Selbst einige sächsische Stammesfürsten hatten ihr Kommen zugesagt, um ihren Friedenswillen zu demonstrieren. Aber zweifellos auch, um zu prüfen, ob der Stallgeborene tatsächlich mächtiger als Wodans Gesellen war, wie ihre Missionare immer behaupteten.

Hagen von Tronje störte sich nicht daran, dass er dieses Spiel mitmachen musste, damit er Kriemhild zur Frau bekam. Seine Vorfahren hatten schon die Asen ignoriert, und genauso würde er es mit dem Gott der Christen halten. Die Macht der Weltenesche, der die sieben Welten ihr Dasein verdankten, störte sich nicht an dem, was ihre Geschöpfe dachten oder woran sie glaubten. Yggdrasil existierte einfach und wirkte ihre Macht, ohne es jemanden spüren zu lassen.

Eine abrupte Bewegung zu seiner Linken riss den Tronjer aus all seinen Überlegungen. Tatsächlich, er hatte sich nicht getäuscht.

Angewidert von den immer weiter um sich greifenden Ausschweifungen, hatte sich die Königsmutter erhoben, um sich weit vor der Zeit in ihre Gemächer zurückzuziehen. Auf eine kurze Geste hin schloss sich Kriemhild ihr an.

Giselher machte sofort Anstalten, den beiden zu folgen, doch Ute bedeutete ihm in aller Deutlichkeit, dass er bleiben und auf seinen Bruder achtgeben solle. Das war keine beneidenswerte Aufgabe für den Jungritter, dem es an Einfluss auf den Ältesten fehlte. Aber Gernot, der mittlere der drei Brüder, der diesem Amt wesentlich besser gewachsen gewesen wäre, befand sich bereits auf dem Weg nach Xanten, um Brunhild abzuholen: König Sigmunds jüngste Tochter, die mit Gunther verheiratet werden sollte, um die

Handelsbeziehungen zwischen den beiden eng verflochtenen Königreichen zu festigen.

Wie Gunthers Braut inzwischen aussah, wusste niemand bei Hofe. Als Ute sie zum letzten Mal gesehen hatte, war sie noch ein mageres Kind gewesen, das mit Puppen spielte. Aber Aussehen, Zuneigung oder gar Liebe waren bei dieser Heirat ohnehin nicht ausschlaggebend. Sie war rein politischer Natur und diente vor allem dazu, das bisherige Triumvirat der königlichen Brüder abzulösen.

Der Erste der drei, der verheiratet war, sollte das Reich regieren, so hatte es der sterbende Dankrat auf seinem Totenbett verfügt. Vermutlich, um seinem Liebling Gernot die Möglichkeit zu geben, den älteren Rivalen unblutig aus dem Feld zu schlagen. An Hofdamen, die den Zweitgeborenen gern bei der Thronbesteigung unterstützt hätten, mangelte es nicht, doch die gestrenge Ute hatte mit klug geschmiedeten Ränken dafür gesorgt, dass der von ihr favorisierte Gunther zuerst den Bund der Ehe schloss.

Ob sie ihre Entscheidung wohl bedauerte, nun, da ihr Erstgeborener damit begann, anzügliche Trinklieder anzustimmen und einer schamlosen Gauklerin, die vor ihm herumtanzte, auf den immer höher gleitenden Rocksaum zu starren?

Kriemhild reute es auf jeden Fall, dass sie schon gehen musste, besonders als sie sah, dass Pia von Odenthal schon wieder auf ihrer Sitzfläche zu schrumpfen begann. Hagen spürte bereits, wie sich der schlanke Fuß der Witwe zwischen seine zusammengepressten Knie zu zwängen versuchte.

Beruhigend lächelte er seiner Liebsten zu, während er seine fettigen Hände mit etwas Wasser benetzte und an einem dargereichten Leinentuch abwischte. Als er sich danach abrupt von seinem Platz erhob, verlor Pia, die ihr Gewicht bereits schwer auf sein rechtes Knie gestützt hatte, unversehens allen Halt. Krachend kippte ihr Stuhl nach vorn, während sie unter dem Gelächter der übrigen Gesellschaft zur Gänze unter dem Tisch verschwand.

Ihr verzweifelter Versuch, sich noch am Tafeltuch festzuhalten, führte nur dazu, dass sie einige halb volle Teller und Pokale mit in die Tiefe riss. Hagen wartete nicht, bis sich die über und über mit Wein und Essensresten besudelte Hofdame aufrappeln konnte. Um seine Braut vollends davon zu überzeugen, dass sie sich um seine Treue nicht zu sorgen brauchte, begab er sich zu dem einzigen Besucher des Gelages, von dem sie sicher sein durfte, dass er sich von allen fleischlichen Genüssen fernhielt: zu Bruder Martin, dem aus Speyer angereisten Kaplan, der die neu errichtete Kirche mit ihrer Doppelhochzeit einweihen sollte.

Der ein wenig abseits platzierte Mönch empfing Hagen mit einem aufgesetzt wirkenden Lächeln. „Wie schön, dass Ihr von allein den Weg zu mir gefunden habt, von Tronje“, schmeichelte er übertrieben. „Ich habe ohnehin mit Euch zu reden. Mir ist da einiges zu Ohren gekommen, das wir noch vor Eurer Hochzeit besprechen müssen.“

„Tatsächlich?“ Obwohl er sich wortkarg gab, spürte Hagen, dass ihm seine Zunge bereits schwer im Munde lag. Trotzdem trank er einen weiteren Schluck von dem Burgunderwein, den ihm ein beflissener Page eingeschenkt hatte, bevor er fortfuhr: „Um was mag es dabei wohl gehen? Um eine weitere Spende für den Kirchenbau? Oder um ein prachtvolles Pferd, das euch den altersschwachen Esel ersetzen soll?“

Die Mundwinkel des Geistlichen sanken herab.

Kaum merklich, aber doch weit genug, dass es Hagen auffiel. Ein Hauch der Zufriedenheit erfüllte sein ritterliches Herz. Dafür, dass der Kaplan angeblich ein Armutsgelübde abgelegt hatte, hatte er in letzter Zeit einfach ein paar Wünsche zu viel geäußert.

Berauscht vom genossenen Wein ließ sich Hagen seinen Triumph wohl ein wenig zu deutlich anmerken. Jedenfalls erschien eine Unmutsfalte über Bruder Martins Nasenwurzel.

„Ich war heute in den Stallungen“, erklärte der Geistliche ein wenig umständlich, was ihm auf dem Herzen lag. „Dabei kam mir zu Ohren, dass euer schwarzer Hengst auf den Namen Sleipnir hört!“

„Und zwar seit seiner Geburt, bei der ich selbst zugegen war“, bestätigte Hagen mit unverhohlenem Stolz. „Der störrische Kerl hat sich so dagegen gestemmt, den Mutterleib zu verlassen, dass wir schon dachten, er müsse wirklich acht Beine haben. Leider ist die Stute, die ihm das Leben schenkte, dabei gestorben.“

„Ich dachte mir schon, dass es einen harmlosen Grund für diesen heidnischen Namen gibt“, heuchelte der Mönch Verständnis. „Aber habt Ihr euch nie gefragt, wie es auf die einfachen Leute wirken mag, wenn ein Ritter Eures Rufes sein liebstes Pferd nach Wodans Streitross benennt? Manch einfältiger Stallknecht könnte da glatt auf den Gedanken kommen, Ihr hängt noch dem alten Glauben an! Seid also bitte so gut und tauft Euren Hengst so schnell wie möglich um, von Tronje. Am besten gebt Ihr ihm einen christlichen Namen, der allen zum Vorbild gereicht. Wie wäre es mit Antonios, Niklas oder Christopherus?“

Hagen spürte, wie sich seine Finger fester um den Weinkelch spannten. Jedem anderen im Saal – sofern er nicht von ritterlichem Stande gewesen wäre, der einen Fehdehandschuh notwendig machte – hätte er für diese Forderung zur Tür hinausgeprügelt. Aber Bruder Martin zu schlagen bedeutete, die Königsmutter zu verärgern. Zumindest bis zum Tage der Hochzeit wollte er das nicht riskieren.

Mühsam rang er sich ein Lächeln ab.

„Ich denke darüber nach“, versuchte er den Mönch zu vertrösten.

„Lasst Euch ruhig Zeit.“ Bruder Martins Lippen kräuselten sich spöttisch. „Auf zwei Tage mehr oder weniger kommt es nicht an. Aber spätestens zum Sonntag hin muss die Taufe vollzogen sein. Es soll doch kein Schatten auf die anstehenden Feierlichkeiten fallen, findet Ihr nicht auch?“

Hagen fand vor allem, dass sich der Pfaffe besser um seinen eigenen Mist kümmern sollte, wenn ihm seine Zähne lieb waren, behielt diese Meinung aber wohlweislich für sich.

Trotzdem setzte Bruder Martin nach.

„Leider ist das nicht das Einzige, auf das ich zu sprechen kommen muss“, kündigte er salbungsvoll an. „Es gibt auch unheilige Geschichten über das Schwert mit dem Drachenknauf. Die Knechte munkeln, es trüge den Namen Gram und wäre aus Zwergenstahl geschmiedet.“

Hagens bereits gefasster Plan, die geschwätzigen Stallknechte mit dem Stock zu züchtigen, löste sich bei diesen Worten in Wohlgefallen auf.

„Das ist Gram auch“, bestätigte er mit einem süffisanten Lächeln. „Allerdings nur, wenn man an Zwerge glaubt, was Ihr ja – wenn ich mich recht entsinne – in Eurer letzten Predigt als heidnischen Aberglauben gegeißelt habt. Übrigens heißt es sogar, mein Urgroßvater wäre bei einem Nibelungenschmied in die Lehre gegangen und hätte Gram von eigener Hand gefertigt! Aber auch das ist natürlich nur eine Legende, die von Neidlingen und Dummköpfen verbreitet wird.“

Verärgert presste der Mönch die Lippen aufeinander.

„Das freut mich zu hören“, behauptete er zwar, aber nur, um gleich darauf in noch strengerem Tonfall fortzufahren: „Bei all den heidnischen Dingen, mit denen Ihr euch umgebt, drängte sich mir schon fast der Verdacht auf, Ihr gehört zu jenen finsteren Gesellen, die Wodan heimlich weiter verehren. Oder gar auf die Wiederkehr der Asen hoffen.“

Was dieser nur mühsam verhüllte Vorwurf für die Hochzeit mit Kriemhild bedeuten könnte, brauchte der Geistliche nicht extra zu erwähnen. Die Drohung, mit der Königsmutter zu sprechen, hing ohnehin schon die ganze Zeit über im Raum. Aber mit diesen neuen Vorwürfen, die unverhohlen auf die Gerüchte anspielten, die sich seit jeher um das Geschlecht der Tronjer rankten, hatte der Kaplan den Bogen endgültig überspannt.

Hagen war es allmählich leid, vor Bruder Martin zu katzbuckeln.

Ute von Burgund kannte ihn von Kindesbeinen an. Und genauso lange wusste sie schon um das Schwert der Tronjer, das seit Generationen von dem Vater auf den erstgeborenen Sohn überging. Nähme sie an dieser Tradition ernstlich Anstoß, hätte sie ihm und Kriemhild niemals den Hochzeitssegen erteilt. Einen Segen, den sie nicht zwei Wochen vor der Trauung widerrufen würde, nur weil Hagen sein Streitross Sleipnir rief. Dazu stand die Königsmutter – streng gläubig oder nicht – zu sehr mit beiden Beinen im weltlichen Leben.

Nein, nein, alles, was dieser Mönch hier versuchte, war, seine Macht zu demonstrieren. Und es war höchste Zeit, ihm seine Grenzen aufzuzeigen.

„Ich habe Wodan und die Seinen nie verehrt und werde es nie tun“, stellte Hagen gereizt klar. „Die Gesetze der streitlustigen Asen waren grausam gegen andere und sich selbst. Wenn Ihr mich fragt, sind sie bei Ragnarök gefallen, lange bevor eure ersten Missionare kamen und die Eichen fällten. Und das war gut so! Für den einfachen Bauern gibt es nichts Schöneres, als im Kreise seiner Kinder auf dem Strohlager zu sterben, darum hatte er es schon lange satt, dass nur die Tollkühnen, die mordend und brandschatzend durchs Land zogen, den Weg ins Paradies finden sollten. Die Lehren des Stallgeborenen hingegen …“

„Unseres Herrn Jesu Christi“, unterbrach der Mönch unwirsch.

„Die Lehren des Stallgeborenen hingegen …“, wiederholte Hagen doppelt so laut wie zuvor, „… mit ihren ganzen Geschichten über Gleichheit und Nächstenliebe gehen da schon eher mit dem Leben des einfachen Gesindes einher. Und auch ich kann ihnen so einiges abgewinnen, das muss ich eingestehen. Nur das, was jene, die das Wort Christi verkünden, gern mit hinzudichten, stößt bei vielen auf wenig Gegenliebe.“ Noch ehe der Geistliche die offenen Worte verdauen konnte, beugte sich Hagen tief zu ihm herab und setzte leise zischend hinzu: „Ganz im Vertrauen, Bruder Martin … Ihr solltet nicht so viel gegen die Fleischeslust wettern, sonst könnte so mancher in dieser Stadt auf den Gedanken kommen, dass Ihr ganz verschrumpelt unter eurer braunen Kutte seid!“

Dieser Stich hatte gesessen.

Hagen sah blanke Wut in den Augen des Kaplans aufflammen, während er den Weinkelch erneut an die Lippen setzte. Aber noch ehe Bruder Martin nach irgendeinem Gegenstand greifen konnte, um ihn dem Tronjer wie einen Fehdehandschuh ins Gesicht zu schleudern, wurden draußen auf den Burgzinnen entsetzte Stimmen laut. Rufe erschallten, und zwar in so großer Zahl, dass der Lärm der Feiernden nach und nach verstummte.

Giselher sprang als Erster von der Tafel auf und eilte zu einem der schmalen Bogenfenster, um nach dem Rechten zu sehen. Kaum dass er einen Blick ins Freie geworfen hatte, wirbelte er auch schon wieder herum, plötzlich totenfahl im Gesicht.

„Ein Ungeheuer!“, stieß er atemlos hervor. Ausgerechnet er, der nur mit Wasser verdünnten Wein getrunken hatte. „Oben am Himmel! Ein Leviathan oder eine noch größere Scheußlichkeit!“

Einige Betrunkene lachten schrill auf.

Auch Hagen wollte schon einen verächtlichen Kommentar abgeben, aber dann sah er plötzlich, wie sich vor dem bleichen Rund des Mondes ein scharf umrissener Schatten abhob. Zu groß, um von einer Eule oder einer Fledermaus zu stammen, und auch von gänzlich anderer Gestalt. Ein geflügeltes, mit Stacheln gespicktes Untier, völlig verwachsen und mit einem grotesken Schweif versehen.

„Fafnir!“, entfuhr es Hagen unwillkürlich.

4. Kapitel

Fafnir!

Allein der Name genügte, um die gesamte Gesellschaft auf einen Schlag zu ernüchtern. Weinkelche fielen zu Boden, Fleischkeulen und Bestecke klapperten auf die Teller zurück. Selbst König Gunther stieß die Gauklerin fort, die er auf seinen Schoß gezogen hatte.

Hagen von Tronje gehörte zu den Ersten, die an die lange Reihe der Bogenfenster drängten. Von weiteren Schaulustigen umlagert, starrte er in den Nachthimmel hinaus. Sein Verstand weigerte sich zunächst zu glauben, was er dort sah, doch je länger er den Flug der grotesken Kreatur verfolgte, desto weniger ließ es sich leugnen: Das, was dort nahte, war wirklich Fafnir!

Hagen musste es wissen. Er war einer der wenigen Anwesenden, die den Lindwurm schon einmal mit eigenen Augen gesehen hatten. Doch warum griff diese Bestie Worms an, anstatt angekettet in Mimes Schmiede zu liegen?

„Beim heiligen Petrus!“ Bruder Martins Stimme dröhnte unangenehm schrill durch den Saal. Ungefähr so, als hätte ihm das Jüngste Gericht offenbart, er solle als elender Sünder zur Hölle fahren. „Was … was ist das nur für eine fürchterliche Kreatur?“

„Eine, die es euren Predigten zufolge gar nicht geben dürfte!“, knurrte Hagen missgestimmt, bevor er herumwirbelte und sich einen Weg durch die Menge bahnte.

Während die Umstehenden noch vor Überraschung erstarrt waren, drängte es ihn bereits danach, etwas gegen die drohende Gefahr zu unternehmen.

Da flog der rechte Flügel der großen Saaltür auf. Von zwei Fußlanzenträgern flankiert, stürmte das Oberhaupt der königlichen Truppen herein.

Dankwart von Tronje.

„Alarm!“ Das sonst eher bleiche Gesicht von Burgunds höchstem Ritter hatte sich seinem rostroten Haar angepasst. „Alle kampffähigen Männer sofort zu den Waffen!“

Der dröhnende Ruf des Hünen wirkte wie ein Peitschenhieb auf die versammelte Gesellschaft. Plötzlich geriet alles in helle Aufregung.

„Krakeelt gefälligst nicht herum!“, brüllte Dankwart den anschwellenden Lärm nieder. „Rüstet euch lieber geschwind und sammelt euch auf den Mauern!“

Um seine Worte zu unterstreichen, fuchtelte er wild mit der zur Faust geballten Rechten, während seine Linke die Ebenholzscheide eines Langschwertes umklammerte. Nicht einmal die beiden Könige begehrten gegen die harschen Befehle ihres Marschalls auf. Wie alle anderen, so eilten auch Gunther und Giselher davon, um sich ein Kettenhemd überzuwerfen und zu Schwert und Schild zu greifen.

Nur Hagen blieb grinsend vor seinem Onkel stehen und nahm Gram aus dessen Hand entgegen. Niemand sonst, außer Dankwart von Tronje, hätte es wagen dürfen, ihm seine Waffe aus den Gemächern mitzubringen.

Gram war ein Schwert, wie es kein zweites bei Hofe gab.

Andere, in Gold gefasste und mit Edelsteinen besetzte Waffen, mochten nach außen hin prunkvoller wirken, doch keine ihrer Klingen besaß eine vergleichbare Durchschlagskraft oder ließ sich besser im Kampfe führen.

Hagen, der nicht viel auf Protzerei gab, hatte ganz bewusst eine schlichte Hülle für seine Waffe gewählt. Eine Ebenholzscheide, die er eigenhändig mit Ruß und Leinöl eingerieben hatte, bis sie den dunklen Ton annahm, den er so sehr schätzte.

In einer fast zärtlichen Geste fuhr er über Grams kunstvoll geschmiedeten Griff. Er wusste, dass er allen Grund dazu hatte, stolz auf seinen Besitz zu sein.

Die Augen eines jeden fremden Betrachters weiteten sich schon, wenn sie nur der Parierstange ansichtig wurden, dieses geschwungenen Reptilienleibes, der in zwei züngelnden Schlangenmäulern endete. Doch nichts vermochte die grenzenlose Überraschung zu übertreffen, die der Anblick des Schwertknaufs auslöste, der einen grinsenden Drachenkopf darstellte. Seine detaillierte Gravur und zwei als Augen eingesetzte Rubine, die beim kleinsten Lichteinfall dunkelrot zu funkeln begannen, führten dazu, dass manch schlichtes Gemüt ernstlich befürchtete, die stählerne Nachbildung könnte zu echtem Leben erwachen.

Etwa um einen Dieb, der Gram unrechtmäßig zu führen versuchte, in die Hand zu beißen.

Die Gerüchte darum, dass Fafnirs Hauch die Klinge beseelte, heizten derartige Fantasien zusätzlich an. Hagen schmunzelte nur darüber, wusste aber gleichzeitig den Wert solcher Legenden zu schätzen. Kein Unbefugter in ganz Worms hatte je versucht, sein Schwert unerlaubt zu berühren.

Rasch gürtete er Gram um und folgte Dankwart auf den südlichen Wehrgang. Auf seine Rüstung verzichtete er. Falls Fafnir tatsächlich ein flammendes Inferno entfachte, vermochte ihn ohnehin kein Stahl vor dem Verbrennen zu schützen. Wichtig war jetzt vor allem, das Untier auf Abstand zu halten.

„Bogenschützen", rief er, sobald er ins Freie trat, nur um festzustellen, dass Dankwart bereits die besten Männer auf dem vorgelagerten Söller versammelt hatte.

Mit aufgelegten Pfeilen standen sie da, die Sehnen leicht durchgezogen, als wäre die Gefahr noch weit entfernt. Und tatsächlich – so rasch, wie der Drache mittlerweile an Höhe verlor, würde er weit vor den Stadtmauern niedergehen. Sein schlaff in die Tiefe hängender Schweif streifte bereits einige der Weinreben, die überall entlang des Rheins auf den abfallenden Steilhängen gediehen.

„Sieht aus, als wollte er sich zuerst auf den Wik stürzen", sagte Dankwart, als sein Neffe neben ihn trat.

Die Vermutung lag tatsächlich nahe, aber der Hüne klang, als glaube er selbst nicht recht an seine Worte. Hagen beschlichen ebenfalls erste Zweifel, dass sie gerade einem Angriff beiwohnten. Natürlich mochte das Mondlicht täuschen, aber irgendwie wirkten Fafnirs Bewegungen mehr wie ein kraftloser Abstieg denn wie ein geschicktes Flugmanöver.

Oder versuchte die Bestie sie nur zu übertölpeln?

Statt abzudrehen und tatsächlich auf die Siedlung der Rheinschiffer zuzuhalten, die rund um den Hafen entstanden war, streifte Fafnir an einer Felswand entlang und verschwand abrupt aus ihrem Sichtfeld. Kaum einen Atemzug später zerriss ein dumpfer, hässlicher Laut die nächtliche Stille. Hagen glaubte eine leichte Erschütterung zu spüren, aber das mochte täuschen.

Die aus Erde und Weinstöcken bestehende Wolke, die am Steilhang emporwirbelte, bildete er sich allerdings nicht ein. Voller Verblüffung starrten alle auf die hohen Staubschleier, die sich langsam über die Hänge hinwegwälzten.

„Falls er uns wirklich auf diese Weise einheizen will, kannst du beruhigt aufs Bankett zurückgehen", scherzte Dankwart nach einer Weile, um das unangenehme Schweigen zu durchbrechen.

Hagen war nicht zum Lachen zumute. „Da stimmt doch was nicht! Lass uns rasch nach dem Rechten sehen, bevor uns jemand zuvorkommt."

Sein Onkel zögerte einen Moment, als überlegte er ernsthaft, wer dieser Jemand wohl sein könnte, doch als das Klappern von Bruder Martins Sandalen über die Zinnen hallte, stimmte er rasch zu. Gemeinsam mit den Bogenschützen eilten Hagen und Dankwart zu den Ställen hinab. Einige alarmierte Knechte hatten bereits damit begonnen, die Pferde zu satteln. Gemeinsam mit weiteren Bewaffneten ritten die Tronjer zur Burg hinaus und jagten durch die nächtlichen Gassen von Worms.

Die meisten Bürger schliefen noch fest. Und die wenigen Spätheimkehrer, die erst jetzt aus den Schenken wankten, warnte der vereinte Hufschlag, der laut vom Steinpflaster widerhallte. Rasch flüchteten die Angetrunkenen in nahe Hofeingänge, bevor die Kavalkade an ihnen vorüberdonnerte.

Zu Hagens Verdruss hatte sich ihnen auch Bruder Martin angeschlossen, der eine von Utes Stuten ritt. Obwohl der Tronjer das Tempo kräftig forcierte, nachdem sie auch das Stadttor hinter sich gelassen hatten, gelang es ihrer Truppe nicht, den Kaplan abzuhängen.

Neben den Männern schlängelte sich lange Zeit der Rhein wie ein silbernes Band am Grunde des Tals entlang. Doch so scharf sie auch längs des Ufers und später durch die Hügellandschaft ritten, Bruder Martin blieb ihnen dicht auf den Fersen.

Gleichzeitig mit einigen aufgeschreckten Weinbauern erreichten die Berittenen einen frischen Erdwall, den der Lindwurm bei seinem harten Aufschlag vor sich aufgeschoben hatte. Reglos lag das große Tier in einer flach ansteigenden Mulde. Myriaden von Staubkörnern tanzten im Mondlicht.

Die Pferde scheuten zuerst, als sie die Bestie witterten, beruhigten sich aber rasch wieder. Hagen wertete das als sicheres Zeichen, dass in Fafnir kein Lebensfunken mehr steckte. Trotzdem war weiterhin Vorsicht geboten.

„Alles absitzen und Fackeln anzünden“, wies Dankwart seine Männer mit befehlsgewohnter Stimme an.

Zwei Reiter wurden dazu eingeteilt, die Zügel zu halten, die anderen bauten sich im Halbkreis um den reglosen Drachen auf. Niemand musste ihnen sagen, dass sie nicht zu nahe an das Tier herangehen sollten. Die natürliche Furcht vor dem Unbekannten hielt sie von ganz allein auf Abstand. Auch Bruder Martin zog es vor, in sicherer Entfernung ein Kreuz zu schlagen, bevor er ein stilles Gebet zu sprechen begann.

Selbst Hagen klopfte das Herz bis zum Hals, als er Gram aus der Scheide zog. Schulter an Schulter mit seinem Onkel überwand er den Erdwall. Der in der Luft schwebende Staub kratzte in der Kehle, tapfer unterdrückten sie den aufsteigenden Hustenreiz.

Die Fackeln, die sie trugen, enthüllten einzelne Partien des vor ihnen aufragenden Schuppenberges. Fafnirs langer Hals schlängelte sich in grotesker Haltung um die eigenen Vorderläufe, während sein Kopf unter dem Hinterleib feststeckte. Nadelspitz zulaufende Krallen ragten ihnen aus einer unnatürlich abgespreizten Vorderpranke entgegen.

Hagen nahm all seinen Mut zusammen, trat einen Schritt vor und stach mit der Schwertspitze in die dünne Haut, die sich zwischen den geschuppten Klauen spannte.

Es war schon ein merkwürdiges Gefühl, ausgerechnet eine im Drachenhauch gehärtete Klinge gegen Fafnir zu erheben. Schweiß perlte über Hagens Nacken, während er darauf wartete, dass das Tier zornig in die Höhe fuhr und nach ihnen schnappte.

Nichts dergleichen geschah.

Dankwart atmete erleichtert auf.

„Drecksvieh!“, schimpfte er dann. „Kommt hierher, um zu sterben. Als gäbe es dafür nicht genügend einsam gelegene Plätze.“

Ihre Fackeln weit vorgestreckt, begannen die beiden Tronjer das große Tier zu umrunden. Im zuckenden Flammenschein wirkte es manchmal so, als liefe ein Zittern durch die geschuppten Gliedmaßen, doch in Wirklichkeit war der Kadaver zu völliger Bewegungslosigkeit erstarrt.

„Keine Stahlschellen oder geborstene Ketten an den Füßen", stellte Hagen leise fest. „Er hat sich also nicht losgerissen."

„Was sonst?" Dankwart flüsterte ebenso wie sein Neffe, denn sie sprachen über Dinge, von denen nur Eingeweihte Kenntnis hatten. „Glaubst du etwa, die Nibelungen hätten ihn auf uns gehetzt?"

„Die oder jemand anders." Hagen zuckte mit den Schultern, um anzudeuten, dass er sich seiner Sache keineswegs sicher war. „Möchte bloß wissen, was damit bezweckt werden soll!"

Dankwart sparte sich eine Antwort auf diese Frage. Sie wussten beide, dass es keine vernünftige Erklärung für Fafnirs Auftauchen gab. Außerdem erregte gerade etwas anderes ihre Aufmerksamkeit. Ein langer Riss, den sie in der Drachenflanke entdeckten.

Dankwart steckte sein Schwert zurück, um eine Hand freizubekommen. Vorsichtig ließ er Zeige- und Mittelfinger über die zerfransten Wundränder gleiten.

„Bist du verrückt geworden?", fuhr Hagen erschrocken auf.

„Warum?" Sein Onkel grinste. „Etwas Drachenblut auf der Brust verschmiert, beschert eine undurchdringliche Hornhaut über dem Herzen. Du kennst doch die alten Legenden."

Laut zischend presste Hagen seinen Atem zwischen den Zahnreihen hervor. Schließlich wussten sie beide auch um die zahlreichen Mahnungen, die vor einem unverwundbar machenden Bade im Drachenblut warnten.

„Offensichtlich ist mir jemand zuvorgekommen." Dankwart hielt beide Fingerkuppen in die Höhe, um zu zeigen, dass an ihnen kein einziger Tropfen klebte.

Nachdem sie den Boden zu ihren Füßen abgeleuchtet hatten, wussten sie, dass auch nichts ins Erdreich gesickert war. Anscheinend war der Drache bereits blutlos vom Himmel gestürzt. Zahllose weitere Wunden, die sie bei der Untersuchung des Kadavers fanden, untermauerten diesen Verdacht. Fafnir war tatsächlich restlos ausgeblutet, wie ein Schwein auf der Schlachtbank, das an den Hinterbeinen in die Höhe gezogen wurde.

Wo ein aufrechter Waidmann so schnell wie möglich zum finalen Stoß ansetzte, hatte Fafnirs Bezwinger auf geradezu grausame Weise gehandelt. Die große Zahl der oberflächlichen Einstiche ließ gar keinen anderen Schluss zu, als dass er einen möglichst langsamen Tod der Bestie beabsichtigt hatte.

Hagen spürte ein kaltes Prickeln zwischen den Schulterblättern.

„Böser Zauber", flüsterte er. „Was mag bloß dahinterstecken?"

„Genau das frage ich mich auch!", ertönte eine fremde Stimme an ihrer Seite.

Die beiden Tronjer waren hartgesottene Burschen, trotzdem zuckten sie zusammen. Wie aus dem Boden geschossen stand Bruder Martin neben ihnen. Statt einer Fackel hielt der Kaplan eine kleine Silberflasche mit nach Rosen duftendem Weihwasser in Händen, das er mit weit ausholenden, sich überkreuzenden Bewegungen über den toten Lindwurm verspritzte.

Danach band er das einfache Holzkreuz los, das an seinem Strickgürtel baumelte, hielt es der toten Kreatur entgegen und murmelte ein lateinisches Gebet.

Hagen, der sein eigenes Erschrecken für ein Zeichen von Schwäche hielt, spürte haltlosen Zorn in sich aufsteigen. Am liebsten hätte er den Mönch aus seiner erdbraunen Kutte gestoßen, stattdessen blaffte er ihn nur an:

„Was soll das?", wollte er wissen.

„Ich verhindere, dass dieses Untier der Christenheit noch einmal gefährlich werden kann!", erklärte der Kaplan, ohne in seinem Tun innezuhalten.

Lauter Hufschlag verhinderte, dass Hagen handgreiflich werden konnte.

Hinter dem Halbkreis der Fackelträger tauchte eine Doppelreihe gepanzerter Reiter auf, die von König Gunther persönlich angeführt wurde. Sich in Kettenhemd und Waffenrock zu werfen, hatte seine Zeit gekostet, doch nun sprengten die Wormser kampfbereit heran. Erst auf ein Handzeichen ihres Herrschers hin zügelten sie die Pferde.

König Gunther starrte eine Weile auf den toten Lindwurm herab. Dann ritt er mir seinem Pferd einen sanft ansteigenden Hügel hinauf, um möglichst viel Distanz zwischen sich und die Menge zu bringen. Auf einer natürlichen Terrasse angekommen, drehte er seinen Wallach auf der Hinterhand herum. Angesichts seines angetrunkenen Zustandes legte er dabei ein beachtliches Geschick an den Tag.

„Hagen und Dankwart! Zu mir!", befahl er, nachdem er sich aus dem Sattel geschwungen hatte.

Bruder Martin, der sich den beiden Rittern anschließen wollte, bekam umgehend zu spüren, warum Königsmutter Ute ihren Erstgeborenen für einen geeigneten Herrscher hielt.

„Du nicht, Pfaffe!", bellte Gunther den Kaplan an. „Es sei denn, du möchtest königlichen Stahl zu schmecken bekommen!"

Bruder Martin blieb so abrupt stehen, als wäre er gegen ein unsichtbares Hindernis geprallt. Gleich darauf schrumpfte er regelrecht unter seiner Kutte zusammen, als er auch noch vor aller Welt für den heimtückischen Diebstahl von Utes Pferd gescholten wurde.

Hagen lächelte vergnügt über das königliche Donnerwetter. So bereitete der beschwerliche Aufstieg gleich doppelt viel Freude. Bei Gunther angelangt, redete ihr Herrscher nicht lange um den heißen Brei herum.

„Als wir losgeritten sind, ließ meine Mutter gerade ihr zweites Pferd satteln“, erklärte er, das Gesicht wie unter pochendem Kopfschmerz verzogen. „Wenn ihr zwei also irgendetwas zu sagen habt, das nicht für aller Ohren bestimmt ist, dann redet am besten schnell.“

Hagen und sein Onkel wechselten einen kurzen Blick miteinander, bei dem der Ältere dem Jüngeren bedeutete, dass er entscheiden solle, wie viel sie dem König preisgaben. Mochte Dankwart auch einen höheren Rang am Wormser Hof bekleiden, innerhalb ihrer Familie nahm Hagen, der Gram an seiner Hüfte trug, die dominierende Stellung ein.

Ohne jede äußere Regung kam er der auf seinen Schultern lastenden Aufgabe nach. „Der Lindwurm fiel bereits tot vom Himmel“, berichtete er, was sie vermuteten.

„Was hat das zu bedeuten?“, schimpfte Gunther, der Fafnirs Auftauchen für einen gegen ihn persönlich gerichteten Affront zu halten schien. „Sollen meine Hochzeit und die Kirchweihe etwa dadurch in Misskredit gebracht werden?“

Dieser Gedanke war gar nicht so dumm. Das einfache Volk und auch viele Noble glaubten durchaus daran, dass böse Omen bevorstehende Ereignisse unter einen schlechten Stern zu rücken vermochten. Lindwürmer, die tot vom Himmel fielen, taugten zweifellos als solches Vorzeichen, insbesondere in Worms, wo ihr Auftauchen die Predigten eines allseits bekannten Kaplans Lügen strafte.

Lindwürmer, Trolle und Nixen gibt es nicht – das sind nur Ausgeburten schlimmsten Aberglaubens! Hagen klangen Bruder Martins diesbezügliche Worte noch deutlich im Ohr.

„Wir wissen nicht, was Fafnir nach Worms getrieben hat“, antwortete er vorsichtig. „Aber wir fürchten, dass er erschlagen wurde, weil irgendjemand – ein einzelner oder eine ganze

Gruppe von Kriegern – unbedingt in seinem Blute baden wollte.“

Selbst im fahlen Mondlicht war zu sehen, wie der König erbleichte. Als echter Burgunder kannte Gunther natürlich die Geschichten, die über das Lindwurmblut erzählt wurden.

„Irgendjemand hat versucht, sich und seine Mannen unverwundbar zu machen?“ Gunthers Schrecken schlug unversehens in jähen Zorn um. „Zwei Wochen vor meiner Inthronisierung als Alleinherrscher? Das kann doch nur die Tat eines hundsgemeinen Rivalen sein! Eines aquitanischen oder lothringischen Bastards oder …“ Klatschend schlug er die geballte Rechte in seine offene linke Hand. „… eines elenden Sachsen!“

„Bisher wissen wir nur, das Fafnir vollkommen ausgeblutet ist“, versuchte Dankwart den Lehnsherren zu beruhigen.

„Aber wir müssen natürlich herausfinden, was wirklich hinter der ganzen Sache steckt“, fügte Hagen rasch hinzu.

Der König nickte grimmig, bevor er fragte: „Wisst ihr beiden zufällig, wo ihr nach Spuren eines solchen Bades zu suchen hättet?“ Da das enge Verhältnis zwischen Tronjern und Nibelungen allseits bekannt war, wusste Gunther, dass er mit den richtigen Männern sprach.

„Wir können es uns ungefähr vorstellen“, blieb Hagen trotzdem vage, wohl wissend, dass sein Lehnsherr gar keine Einzelheiten erfahren wollte.

Was Gunther selbst nicht über heidnische Gebräuche wusste, konnte ihm später auch niemand anlasten. Weder geistliche noch weltliche Rivalen.

Gemeinsam sahen die drei auf eine Staubwolke hinab, die sich immer deutlicher vor den reflektierenden Fluten des Rheins abzeichnete. Die kurz bevorstehende Ankunft der Königsmutter stärkte Gunthers Entschlussfreudigkeit.

„So sei es!“, befahl er. „Begebt euch sofort zur Ruhe und brecht beim ersten Sonnenstrahl mit einem Dutzend handverlesener Männer auf. Ich sorge derweil dafür, dass der verdammte Lindwurm ein grotesker Schatten am Himmel bleibt.“

Hagen und Dankwart nickten ergeben, während der König einige in der Nähe versammelten Bauern zu sich bestellte. Sie erhielten den Auftrag, so schnell wie möglich Brennholz herbeizuschaffen und über der toten Bestie aufzuschichten. Notfalls sollte dazu jede Seele außerhalb der Stadtmauern geweckt werden, damit sie schnell genug vorankamen.

Hauptsache, der Scheiterhaufen stand bis zum Morgengrauen in Flammen.

So verlangte es der König – und so geschah es auch. Selbst wenn das hieß, dass Hunderte von Männern, Frauen und Kindern die ganze Nacht hindurch rackern mussten.

5. Kapitel

„Gib gut auf dich acht!“ Kriemhild ergriff seine Hand, während er über die Zinnen hinweg zum Horizont starrte. „Ich könnte es nicht ertragen, wenn dir etwas Schlimmes widerfahren würde.“

Die aufgehende Sonne hatte die Nacht schon beinah zur Gänze vertrieben, trotzdem stachen die hoch aufschlagenden Flammen wie ein Fanal in den Himmel. Innerhalb der Stadtmauern hatten viele noch nicht bemerkt, was draußen vor sich ging. Vor dem Wik versammelten sich jedoch die ersten Händler mit ihren Familien, und auch im Lager der Gaukler und Spielleute machte sich Neugierde breit.

Ein paar königliche Wachen sorgten dafür, dass niemand auf den Gedanken kam, sich auf einen Gaul zu schwingen, um auf eigene Faust die Ursache des großen Brandes zu erkunden. Natürlich würde sich trotzdem bald herumsprechen, was passiert war. Zu viele Bauern, die Holz und Pech heranschaffen mussten, hatten den toten Fafnir mit eigenen Augen gesehen. Es wäre vermessen gewesen anzunehmen, dass sie sich alle durch Drohungen mundtot machen ließen. Dazu wog das Geheimnis, das sie bewahren sollten, einfach zu schwer.

Trotzdem hatte Gunther richtig gehandelt.

Nur indem Fafnir so schnell wie möglich verbrannt und seine Asche im Rhein verstreut wurde, ließ sich das Schlimmste verhindern. Denn in all jenen, die das Unglaubliche nicht selbst zu sehen bekamen, würde stets der Zweifel nagen, ob dort oben wirklich ein Lindwurm gebrannt hatte.

Es lag nun einmal in der menschlichen Natur, dass sich das, was die eigenen Augen sahen, am stärksten in das Gedächtnis einprägte, während alles, was einem nur aus zweiter Hand zugetragen wurde, sich leicht als lügenhaftes Gewäsch abtun ließ. Besonders, wenn Bruder Martin erst wieder von der Kanzel herab gegen den heidnischen Aberglauben zu wettern begann.

Bis zur Doppelhochzeit würde natürlich noch Unruhe herrschen, aber schon in wenigen Monaten würden die Wormser den Geschichten über Fafnirs Tod kaum noch Glauben schenken. Jedenfalls nicht mehr, als denen über Trolle, die in Steinwäldern hausten, oder den Gerüchten, dass die Herren von Tronje ein gutes Verhältnis zu den Nibelungen pflegten. Jenen zwergenhaften Gestalten, die Fafnir vor Jahrhunderten in Eisen geschlagen hatten.

„Hagen!“ Kriemhild quetschte seine Hand so fest zusammen, wie sie nur konnte, um ihn aus seinen Gedanken zu reißen.

Die Lippen zu einem bemühten Lächeln verzogen, drehte er sich zu ihr um.

„Sorg dich nicht“, bat er sie und sah ihr dabei fest in die Augen. „Wir reiten in unsere Heimat, dort kennen wir uns aus.“ Obwohl er mit einer Zuversicht sprach, die er selbst nicht empfand, löste sich ein wenig von der Spannung, die Kriemhilds Körper gefangen hielt. Seine Liebste wollte ihm nur zu gern glauben, dass er in keiner besonderen Gefahr schwebte, das machte es einfach, sich in Sicherheit zu wiegen.

„Und was ist, wenn Alberich und seine Schergen euch schon mit blanker Klinge erwarten?“ Sie senkte ihre Stimme zu einem Flüstern herab, als hätte sie etwas Unanständiges gesagt. Aus der Sicht ihrer Mutter oder des Kaplans hatte sie das vermutlich auch.

„Wenn einer von den Zwergen frech wird, ziehe ich ihm die Beine lang!“ Hagen hatte in einem Anflug von Galgenhumor gesprochen, trotzdem umspielte ein feines Lächeln ihre Lippen. Das erste an diesem Morgen.

Er nutzte die Gunst der Stunde, indem er sie an den schmalen Schultern fasste und zu sich heranzog. Kriemhilds Lippen öffneten sich, als sie auf die seinen trafen. Ihr Kuss schmeckte angenehm weich und süß.

Eine in der Nähe postierte Wache sah mit großen Augen zu ihnen herüber. Aufgeregt stieß der Kerl den neben ihm stehenden Kameraden mit dem Ellbogen an, der es aber vorzog, weiterhin stur auf die träge dahinfließenden Fluten des Rheins hinabzustarren.

Hagen wusste natürlich, dass es ungehörig war, sich so vertraut in der Öffentlichkeit zu geben, aber was war schon ein Kuss verglichen mit dem Feuer, das in den Weinhängen brannte? Nur eine unbedeutende Kleinigkeit …

Sich von Kriemhilds süßen Lippen zu lösen, war schwerer, als Kletten aus einem Wollumhang zu pflücken. „Gib auf deine Mutter acht", bat er, nachdem es ihm dennoch gelungen war. „Und auf deine Brüder."

„Auch auf Bruder Martin?" Kriemhild grinste schelmisch.

„Vorsicht!" Er legte ein leichtes Knurren in seine Stimme. „Bist du erst mein Weib, lege ich dich für solche Frechheiten übers Knie."

Statt Furcht oder Empörung zu zeigen, schnurrte sie nur wie eine Katze, bevor sie über den Wehrgang davoneilte. Sie wollte ihren Abschied nicht länger als nötig hinauszögern. Bei aller Jugend war sie doch eine Prinzessin von Burgund, die von ihrer pflichtbewussten Mutter gelernt hatte, ihre Gefühle im rechten Augenblick zu zügeln. Hagen folgte dem guten Beispiel und verließ die Zinnen, ohne den vorwitzigen Posten, der immer noch taktlos herüberstarrte, kopfüber in den Burggraben zu werfen.

Dankwart, der schon ungeduldig am Fuß der Freitreppe wartete, schüttelte den Kopf. „Herrgott noch eins, es wird wirklich Zeit, dass ihr beiden unter die Haube kommt."

Hagen grinste nur.

Auf dem Burghof standen sich die beiden äußerlich so ungleichen Männer einen Augenblick schweigend gegenüber. Auf der einen Seite der hünenhafte Dankwart, dem das rostrote Haar nicht nur vom Kopf wallte, sondern auch kräftig im Gesicht wucherte.

Hagen war zwar selbst groß gewachsen, doch seinem Onkel – der nur zwölf Jahre älter war als er – reichte er gerade bis zum vollbärtigen Kinn.

Und auch sonst gab es nur wenige Familienähnlichkeiten zwischen den beiden.

Wo Dankwart in allem ein Quäntchen größer und breiter als die meisten Burgunder war, fiel Hagens Gestalt schmaler als der Durchschnitt aus, ohne dadurch dürr oder schwächlich zu wirken. Einzig das fein geschnittene Gesicht und sein langes, über den Schultern auffächerndes Haar verliehen ihm auf die Entfernung einen gewissen weiblichen Zug.

Nur ein guter Beobachter, der den beiden Tronjern fest ins Gesicht zu blicken wagte, fand einen Hinweis darauf, dass sie derselben Blutlinie angehörten: den rauchgrauen Ton ihrer Augen, der bis auf die feinsten Sprenkel übereinstimmte. Doch das war keineswegs alles, worin sie sich ähnelten. Hagen und Dankwart waren auch von ähnlichem Temperament und teilten oft die gleichen Gedanken.

Und so wussten sie in diesem Moment voneinander, ohne es aussprechen zu müssen, dass sie sich beide wie am Morgen vor einer großen Schlacht fühlten. Angesichts der Möglichkeit, dass sie bald sterben konnten, verstärkten sich all ihre Empfindungen. Und so sahen und hörten sie deutlicher und rochen und schmeckten intensiver als gewöhnlich.

Das war berauschend und beängstigend zugleich.

„Für die Weltenesche und Tronje“, sagte Dankwart halblaut, bevor er Hagen den rechten Unterarm entgegenstreckte.

„Für Yggdrasil und Tronje“, wiederholte Hagen und schlug feierlich ein.

Rasch umfassten sie einander an den Unterarmen, klopften mit der freien Linken auf die gegenüberliegende Schulter und ließen genauso schnell voneinander ab. Niemand, der sie zufällig beobachtete, sollte Verdacht schöpfen, dass sie gerade eine Grußformel ausgetauscht hatten, die so alt wie Midgard selbst war.

Frisch gestärkt von ihrer geheimen Übereinkunft, begaben sie sich zu den Stallungen, in denen schon die Eskorte auf sie wartete: vierzehn leicht gepanzerte Männer, die wie sie aus Tronje stammten. Mehr noch: vierzehn Eingeweihte, die um Dinge wussten, die vielen anderen in Burgund schon fremd geworden waren, und sie nicht fürchteten.

Gemeinsam mit ihnen wollten die beiden Ritter herausfinden, was mit dem Blut geschehen war, von dem es hieß, es könne einen Krieger unverwundbar machen.

6. Kapitel

Sechzehn Männer in Waffenröcken, auf denen das Wappen des weisen Raben prangte, dazu acht Packpferde, die an langen Zügeln mitgeführt wurden – ein solcher Tross erregte Aufsehen. Besonders an einem Morgen wie diesem, an dem der Rauch eines mächtigen Feuers langsam den Horizont verdunkelte.

Die Bürger von Worms spürten instinktiv, dass etwas vorgefallen war.

Darum blickten viele aus dem Fenster oder drängten sich in den Gassen, um mit eigenen Augen zu verfolgen, wie die Tronjer mit geballter Macht ausrückten. Viele Schaulustige starrten mit offenen Mündern zu der Doppelreihe empor, doch einzelne nickten den Reitern auch wissend zu oder sprachen lautlos die alte Formel: *Für die Weltenesche … für Yggdrasil.*

Hagen konnte es an ihren Lippenbewegungen ablesen.

Das eine oder andere Mal meinte er auch, ein *Möge Wodan mit euch sein!* zu erkennen, aber das war ihm genauso recht wie die Kreuze, die ihnen zu Ehren geschlagen wurden. Der gute Wille war alles, was zählte.

Mit ernster Miene sprengten sie zum Stadttor hinaus und verschwanden, eine hohe Staubfahne nach sich ziehend, in Richtung Süden. Sie wollten den Rhein an einer flachen Furt überqueren, die etwa eine Stunde entfernt lag. Wie alle, die in der Fremde weilten, kannten sie den kürzesten Weg in die Heimat. Dazu besaßen sie wohlgeratene Rösser, die sie in drei Tagen ans Ziel zu bringen vermochten.

Die erste Nacht verbrachten sie unter freiem Himmel, gegen Mittag des zweiten Reisetages erreichten sie die Grenze zum Herzogtum Tronje, das zum Westen hin weit in den Odenwald hineinreichte.

Überall, wo ihnen Menschen begegneten, wurden sie erkannt. Nicht nur an den Wappen mit den schwarzen Raben, sondern auch an dem ungewöhnlichen Flügelhelm, den Hagen wegen der großen Hitze an den Sattel geschnallt hatte.

Helme, von deren Seiten sich stählerne Vogelschwingen spreizten, waren selten, selbst in Tronje. Kauerte auf dem eisernen Scheitel auch noch ein listig grinsender Drache, dann wusste selbst der einfachste Schalk, dass der Ritter, der ihn trug, von herrschaftlichem Geblüt war.

Auch die kleine Siedlung mit der Wassermühle, bei der sie zum Abend hin einkehrten, wusste den hochherrschaftlichen Besuch zu schätzen. Aufgeregt ließen Männer, Frauen und Kinder von ihren Tätigkeiten ab und strömten auf dem Dorfplatz zusammen, um die Reiter zu begrüßen.

Gäste waren am Mühlbachhof, dem Rasthaus, nichts Ungewöhnliches. Wegen der guten Lage entlang dem Hauptweg machten dort viele Reisende halt. Doch sobald man in Hagen den jungen Grafen erkannte, rannten viele Frauen wieder davon, um erst ihr Haar und die Kleidung zu richten, bevor sie ihm erneut unter die Augen traten.

Einzig die Wirtin und ihre Tochter Rotrud wirkten ein wenig bedrückt, obwohl die Herren von Tronje dafür bekannt waren, niemandem, nicht mal den Geringsten ihres Volkes, etwas schuldig zu bleiben. Als Dankwart nach dem Herren des Hauses fragte, erfuhren sie auch den Grund für die große Betrübnis.

„Ach, so ein Unglück!“ Aus den schon stark geröteten Augen der Wirtin schossen neue Tränen hervor. „Mein Mann liegt krank auf seinem Lager! Gestern Nachmittag strotzte er noch vor Gesundheit, doch als er mit dem Müller und dem Köhler die Fischreusen des nahen Tümpels kontrollierte, überraschte die drei ein heftiges Unwetter. Und nun fiebert er wie einer, der die Nacht im Freien verbracht hat! Dabei habe ich ihn nach seiner Rückkehr gleich trocken gerieben, in warme Decken gehüllt und ihm einen heißen Rotwein serviert."

Wäre nicht die totenbleiche Rotrud gewesen, die einen etwa einjährigen Jungen im Arm hielt und jedes Wort ihrer Mutter mit einem ernsthaften Nicken bestätigte, Hagen hätte über die atemlose Aufzählung der ganzen Wohltaten, die dem Manne widerfahren waren, laut aufgelacht.

„Oh weh, dass uns nur mein guter Meinhard nicht auch noch stirbt", jammerte die Wirtin weiter. „Wo doch unser einziges Kind gerade erst seinen Ehemann verloren hat."

Bei diesen Worten begann auch Rotrud zu weinen. Nur ihr ängstlich dreinschauender Sohn blieb ganz still, als wagte er nicht, in das Geschrei der Erwachsenen mit einzustimmen.

Hagen konnte die Ängste der beiden Frauen gut verstehen. Im Gegensatz zum Blitz schlug das Unglück gern zweimal am selben Orte ein. Gleich zwei Männer im Haus zu verlieren, dazu noch in Friedenszeiten, das war schon hart. Selbst für zwei reiche Witwen, die rasch einen neuen Bewerber für den Lebensbund finden würden. So bitterlich, wie diese beiden weinten, fürchteten sie jedoch aus ganzem Herzen um den Gemahl und Vater.

„Siegbert ist tot?", fragte Dankwart überrascht.

Trotz allen Schmerzes huschte ein Leuchten über die Gesichter der Frauen, weil der hochwohlgeborene Herr sich an den Namen des Verstorbenen erinnerte.

Auch Hagen wusste, von wem die Rede war, denn sie hatten schon häufig am Mühlbachhof Rast gemacht. Siegbert war der Geselle des Müllers gewesen, der allen Frauen der Gegend den Kopf verdrehte. Hagen hatte gar nicht gewusst, dass der Blondschopf inzwischen die junge Wirtstochter gefreit hatte. Aber seit er um Kriemhild warb, war er auch nicht mehr nach Tronje gereist, wo unterdessen Dankwarts Vater das Zepter schwang.

„Wenn du erlaubst, statte ich deinem Manne später einen Besuch ab“, bot Hagen der Wirtin an. „Vielleicht habe ich ein paar Kräuter oder einen Balsam dabei, der ihm helfen könnte.“

„Oh, edler Herr, würdet Ihr das wirklich tun?“ Die Wangen der Alten glühten vor Aufregung. Voller Hoffnung sah sie ihn an, als wäre er ein weit gereister Medicus, der, mit einem Splitter vom Kreuze Jesu Christi oder einer noch stärkeren Reliquie, selbst Lahme wieder gehend machen konnte.

Als die Frau vor lauter Glückseligkeit auch noch vor ihm auf die Knie fallen wollte, packte Hagen sie rasch am Arm, um ihnen beiden diese Peinlichkeit zu ersparen.

„Das tue ich gern für solch treue Untertanen, wie die vom Mühlbachhof“, versicherte er eilig. „Aber nun seid so gut und richtet alles für ein kräftiges Mahl und ausreichend Nachtlager her. Meine Männer haben zwei wirklich harte Tage hinter sich.“

Von neuer Hoffnung für ihren Gemahl durchströmt, eilte die beflissene Wirtin mit ihrer Tochter davon, um die Küchenmägde zur Eile anzutreiben. Kaum dass die Frauen im Hause verschwunden waren, wurde Hagen von einigen Halbwüchsigen umringt, die sich um Sleipnir kümmern wollten.

Mürrisch scheuchte er sie davon. Es fiel ihm schon schwer genug, den Hengst einem erfahrenen Stallknecht am königlichen Hofe anzuvertrauen, aber in abgelegenen Winkeln wie diesem, in dem zerlumpte Rotzlöffel gern ein Rennen mit den Pferden der Gäste ritten, kümmerte er sich lieber selbst um alles.

Auf dem Weg in die Stallungen kam er am Waldrand vorbei. Dort lag ein kleines Stück Land, das von einer hüfthohen Hecke umfriedet war. Im Inneren wölbten sich mehrere Grabhügel. Einer von ihnen war frisch aufgeschüttet. Es war der einzige, in dem noch kein Holzkreuz steckte, das den Namen, das Alter und den Sterbetag des Begrabenen verkündete, ganz so, wie es die königlichen Gesetze seit einigen Jahren forderten.

Dafür hatte jemand ein paar Blumen abgelegt.

Das musste Siegberts Ruhestätte sein.

Nachdem Sleipnir trocken gerieben und mit Futter versorgt war, begab sich Hagen zu Tisch. Zusammen mit den anderen nahm er ein kräftiges Mahl ein und genoss ein wenig guten Apfelmost, bevor sich bei allen die erste Müdigkeit einstellte. Da es nicht genügend Platz für eine so große Gruppe gab, wurden einige der Männer in den umliegenden Gehöften einquartiert. Hagen hätte sich am liebsten auch gleich zur Ruhe begeben, doch zuvor musste er sein Versprechen einlösen.

Mutter und Tochter führten ihn gemeinsam in die Kammer der Wirtsleute. Schon im gleichen Moment, da er ans Krankenlager trat, bereute Hagen, den Frauen irgendwelche Hoffnungen gemacht zu haben.

Säuerlicher Schweißgeruch schlug ihm entgegen. Hagen kannte den Odem des Todes, seit er am Sterbebett des Vaters gewacht hatte.

Der gute Meinhard sah wirklich erbarmungswürdig aus. Sein Gesicht war noch weißer als die gekalkten Wände, und obwohl er die mit Gänsefedern gefüllte Decke zur Seite geschoben hatte, war er am ganzen Körper klatschnass.

Seine Frau wechselte sofort die kalten Umschläge an seinen Waden und gab ihm zu trinken. Danach verließ sie das Zimmer, um den Herzog von Tronje in Ruhe wirken zu lassen. Leise seufzend schaute Hagen auf einen Lederbeutel hinunter, den er extra aus seinem Gepäck herausgesucht hatte. Nichts von dem, was das kunstvoll zusammengenähte Säckchen enthielt, vermochte dem vor ihm liegenden Mann noch zu helfen.

„Danke, Herr!“ Meinhard murmelte undeutlich. Er war sehr schwach, und seine angeschwollene Zunge ließ sich wohl nur noch mit sehr viel Mühe im Munde bewegen. „Die letzte Beichte bedeutet mir sehr viel.“

In seinem Fieberwahn schien er Hagen für einen Kaplan zu halten. Beide Hände fest um ein geschnitztes Holzkreuz geklammert, sah er mit verschleiertem Blick zu dem Ritter empor. Königsmutter Ute hätte frohlockt. Selbst im Lande Tronje war ihre Saat aufgegangen.

Der Atem des Kranken begann zu rasseln.

Hagen holte einen kleinen Tonnapf hervor, der einen Kräuterbalsam enthielt. Ob die schleimlösende Salbe noch etwas half, war fraglich, aber sie würde auch nicht schaden. Vorsichtig öffnete er Meinhards Hemd und trug eine dünne Schicht auf dessen Brustkorb auf. Während er die Salbe sorgsam verrieb, erzählte der unglückliche Wirt von einem Kind, das gerade in der jüngsten der Küchenmägde heranwuchs. Es stamme von ihm, krächzte er, und dass er seinen Fehltritt bitter bereue.

Hagen, der auf diese Beichte gern verzichtet hätte, versicherte Meinhard trotzdem, dass ihm alle Sünden verziehen seien und er ins Paradies einziehen dürfe. Der Kranke atmete erleichtert auf. Sogar sein Schweißfluss versiegte ein wenig. Das war ein gutes Zeichen.

„Das letzte Gebet!“, forderte Meinhard danach. „Bitte sprecht es mit mir!“

Hagen sah unbehaglich über die Schulter, um sicherzustellen, dass die Kammertür fest verschlossen war. Danach umfasste er, die Hände des Siechenden und rief sich eines der Gebete in Erinnerung, die Bruder Martin so häufig am Wormser Hofe sprach. Ja, das Vaterunser hatte Hagen wohl oft genug gehört, dass er es fehlerlos aufsagen konnte. Und wenn ein Todgeweihter dadurch Linderung erfuhr, schadete es sicher nichts, es mit ihm zu sprechen. Denn der Glaube an sich war bereits eine starke Macht, ganz gleich, wem die Verehrung der Menschen zuteilwurde. Ob nun Yggdrasil, dem Christengott oder einem der streitlustigen Asen.

Meinhard war das beste Beispiel dafür.

Bereits nach wenigen Worten wurde er so ruhig, dass ihm die Augen zufielen. Übergangslos verfiel er in einen leichten, nur von gelegentlichem Husten begleiteten Schlaf. Aus Respekt vor dem Kranken sprach Hagen das christliche Gebet zu Ende. Danach trat er an eine Schüssel mit frischem Wasser, um sich Meinhards Schweiß von den Fingern zu waschen, bevor er die Kammer verließ.

In der Herberge war es mittlerweile still geworden. Die meisten Bewohner und ihre Gäste hatten sich zur Ruhe begeben. Zum Glück hatte ihm die Wirtin eine brennende Kerze stehen lassen, damit er den Weg fand. Hagen war noch keine sieben Schritte weit gekommen, als vor ihm eine Kammertür leise nach innen schwang.

Zu seiner Überraschung erschien Rotrud auf der Schwelle. Statt ihr Haar züchtig unter einer Nachthaube zu verbergen, hatte sie es zu zwei strohblonden Zöpfen geflochten, die ihr auf den Rücken herabfielen. Auch sonst trug sie keinen einzigen Faden am Leib. Nur ein verheißungsvolles Lächeln auf den Lippen.

Hagen spürte, wie ihm der Mund trocken wurde.

Mühsam zwang er sich, der jungen Frau ins Gesicht zu sehen, und nicht auf die üppigen Brüste zu starren oder auf den flachen Bauch, dem die Geburt ihres ersten Kindes nicht anzumerken war. Auch der blonde Flaum, der oberhalb ihrer Schenkel schimmerte, wäre eines zweiten Blickes wert gewesen.

„Ich habe getan, was ich konnte“, sagte er mit rauer Stimme und hob dabei den Lederbeutel wie zum Beweis seiner Bemühungen empor. „Aber ich kann nicht versprechen, dass es hilft. Wenn Meinhard die Nacht übersteht, lasse ich euch noch einige Heilkräuter für einen stärkenden Trank zurück."

Statt zu antworten, öffnete die Nackte ihre Tür ein Stück weiter, bis er an ihr vorbeisehen konnte. In der Kammer spendete eine angenehm duftende Bienenwachskerze genügend Licht, um zu erkennen, dass die Holzwiege neben ihrem Nachtlager leer war. Offensichtlich wusste die Wirtin um Rotruds Vorhaben und hatte den Enkel mit zu sich genommen.

Hagen spürte, wie ihm das Blut in die Lenden strömte. Noch vor einem Jahr hätte er die unausgesprochene Einladung, ohne zu zögern, angenommen, doch seit er Kriemhild kannte, hatte sich vieles verändert.

„Das ist nicht möglich", erklärte er bedauernd. „Aber ich bin mir sicher, es wird schon bald jemand anders in dein Leben treten."

Ein Schatten huschte über Rotruds zierliches Gesicht und wischte ihr Lächeln fort. Noch während Enttäuschung und Unverständnis in ihrer Miene um die Oberhand rangen, trat sie schweigend zurück und entschwand so leise, wie sie auf die Türschwelle getreten war.

Drinnen wurde ein Kratzen hörbar.

Sie schob den Riegel vor.

Hagen machte sich eilig davon, bevor sie es sich noch einmal anders überlegte.

Am nächsten Morgen, als alle beim Frühstück beieinandersaßen, ließen sich weder die Wirtin noch ihre Tochter sehen. Vielleicht aus Scham, weil er Rotrud abgewiesen hatte. Vielleicht aber auch, weil sich die beiden um den Toten kümmern mussten.

Meinhard, der Wirt, hatte die Nacht nicht überstanden.

7. Kapitel

Wie verlockend doch der Gedanke an die Heimat war. Sie hätten nur dem breit ausgewalzten Weg folgen müssen, der sich wie ein braunes Band durch die Wiesen und Wälder schlängelte, um zu dem Stammsitz derer von Tronje zu gelangen. Aber den geheimnisvollen Umständen von Fafnirs Tod auf den Grund zu gehen, war weitaus wichtiger als ihr Heimweh. Nicht nur für Worms mussten sie Mimes Höhle erkunden, sondern auch zum Wohle von ganz Burgund.

Über immer schmalere und verschlungenere Pfade drangen sie in schwer zugängliche Gebiete vor, in denen sich die knorrigen Wurzeln urwüchsiger Bäume um moosbewachsene Steine krallten. Das dichte Gebüsch, das sie von allen Seiten umschloss, geriet so manches Mal in Bewegung. Normalerweise hätte es sich dabei um aufgeschrecktes Wild handeln müssen, das durchs Dickicht davonflüchtete, doch in diesem Teil des Odenwaldes schoben sich knorrige, mit Warzen besetzte Gesichter zwischen den Blättern hervor, um sie misstrauisch zu beobachten.

Normale Reisende wären beim Anblick der Waldwichte zusammengefahren. Aber sechzehn Tronjer, eingeweihte obendrein, brauchten nichts und niemanden zu fürchten, obwohl auch Hagen spürte, dass der Wald und seine Bewohner sich noch nie von einer so unfreundlichen Seite gezeigt hatten.

Einem bereits stark überwucherten Pfad folgend, gelangten sie am späten Nachmittag zu der Lichtung, die sich vor Mimes Schmiede erstreckte. Im Wald war es vollkommen ruhig. Kein einziger Hammerschlag zerriss die Stille.

Sie verharrten einige Zeit im Schatten der Bäume, doch die Natur hielt weiterhin den Atem an. Nur das lederne Knirschen ihrer Sättel und das Schnaufen der Pferde waren ab und an zu hören.

Hagen stellte sich in die Steigbügel und spähte in die Runde. Statt eines feindlichen Hinterhaltes entdeckte er eine große, bis zu den Wurzeln herab gespaltene Tanne, deren zersplitterte Überreste schwarz verkohlt waren.

Auch an anderen Stellen hatten Blitze eingeschlagen. Hier musste ein wirklich schlimmes Unwetter getobt haben.

Hagen setzte seinen Helm auf und wappnete sich mit dem Schild. Die anderen folgten seinem Beispiel. Dankwart wollte zwei Männer zur Vorhut bestimmen, aber Hagen winkte ab.

„Nein“, sagte er mit großer Bestimmtheit. „Falls hier wirklich etwas Feindliches lauert, dann ist Gram gefragt.“

Auf seinen Wink hin schwärmten die vierzehn Berittenen zu einer Linie aus, die Dankwart und er Seite an Seite anführten. Langsam ritten sie auf die Höhle zu. Das befürchtete Sirren feindlicher Pfeile blieb aus.

Ohne jeden Zwischenfall kamen sie vor dem dunklen Felsspalt an.

Ein stählernes Schaben erklang, als Gram aus der Scheide fuhr. Mit blankem Schwert drang Hagen als Erster ins Unbekannte vor. Der einfallende Sonnenschein begleitete ihn nur wenige Schritte weit, danach umgab ihn tiefe Finsternis wie eine zweite Haut. Hagen kniete hinter seinem Schild nieder und wartete, bis sich seine Pupillen den veränderten Lichtverhältnissen angepasst hatten.

Irgendwo in der vor ihm liegenden Dunkelheit glomm ein Feuer.

Knisternd sprangen winzige Funken aus der verkohlten Glut. Eine dünne Rauchsäule verwehte. Gerade erstarben die letzten Flammen, doch er sah noch, dass links und rechts der Feuerstelle zwei Astgabeln emporragten.

An dem darüberliegenden Spieß briet ein Herz.

Es war angebissen.

Dankwart rief nach Licht. Daraufhin stellte die Hälfte der Gardisten ihre Fußlanzen zur Seite und entzündete die mitgeführten Fackeln. Knisternd flammten die pechdurchtränkten Enden auf. Von ihren bewaffneten Kameraden gedeckt, schwärmten die Fackelträger aus. Prasselnd und knackend kämpften die Flammen in ihren Händen gegen die Finsternis an. Nur zögernd gab der Berg seine Geheimnisse preis. Trotzdem dauerte es nicht lange, dann war der vor ihnen liegende Gang bis in den letzten Winkel ausgeleuchtet.

Hagen spürte einen kalten Schauer seinen Rücken hinabrieseln, als er den rot gesprenkelten Überzug des Sitzsteins sah. Leichter Verwesungsgeruch ging von dem Schaffell aus. Das war Blut, kein Zweifel. Ebenso wie die Spritzer an den Höhlenwänden und die große Lache auf dem Boden.

Überall dort, wo die eisernen Wandkörbe bestückt waren, loderten weitere Fackeln auf. Schon bald war auch die Schmiede vom unruhigen Widerschein der Flammen erfüllt. Wie merkwürdig es doch war, den Amboss zu sehen, auf dem Gram das Licht der Welt erblickt hatte. Gehämmert und geschärft durch Hasso von Tronje, der einst bei Mime in die Lehre gegangen war.

Nahe der Esse fanden sie den gesuchten Schmied oder besser das, was von ihm übrig war. Mimes Kopf war zerschmettert worden. Irgendjemand, vermutlich derjenige, der ihn auf der Werkbank aufgebahrt hatte, hatte den schmierigen Klumpen aus Haaren, Knochensplittern und Gehirnmasse mit einem Tuch abgedeckt, um den scheußlichen Anblick zu verbergen. Selbst einige Gardisten mussten hörbar schlucken, als Dankwart das blutige Leinen kurz anhob, um einen Blick auf die schreckliche Wahrheit zu werfen.

Hagen ekelte etwas anderes viel mehr. Nämlich die Tatsache, dass der Brustkorb des Toten ausgeweidet worden war. Widerstrebend sah er zu dem Herz hinüber, das nur wenige Schritte entfernt am Spieß briet.

Der Geschmack von Galle stieg in ihm auf. Hagen versuchte ihn herunterzuschlucken, doch seine Kehle fühlte sich plötzlich an, als hinge ihm eine stachlige Kastanie im Schlund.

„Was hat das alles zu bedeuten?", fragte Dankwart angewidert.

„Ich fürchte, wir haben den Nibelungen Unrecht getan", antwortete Hagen, obwohl sein Onkel etwas ganz anderes wissen wollte. „Mime ist sicher nicht für Fafnirs Befreiung verantwortlich."

Die Gardisten, die sie für diesen Spähtrupp ausgesucht hatten, hielten sich wirklich vorbildlich. Nicht einer von ihnen stellte überflüssige Fragen oder rannte schreiend davon. Dass manche von ihnen zitterten, weil sie das Unbekannte fürchteten, wer wollte es ihnen verübeln? Angst zu haben, war keine Schande. Wichtig war nur, sich nicht von ihr beherrschen zu lassen.

„In den Hort", befahl Hagen, damit die Truppe etwas zu tun bekam.

In Fafnirs Grotte fanden sie die sauber entzweigeschlagenen Ketten, die die Bestie so lange an ihrem Platz gehalten hatten. Warum nur hatte irgendjemand den Lindwurm erst befreit und dann brutal attackiert? Boden und Wände der Grotte waren über und über mit Blut besudelt! Zumeist war es schon eingetrocknet, aber auch dort, wo es noch feucht glänzte, saß kein einziges Insekt, um sich am nahrhaften Aas zu laben.

Überhaupt schien sich jegliches Getier von der Höhle fernzuhalten. Nicht mal in dem mit Exkrementen verschmierten Stroh war das Surren von Schmeißfliegen zu hören. Das Unbehagen, das sie alle fühlten, kam also nicht von ungefähr. Auch die Tierwelt spürte, dass hier etwas nicht stimmte, und schlug instinktiv einen großen Bogen um den Nibelungenhort.

Aus dem Augenwinkel heraus bemerkte Hagen, wie ein Gardist der Versuchung unterlag, die von den Blutlachen zu ihren Füßen ausging. Es war Arnulf, der jüngste Spross eines verdienten Kriegergeschlechts, der plötzlich am Boden kniete und seine Rechte nach dem noch flüssigen Drachenblut ausstreckte. Die Möglichkeit, wenigstens seine Hände oder die Stelle über seinem Herzen undurchdringlich zu machen, war wohl zu verlockend. (Ein Bad in Fafnirs Blut nehmen wollten ohnehin die wenigsten. Zu groß erschien allen die Gefahr, durch die anschwellende Hornhaut an ganz bestimmten Stellen alle Empfindsamkeit zu verlieren.)

Hagen wollte dem leichtsinnigen Heißsporn durch einen harschen Befehl Einhalt gebieten, aber es war schon zu spät. Arnulfs Finger hatten die Pfütze bereits so gut wie erreicht. Weder er selbst noch der Ruf seines Herrn hätte ihn noch aufhalten können, trotzdem geriet die Bewegung im letzten Moment ins Stocken. Nur noch wenige Fingerbreit vom Blut entfernt, verharrte seine Hand abrupt in der Luft. Ein Zittern durchlief Arnulfs vorgebeugten Körper. Selbst sein ausgestreckter Arm erbebte, als kämpfte er gegen unsichtbare Mächte an.

Und tatsächlich!

Arnulf hielt keineswegs aus freien Stücken inne. *Irgendetwas* hinderte ihn daran, das Blut zu erreichen. Seine Finger wurden von einer fremden Kraft zusammengepresst. Auf seinem Handrücken zeichneten sich helle Abdrücke ab wie von einem harten Griff, der ihn gepackt hielt.

Schnaufend versuchte Arnulf, den unsichtbaren Widerstand zu überwinden. Seine Ohren liefen vor Anstrengung rot an, trotzdem gelang es ihm nicht. Mitten in der Bewegung eingefroren, kniete er weiter vor der Lache, bis er versuchte, sich mit seinem ganzen Gewicht nach vorn zu werfen.

Ein lautes Klatschen hallte von den Höhlenwänden wider. Arnulf erhielt einen so kräftigen Schlag ins Gesicht, dass er in die Höhe taumelte.

„Dummkopf!“, schimpfte jemand direkt neben ihm. „Willst du dich mit aller Gewalt ins Unglück stürzen?“

Arnulf riss die Augen auf. Nicht allein vor Schmerz, sondern auch, weil dort, wo die Stimme ertönte, niemand zu sehen war. Ohne sich um seine aufgeplatzte Unterlippe zu kümmern, bückte er sich nach der Fußlanze, die er auf dem Boden abgelegt hatte. Kurz bevor er sie erreichen konnte, geriet sie ruckartig in Bewegung. Von unsichtbaren Kräften erfasst, wirbelte sie zur Seite fort.

„Hexenwerk!“, brüllte irgendjemand – und hatte zweifellos recht damit.

Wer oder was auch immer Mime getötet hatte, befand sich weiter in der Höhle, ja, mehr noch, direkt unter ihnen!

Ein unsichtbarer Gegner, der das Herz seiner gefallenen Feinde aß.

Die Gesichter der Gardisten verzerrten sich vor Schreck. Geschrei ertönte. Gegen eine menschliche Übermacht zu fechten, war etwas anderes, als Magie und Zauberei zu bekämpfen, und es flößte vielen von ihnen tiefe Furcht ein.

„Zusammenschließen!“, donnerte Hagen. „Rücken an Rücken!“

Zufrieden verfolgte er, wie die Gardisten dem Befehl gehorchten. Bestimmte Kampfformationen einzunehmen, wurde in Worms so lange geübt, bis die Bewegungen in Fleisch und Blut übergingen und niemand mehr über die Ausführung nachdachte. Auf diese Weise vergaßen die Soldaten im entscheidenden Moment die Angst, die in ihnen pochte. Das funktionierte gegenüber menschlichen Gegnern, aber auch im Angesicht der Zauberei.

Selbst Arnulf nahm seinen Platz in dem engen Ring ein, den die Männer in Windeseile bildeten. Seiner Fußlanze beraubt, zog er das Schwert. Ein lückenloser Wall aus stählernen Spitzen umgab die

Gruppe. Innerhalb des so gebildeten Kreises fuhren Dankwart und Hagen mit ihren Klingen durch die Luft, um sicherzustellen, dass sich niemand in ihrer unmittelbaren Umgebung befand.

Danach wussten sie, dass der unsichtbare Gegner außerhalb der Formation lauerte. Wer auch immer sich noch mit im Hort aufhielt, konnte ihnen nicht mehr ohne Weiteres zu nahe kommen. Hagen wollte schon das Wort ergreifen, doch sein Onkel hielt ihn zurück.

Dankwart glaubte, die Stimme des Unsichtbaren erkannt zu haben.

„Zeig dich, Alberich!“, forderte er zur allgemeinen Verblüffung. „Ich bin mir sicher, dass du nichts Böses im Schilde führst! Doch damit wir dir trauen können, musst du uns Aug in Aug gegenübertreten.“

Die Erwiderung bestand zunächst aus einem Laut äußerster Geringschätzung, der halblinks von ihnen ertönte. Sofort fuhren Hagen und sein Onkel zu dieser Stelle herum, während sich die Gardisten keinen Daumenbreit von der Stelle rührten.

„Ihr dringt ungebeten in meine Heimstatt ein und wagt es auch noch, Ansprüche an mich zu stellen?“

Die körperlose Stimme klang äußerst gereizt, trotzdem hielt Hagen sofort dagegen. „Dies ist Mimes Schmiede, nicht deine. Und da Fafnir seinem Hort entflohen ist, steht es uns zu, hier nach dem Rechten zu sehen.“

Alberich bedachte Hagen mit einem lästerlichen Fluch, der selbst die Abgebrühtesten unter den Männern zum Erröten brachte. Die Stimme des Nibelungen erklang dabei von einer anderen Stelle als kurz zuvor. Und sie veränderte ihren Standort bei jedem weiteren Wort. Alberich wanderte die ganze Zeit umher, entweder aus Erregung oder um seinen genauen Aufenthalt zu verschleiern, während er schrie: „Elendes Menschenpack! Wer sagt mir, dass nicht ihr meinen armen Bruder ermordet habt?“

Angesichts dieser infamen Unterstellung wollte Hagen empört auffahren, doch Dankwart hielt ihn zurück, indem er ihm eine Hand beruhigend auf den Arm legte.

„Wir haben nichts mit Mimes Tod zu tun“, erklärte er dabei an Alberich gewandt. „Das weißt du auch sehr genau. Schließlich hast du uns schon die ganze Zeit über aus dem Verborgenen beobachtet.“

Vergeblich starrte der Hüne in die Richtung, aus der Alberichs Stimme zum letzten Mal erklungen war. Der Zwerg antwortete nicht auf seine Worte.

„Nun komm schon, alter Brummbär!“, sprach Dankwart plötzlich wie zu einem alten Freund. „Es gab mal eine Zeit, da sind wir uns fast täglich begegnet. Wir kennen uns doch gut genug, um voneinander zu wissen, dass du deinem Bruder niemals ein Leid antun würdest. Und dass wir Tronjer euch Nibelungen in Freundschaft verbunden sind. Warum verbünden wir uns also nicht gegen den gemeinsamen Feind? Gegen den elenden Hundsfott, der in eurem Hort ein wahres Massaker angerichtet hat!“

„Keine Zeit!“ Alberichs Stimme hallte von Weitem herüber, als wäre er schon in die Schmiede gewechselt. „Ich muss mich eilen und Fafnir suchen. Verletzt sind Bestien wie er am gefährlichsten. Ich hoffe nur, ich finde ihn, bevor noch ein Unglück geschieht.“

„Das kannst du dir sparen!“, platzte es aus Hagen heraus. „Fafnir liegt vor den Toren Worms und regt sich nicht mehr. Was glaubst du eigentlich, warum wir hergekommen sind?“

Kurze, schnelle Schritte, die immer lauter wurden, machten deutlich, dass Alberich zu ihnen zurückkehrte. „Was faselst du da?“, keifte er dabei. „Bis nach Worms soll er geflohen sein, bei den schweren Verletzungen, die er haben muss?“ Sein Tonfall zeigte, dass er Hagen mit diesen Fragen einen Lügner schelten wollte.

Erbost legte sich der Ritter eine passende Antwort zurecht, doch

Dankwart hielt ihn neuerlich zurück. „Überlass das Reden mir", beschwor er Hagen leise. „Ich kenne ihn wesentlich besser als du."

Obwohl ihm das vollkommen neu war, bezähmte Hagen seine Wut und ließ dem Onkel auch diesmal den Vortritt.

Zuvor meldete sich aber noch einmal Alberich zu Wort. „Sag deinen Männern, dass sie ihre Waffen senken und verschwinden sollen", schnauzte er so laut, als stünde er direkt vor ihnen. „Dann können wir miteinander reden."

Dankwart konnte über solche Unverfrorenheit tatsächlich lachen.

„Auf ein solch freundliches Angebot gehe ich gern ein!", erklärte er vergnügt, bevor er hinterherschob: „Aber nur, wenn du versprichst, danach deine Kapuze zu lüften! Du weißt, ich rede nicht gern mit dir, wenn du deinen Tarnmantel trägst."

Er musste Alberich wirklich ungewöhnlich gut kennen, denn dieser Stich in die Nibelungenehre zeigte Wirkung.

„Glaubst du etwa, ich scheue mich, dir mein Antlitz zu zeigen?" Wie ein glühender Funke in der Dunkelheit, so tauchte vor ihren Augen ein typisches Zwergengesicht aus dem Nichts auf. Einen Herzschlag lang tanzte es körperlos in der Luft, dann schälte sich darunter eine kräftige Gestalt hervor, die einen wollenen Kapuzenumhang zurückschlug.

Einige der Gardisten erschraken über diesen wundersamen Vorgang so sehr, dass ihre Lanzen unbewusst in Alberichs Richtung zuckten. Sofort ließ der Nibelung ein Schwert sehen, das er in der Rechten hielt. Es wirkte zu lang für seine Größe, doch die Leichtigkeit, mit der er es führte, zeigte, dass es in seinen Händen eine gefährliche Waffe war.

„Fußlanzen heben und abstellen", befahl Dankwart seinen Männern. „Hätte euch der Nibelung wirklich angreifen wollen, hätte er es aus dem Verborgenen heraus getan."

Widerstrebend folgten die Gardisten seinen Anweisungen. Anschließend lösten sie auch die Formation auf und verließen den Hort, wie der Marschall es von ihnen verlangte.

„Schade“, verkündete Alberich prahlerisch, als er mit Hagen und Dankwart allein war. „Ich hätte gern meine Klinge mit ihnen gekreuzt, um den Rost von Nothung abzuklopfen.“ Bei diesen Worten ließ er sein Schwert in die Scheide gleiten.

Auch die beiden Ritter steckten ihre Waffen zurück.

„Kleiner Dankwart“, sagte Alberich plötzlich, nachdem die Stimmung friedlicher geworden war. „Es ist lange her, dass wir uns auf gleicher Höhe in die Augen sehen konnten, wenn wir einander gegenüberstanden. Wie geht es Ute von Burgund? Ich hoffe, sie ist wohlauf.“

Die hellblauen Augen in seinem zerfurchten Gesicht nahmen einen verzückten Ausdruck an, als er von der Königsmutter sprach. Hagen wusste nicht recht, warum, aber es missfiel ihm, dass der Zwerg in diesem Augenblick an die alte Königin dachte. Dankwart schien den Moment ebenfalls für unpassend zu halten.

„Meinst du nicht, dass wir uns lieber über Fafnir und Mime unterhalten sollten?“, drängte er.

Das Leuchten in Alberichs Augen erlosch.

„Natürlich“, stimmte er dem Hünen zu. „Dass du mich als Brummbär angesprochen hast, hat mich wohl ein wenig durcheinandergebracht.“ Obwohl er die Schuld wieder einmal bei anderen suchte, klangen seine Worte, als wollte er sich tatsächlich entschuldigen.

Wie er seinen Onkel und den Nibelung so miteinander sprechen hörte, wurde Hagen bewusst, dass zwischen ihnen tatsächlich eine gewisse Vertrautheit herrschte, die ihm selbst fehlte. Wenn er genau überlegte, kannte er Alberich auch bei Weitem nicht so gut wie Mime, dessen Schmiede er im Laufe seiner Kindheit und Jugend häufiger besucht hatte.

Alberich war dabei nur selten im Hort anzutreffen gewesen.

Früher einmal wäre das anders gewesen, hatte ihm sein Vater erzählt, doch aus irgendeinem Grund hatte sich Alberich von aller Welt – auch von seinem Bruder – zurückgezogen, um ein Leben in völliger Abgeschiedenheit zu führen. Und das wollte bei einem Nibelung, der ohnehin in den Tiefen der Wälder lebte, schon etwas heißen.

Alberich könne es einfach nicht verwinden, dass der Schatten des Untergangs über seinem Volke liege, meinten viele am Hofe von Tronje. Aber vielleicht hatte er sich auch einfach mit seinem Bruder Mime zerstritten, wie es unter alten Gesellen häufiger vorkam. Was auch immer dahintersteckte: Nun, da Mime tot war, war wohl aller Zwist zwischen den Geschwistern vergessen. So dachte Hagen zumindest, bis er den kleinen Blutfleck entdeckte, der an Alberichs Mundwinkel klebte.

Plötzlich fiel ihm wieder das gebratene Herz ein. Und dass das Feuer, über dem es gedreht wurde, noch gebrannt hatte, als sie in die Höhle eingedrungen waren.

Entsetzt starrte er in das verwitterte Gesicht mit der übergroßen Nase, das dem von Mime so furchtbar ähnelte. Nur dass Alberich der ältere der beiden Zwerge war und einen eisgrauen Spitzbart sein Eigen nannte, an dem er unentwegt herumzwirbelte.

„Elender Wicht!“, fuhr Hagen ihn an. „Du hast von dem Herz deines eigenen Bruders gegessen! Warum? Wolltest du unbedingt die Vöglein sprechen hören?“

Er sprach seine Vermutung aufs Geratewohl hin aus. Denn es war allgemein bekannt, dass Zauberkundige das Herz eines Toten aßen, um die Sprache der Tiere zu verstehen.

Über Alberichs zerfurchte Züge legte sich der Schatten des Schmerzes.

„Nichtsnutziger Dummkopf!“, fauchte Alberich erbost. „Die

Sprache der Tiere verstehen wir Nibelungen ohnehin! Was glaubst du, wer Mimes Tod entdeckt und mir davon berichtet hat? Vom Herz meines Bruders zu essen, war aber der einzige Weg, um herauszufinden, was ihm zugestoßen ist. Unsereiner vermag nämlich mit einem Toten zu sprechen, wenn er von seinem Herz isst."

„Tatsächlich?" Hagen verzog angewidert die Mundwinkel. „Und wer ist Mimes Mörder?"

„Das konnte ich leider nicht erfahren." Alberich sah betrübt zu Boden. „Der Ritter, der ihn überfallen hat, trug einen Helm, der keinen Blick auf sein Gesicht zuließ."

Hagen lachte bitter auf. „Na, großartig!"

Er hätte gern noch die eine oder andere Gemeinheit hinzugefügt, die sich mit dem Sinn oder Unsinn solcher Rituale befasste, doch sein Onkel bedeutete ihm mit eindringlicher Geste, dass er gefälligst schweigen solle.

Als Alberich wieder in die Höhe sah, glitzerten seine blauen Augen vor Feuchtigkeit. Dass er völlig umsonst vom Herzen seines Bruders gegessen hatte, machte ihm offensichtlich schwer zu schaffen. Trotzdem erzählte er, was er im Zwiegespräch von dem toten Mime erfahren hatte.

Es ist nicht das Feuer, das ich begehre, sondern das Blut, das unverwundbar macht. Die Worte des goldenen Ritters bestätigten leider ihre schlimmsten Befürchtungen. Ein ohnehin schon starker Gegner, der einen Lindwurm mühelos zu töten vermochte, hatte versucht, sich unbesiegbar zu machen. Sich und vielleicht noch andere. Nur gut, das Fafnir fliehen konnte. Nicht auszudenken, was ihnen blühen könnte, wenn ein Heer von Unverwundbaren gegen Worms ziehen würde.

Hagen reute es inzwischen, dem Nibelungen so zugesetzt zu haben. Und das sagte er ihm auch.

„Ich werde den Mörder meines Bruders trotzdem erkennen,

wenn ich ihn sehe“, antwortete Alberich trotzig. „Es gibt sicher nicht viele, die eine goldene Rüstung tragen. Doch erst mal muss ich herausfinden, was aus Fafnir geworden ist.“

Hagen seufzte. „Der ist tot, das habe ich dir doch schon gesagt.“

„Bist du ganz sicher?“ Alberich wollte einfach nicht wahrhaben, was ihm die Menschen da erzählten.

„Ja, sein Kadaver liegt vor den Toren von Worms.“

„Bis nach Worms ist Fafnir geflohen?“ Alberich schien erst jetzt aufzugehen, dass Hagen die Wahrheit sprach. „Und das in der Nacht des großen Unwetters! Schlimmer hätte es für Burgund gar nicht kommen können. Oh, ihr Menschen mit eurer elenden Gier nach Macht und Geld. Die Narretei dieses goldenen Ritters vermag noch die ganze Welt ins Unglück zu stürzen.“

„Keine Sorge“, mischte sich Dankwart ein. „König Gunther hat Fafnirs Kadaver sofort verbrennen lassen, damit sich niemand an ihm zu schaffen macht. Dabei bestand gar keine Gefahr, dass jemand einen Zauber wirkt. Er war ohnehin schon ausgeblutet.“

Statt den Nibelungen mit diesen Worten zu beruhigen, erreichte er das glatte Gegenteil.

„Ihr elenden Narren!“ Wutentbrannt warf Alberich die Aufschläge des Tarnmantels wieder nach vorn und zog die Kapuze über den Kopf. „Genau das war es ja, was ich die ganze Zeit befürchtet habe.“

Sofort verschwammen seine Konturen. Ihren Blicken wieder völlig entschwunden, machte er sich davon. Nur ein paar hastige Schritte verrieten, dass er zwischen ihnen hindurchschlüpfte und tiefer in den Hort lief.

„Warte!“, rief Hagen verdutzt. „Erklär uns erst, was Burgund droht, bevor du gehst.“

Ein hässliches Schaben, als wenn Stein über Stein kratzte, erklang.

„Keine Zeit!“ Es musste einen geheimen Durchschlupf geben, der tiefer in das Höhlensystem führte. Alberich klang jedenfalls viel weiter entfernt, als es eigentlich möglich war, während er fortfuhr: „Ich muss mich eilen, um noch das Schlimmste zu verhindern. Außerdem … wenn meine Befürchtungen eintreffen, werdet ihr schon bald mit eigenen Augen sehen, was vor sich geht.“

Bei den letzten Worten wurde die hallende Stimme so leise, als befände sich bereits dicker Fels zwischen ihnen und dem Nibelungen.

Dankwart drehte sich wütend zu Hagen um.

„Gut gemacht, Plappermaul“, zischte er seinen Neffen an. „Ich freue mich schon auf unsere Audienz bei König Gunther. Er wird sicherlich begeistert sein, wenn wir ihm ein großes Unheil verkünden, von dem wir nicht wissen, wie es aussieht.“

„Ach, wart erst mal ab, bis es so weit ist“, gab Hagen giftig zurück, obwohl er den Marschall insgeheim verstehen konnte. „Vielleicht bekommen wir die unverwundbare Armee viel eher zu sehen, als uns allen lieb ist.“

Schweigend kehrten sie in die Schmiede zurück, in der ihre Männer auf sie warteten. Draußen begann es bereits zu dämmern. Es war schon zu spät, um noch aufzubrechen. Darum ordneten sie an, dass alle Blutflecke so dick mit Sand bestreut werden sollten, dass sie nicht mehr zu sehen waren, und dass man Mime unter einem großen Haufen Steine begrub.

Gleichzeitig teilten sie die Wachen ein und ließen das Essen bereiten. In den Vorratskammern des Toten gab es ja noch genug.

Später, als alle beim Feuer zusammensaßen, bedeutete Hagen seinem Onkel, dass er sich mit ihm noch ein wenig die Beine vertreten solle. Als sie ganz allein waren, konnte er endlich die Fragen stellen, die ihm schon seit der Begegnung mit Alberich auf den Lippen brannten.

„Was sollte das Gerede über die Königsmutter?“, verlangte er zu wissen. „Alberich klang ja gerade fast wie ein verschmähter Liebhaber …“

„So weit würde ich nicht gehen“, wiegelte Dankwart ab. „Aber er hat schon seine Gründe, von Ute enttäuscht zu sein.“

„Du meinst, die beiden kennen sich tatsächlich?“

Dankwart nickte. „Es gab mal eine Zeit – ich war damals noch ein Kind –, in der Ute von Burgund sehr krank war. Ich glaube, sie litt unter Schwindsucht, genau weiß ich es nicht mehr. Auf jeden Fall verbrachte sie damals mehr als ein Jahr am Hofe von Tronje. Das war lange, bevor Kriemhild und Giselher das Licht der Welt erblickten. Viele glaubten damals, sie würde keinen Sommer mehr überstehen und hätte sich zum Sterben nach Tronje zurückgezogen. In Wirklichkeit hat dein Großvater sie zu sich geholt, damit Alberich, der viel von der Heilkunst versteht, ihr helfen konnte. Der alte Brummbär ist damals auf unserer Burg ein und aus gegangen. Ganz offen, aber auch mit dem Tarnmantel, den du vorhin gesehen hast. Und was auch immer er für einen Zauber gewirkt haben mag, Ute wurde tatsächlich geheilt. Mehr noch, sie ist seit jener Zeit weit weniger gealtert, als es für eine Frau in ihren Jahren üblich ist.“

„Du meinst, sie verdankt Alberich ihr Leben?“ Hagen war völlig baff. „Warum habe ich nie etwas davon gehört?“

„Weil es vor der Welt geheim gehalten wurde. König Dankrat hat damals schon die Eichen fällen lassen, wie konnte sich seine Frau da von einem Nibelungen helfen lassen?“ Dankwart verstummte plötzlich und sah verschämt zur Seite, bevor er fortfuhr: „Eigentlich hätte ich dir davon gar nichts erzählen dürfen. Ich musste damals schwören, was ich darüber weiß, für mich zu behalten. Aber das ist ja alles schon sehr lange her, außerdem bist du der neue Herrscher von Tronje. Ehrlich gesagt habe ich ganz einfach schon lange nicht mehr an diese Dinge gedacht, bis Alberich so unvermittelt nach der Königsmutter gefragt hat."

„Verdammte Geheimnistuerei bei Hofe." Hagen schüttelte sich, denn er kannte die Neigung vieler Höflinge, Wissen zurückzuhalten, um sich den einen oder anderen Vorteil zu verschaffen. Dass dabei auch Kindern Schwüre abgenötigt wurden, löste pure Abscheu in ihm aus. Noch größer war jedoch seine Neugier, mehr über die Zeit zu erfahren, die vor seiner eigenen Geburt lag.

Als sein Onkel Anstalten machte, in die Höhle zurückzukehren, hielt ihn Hagen darum zurück. „Aber warum leugnet Ute dann alles, was mit den alten Völkern zusammenhängt?", wollte er wissen. „Wieso tut sie die Weltenesche oder die Nibelungen als Aberglauben ab und hängt stattdessen mit ganzem Herzen dem Heiland an?"

„Das habe ich mich auch schon oft gefragt." Dankwart zuckte mit den Schultern, um zu zeigen, dass auch er keine schlüssige Erklärung wusste. Trotzdem fuhr er fort: „Möglicherweise ist die Schuld, die sie Alberich gegenüber fühlt, zu groß, um sie zu ertragen. Sodass sie seine Hilfe – auch vor sich selbst – am liebsten verleugnen möchte?"

8. Kapitel

Auf ihrem Rückweg wirkte der Wald noch dunkler und abweisender als tags zuvor. Selbst als die hohen Bäume zurückwichen und die Wege breiter wurden, hielt das unheilvolle Gefühl der Bedrohung an. Hagen konnte sich selbst nicht erklären, woher seine gedrückte Stimmung rührte. Genau genommen vermochten sie König Gunther zu vermelden, dass es keinerlei Hinweise auf ein Bad im Drachenblut gab. Fafnir war geflohen, bevor es zum Schlimmsten kommen konnte.

Aber warum hatte der goldene Ritter dem Lindwurm überhaupt das Entkommen ermöglicht, indem er die eisernen Fesseln löste? Angekettet wäre ihm die Bestie doch ausgeliefert gewesen. Und warum hatte sich Alberich wie ein Wahnsinniger gebärdet, als er erfuhr, dass der tödlich verletzte Fafnir ganz bis nach Worms gelangt war?

Diese und ähnliche Gedanken schienen nicht nur Hagen, sondern auch alle anderen zu plagen. In dumpfes Brüten versunken, ritt die Truppe schweigend vor sich hin. Vermutlich fiel deshalb niemandem auf, dass ihnen den ganzen Tag über kein anderer Reisender entgegenkam. Nur einmal bekamen sie einen mit Planen bespannten Ochsenkarren zu Gesicht, dessen Kutscher offensichtlich betrunken war. Irgendwie hatten es die Bauern geschafft, auf schnurgerader Strecke vom Weg abzukommen. Nun wankten sie orientierungslos auf der Wiese umher und gaben obendrein Laute von sich, die wenig Menschliches an sich hatten. So, wie es nun einmal bei Säufern gern vorkam.

Am späten Nachmittag, lange vor Einbruch der Dämmerung,

erreichten die Tronjer den Mühlbachhof. Zur ihrer Überraschung war nirgendwo ein Bewohner der kleinen Ansiedlung zu sehen. Nicht mal ein paar Kinder, die die ziellos umherlaufenden Gänse hüteten.

„Die werden doch wohl nicht gerade Meinhard zu Grabe tragen?", sprach Dankwart als Erster aus, was die meisten von ihnen im Stillen dachten.

Die Vermutung lag zumindest nahe.

In einer abgelegenen Gegend wie dieser, in der es weit und breit keinen Geistlichen gab, musste schon einmal der Müller den Kaplan geben. Doch wenn wirklich gerade eine Totenfeier stattfand, wo war dann das Wehklagen der Frauen?

Stattdessen herrschte Grabesstille.

Leichter Wind kam auf. Plötzlich wehte ein durchdringender Geruch zu ihnen herüber. Ein Geruch nach Aas und Fäulnis, scharf wie ein Messer.

„Sehen wir mal nach, was da los ist", schlug Hagen vor.

Mit leichtem Schenkeldruck lenkte er seinen Hengst in Richtung des Angers, um den sich die Wassermühle, das Rasthaus und eine Handvoll kleiner Gehöfte gruppierten. Sleipnir war gerade am Rande des festgestampften Platzes angelangt, als ein Schrei höchsten Entsetzens erklang. Noch während die Stimme zwischen den Gebäuden verhallte, wurde eine Holztür so weit aufgerissen, dass sie gegen die Außenwand krachte. Eine junge Frau, die ein kleines Kind fest an die Brust drückte, stolperte aus einem Hühnerstall heraus und kam auf sie zugelaufen.

Es war Rotrud, die Wirtstochter. Sie blutete am Hals, doch die Wunde schien nicht sehr schlimm zu sein. Ohne sich um den klebrigen Strom zu kümmern, der ihren zerrissenen Ausschnitt durchtränkte, rannte sie auf die Reiter zu, während sie immer wieder ängstliche Blicke über die Schulter warf.

Dabei schrie sie aus vollem Hals um Hilfe.

Hagen musste Sleipnir nur kurz die Fersen in die Flanken drücken, schon sprengte der Hengst über den Dorfplatz hinweg. Trotz des Flügelhelms bemerkte Hagen aus dem Augenwinkel, dass auf dem mit einer Hecke umgebenen Friedhof zwei Gräber offen waren. Eins davon frisch ausgehoben und vermutlich für Meinhard bestimmt. Das danebenliegende hatte einen völlig zerwühlten Grabhügel. Trotzdem war zu erkennen, dass Siegberts Leichnam nicht mehr in der Erde lag.

Was zum Henker ging hier bloß vor?

Ehe er sich darüber Gedanken machen konnte, war er schon bei Rotrud angelangt. Sleipnir stieg, als er mit hartem Ruck zum Stehen gebracht wurde.

Geschmeidig sprang Hagen aus dem Sattel und fasste die junge Frau bei den Schultern. „Was ist geschehen?“, wollte er wissen.

„Oh, Ritter Hagen!“ Obwohl sie ihn erkannte, brachte sie kein weiteres Wort hervor. Ihre Augen flackerten, als wäre sie dem Wahnsinn nah. Erst nachdem er sie kräftig durchgeschüttelt hatte, fand sie die Sprache wieder.

„Es ist so schrecklich!“, stammelte sie. „Mein eigener Vater will mich töten!“

„Meinhard?“ Das Weib sprach offensichtlich irre. „Ich denke, der ist tot!“

Statt darauf zu antworten, sah sie nur furchtsam zu dem Hof zurück, von dem sie geflüchtet war. Als sie in seinen Händen zu zittern begann, folgte er ihrem Blick – und erschauderte plötzlich selbst. Denn hinter dem Hühnerstall wankte eine wohlbekannte Gestalt hervor, die ein blütenweißes, bis zu den Füßen reichendes Totenhemd trug, das über und über mit Blut besudelt war. Selbst der Mund und das Kinn waren rot verschmiert. Während sie unartikulierte Laute ausstieß, kam sie näher.

Trotz der unnatürlich weit aufgerissenen Augen, die das Gesicht zusätzlich entstellten, erkannte Hagen den Mann sofort wieder. Es war zweifellos Meinhard. Sein spärliches Haar stand ihm immer noch genauso verschwitzt und verdreht vom Kopf ab wie vor zwei Tagen auf dem Krankenlager.

„Ich denke, er ist gestorben?“, stammelte Hagen verwirrt. „In der Nacht, als wir bei euch Quartier genommen hatten!“

Der Blutfluss an Rotruds Kinn, der aus einer halbrunden, wie von einer Zahnreihe geschlagenen Wunde quoll, geriet langsam ins Stocken.

„Das ist er auch!“, bestätigte sie mit schriller Stimme. „Doch er ist wieder von den Toten auferstanden. Aber nicht so wie der neue Heiland! Sondern so wie früher, als noch Wodan und Donar über uns herrschten!“

Hagen verstand sofort, worauf sie anspielen wollte.

„Meinhard soll ein Draugr sein?“, hauchte er entsetzt, denn er hatte die alten Geschichten über die lebenden Toten bisher für Ammenmärchen gehalten.

Der Wirt hob drohend die Hände auf Schulterhöhe und grunzte wie zur Bestätigung. Der Hühnerstall, aus dem seine Tochter geflohen war, lag mittlerweile hinter ihm. Nur noch gut zwanzig Schrittlängen trennten die beiden voneinander.

Rotrud, die den Anblick des Vaters nicht länger ertragen konnte, riss sich von Hagen los. Ihren Sohn, der noch keinen einzigen Ton von sich gegeben hatte, fest an sich gepresst, rannte sie davon.

„Ja, bring dich in Sicherheit!“, rief Hagen ihr nach. „Ich sehe derweil nach dem Rechten!“

Meinhard knurrte wütend und wollte seiner Tochter folgen, doch Hagen vertrat ihm den Weg. Leise scharrend fuhr Gram aus der Scheide.

Ein Sonnenstrahl fing sich auf der polierten Klinge und brachte sie zum Funkeln. Jeder andere Unbewaffnete wäre daraufhin stehen geblieben, aber der totenbleiche Wirt ging einfach weiter. Statt den Ritter zu beachten, sah er mit stierem Blick durch ihn hindurch, als ob ihn Kettenhemd und bodenlanger Umhang nicht daran hindern könnten, seine Tochter zu sehen.

Hagen wusste nicht, was er davon halten sollte.

Lindwürmer, Nibelungen, Moorgeister und Baumwichte – all das und noch viel mehr waren ihm wohlbekannt. Nichts von diesen Wunderdingen versetzte ihn in das geringste Erstaunen, aber Meinhard, der Wirt vom Mühlbachhof, war doch nur ein Mensch, dazu noch einer, den er kannte! Wie konnte der einfach wie ein Lebender umhergehen, wenn er doch tot sein sollte?

Das wollte ihm einfach nicht in den Kopf.

Was war, so dachte Hagen, wenn sich die Weibsleute getäuscht hatten und der Wirt nur tief geschlafen hatte? Meinhard wäre nicht der Erste gewesen, der lebend verscharrt wurde. Und wäre es ein Wunder, wenn einer, dem so etwas widerfuhr, sich nach dem Erwachen wie ein Berserker gebärdete? Oder sich gar an seiner voreiligen Familie rächen wollte?

„Bleib stehen!", rief Hagen deshalb aus. „Dann können wir über alles reden!"

Meinhards blutunterlaufene Augen fixierten den Ritter, als bemerkte er ihn gerade zum ersten Mal. Nur ein Knurren verließ seine Kehle. Gleichzeitig senkte er angriffsbereit die Arme und krümmte die Finger seiner großen Hände so stark, dass sie wie die Klauen eines Greifvogels wirkten.

Noch während Hagen überlegte, ob er eine weitere Warnung ausstoßen sollte, sprang Meinhard unversehens auf ihn zu. Mit einer Geschwindigkeit, die angesichts seiner bisher so unbeholfenen Bewegungen überraschte, sprang er herbei und versuchte, die Finger seiner Rechten durch die Sehschlitze von Hagens Helm zu stoßen.

Unter anderen Umständen hätte sich der Ritter dagegen mit der Breitseite seiner Klinge zur Wehr gesetzt, doch seine Instinkte rieten ihm, sich mit aller Macht vor einer Berührung zu schützen.

Blitzschnell wirbelte er Gram in die Tiefe. Wie ein silberner Reflex kreuzte der Stahl die heranschießende Rechte, die ihm bereits bedrohlich nahe kam. Ein hässliches Splittern erklang, das an das Brechen von morschem Holz erinnerte. Gleich darauf lag ein abgetrennter Arm im Staub.

Statt der zu erwartenden Blutfontäne, quoll nur ein kleines Rinnsal aus dem verbliebenen Stumpf hervor. Meinhard nahm die schwere Verletzung ohne jeden Schmerzlaut hin. Ja, sie schien ihn überhaupt nicht zu interessieren. Ohne auch nur innezuhalten, verkrallte er seine verbliebene Linke in die Spange, die Hagens Umhang vor der Brust zusammenhielt.

Mit einem Ratsch gab der Waffenrock nach.

Ohne das Kettenhemd wäre ihm auch die darunterliegende Kleidung zerrissen und die Haut zerkratzt worden, so aber raspelten die Fingernägel über die stählernen Glieder, bis sie zerbrachen. Gleichzeitig fuhr Meinhards Armstumpf so heftig auf Hagens Schwerthand herab, dass Gram seinen Fingern entglitt.

Polternd schlug die Klinge vor ihm auf die Erde.

Der Ritter konnte kaum glauben, wie ihm geschah.

So schnell war er seit seiner Zeit als Knappe nicht mehr entwaffnet worden. Doch ihm hatte auch noch nie ein Gegner gegenübergestanden, dem es nichts ausmachte, wenn man ihm die Glieder abschlug. Vor Entsetzen wie gelähmt, starrte Hagen auf das weit aufgerissene Maul, das nach seiner Kehle gierte. Mit gebleckten Zähnen versuchte Meinhard zuzubeißen.

Ein nach innerer Verwesung stinkender Atem schlug Hagen entgegen. Geifer tropfte aus den Mundwinkeln des widernatürlichen Feindes. Der herabrinnende Speichel hinterließ zwei helle Streifen auf dem blutverschmierten Kinn.

Keuchend hämmerte Hagen dem Angreifer beide Fäuste vor die Brust. Das verschaffte ihm etwas Luft, doch abschütteln ließ sich der Wirt auf diese Weise nicht. Die Linke weiter in den Umhang gekrallt, zog sich Meinhard wieder heran und biss zu.

Hagen riss im letzten Moment den linken Arm vors Gesicht.

Statt in seinen Hals gruben sich die Zähne in die Glieder des Kettenhemdes. Zwei Zähne brachen schon beim ersten Zuschnappen aus dem Kiefer, trotzdem biss Meinhard immer wieder zu, als wollte er den Arm zerfleischen. Ohne den schützenden Stahl, der Hagen bis zum Handgelenk umschloss, hätte ihm schon das Fleisch lose vom Knochen gehangen.

Meinhard riss sich bei seiner sinnlosen Attacke die Lippen auf und verlor noch weitere Zähne. Trotzdem machte er immer weiter.

Hagen griff nach dem Dolch an seinem Gürtel. Er hatte ihn gerade gezogen, als Meinhard von seinem Umhang abließ. Stattdessen versuchte er schon wieder, seine Finger in Hagens Augen zu stoßen.

Der Ritter sah die Trauerränder unter den heranschießenden Nägeln schon überdeutlich vor sich, als es ihm gelang, seinen Dolch in Meinhards Hand zu stoßen. Natürlich fühlte der wie ein Berserker Tobende auch diesmal keinen Schmerz, aber wenigstens konnte Hagen die Waffe wie einen Hebel ansetzen und den Wirt dadurch zurückdrängen.

Knurrend vollführte Meinhard einen Satz nach hinten. Den in seiner Hand feststeckenden Dolch riss er dabei mit sich.

Hagen hätte am liebsten vor Wut laut aufgeheult. Das war jetzt schon das zweite Mal innerhalb kürzester Zeit, dass er von einem gänzlich unerfahrenen Kämpfer entwaffnet wurde.

Zähnefletschend machte Meinhard Anstalten, sich erneut auf ihn zu werfen. Ein lautes Donnern dröhnte in Hagens Ohren. Vermutlich stammte es von den Toren zur Unterwelt, die sich bereits für ihn öffneten. Denn jetzt standen ihm nur noch seine blanken Fäuste zur Verfügung, um sich zu verteidigen.

Meinhard sprang gerade wieder auf ihn zu, als ein Schatten zwischen sie fuhr.

Mit einem dumpfen Laut fuhr eine Reitlanze in den Brustkorb des Wirtes. Wie von der Faust eines Riesen getroffen, flog er unter dem harten Aufprall zurück und landete erst fünf Schritte entfernt auf dem Rücken. Der Boden erzitterte, Staub wallte auf. Als sich die Schwaden wieder verzogen, lag Meinhard immer noch an derselben Stelle. Die Lanze, die ihn auf der Erde festnagelte, war ihm bis zum Schaft durch den Leib gefahren und stand nun senkrecht in die Höhe.

Strampelnd versuchte er, sich aufzurichten, aber es gelang ihm nicht. Die Lanze steckte einfach zu fest in dem harten Boden. Hilflos wie ein auf dem Rücken liegender Käfer drehte er sich auf der Erde im Kreis und erreichte damit nur, dass die Wunde in seiner Brust immer größer und größer wurde.

Dankwart, der im letzten Moment dazwischengefahren war, zog seine Stute im Galopp herum und kehrte lachend zu ihnen zurück. „Du hättest dich sehen müssen, kleiner Neffe! Du sahst so aus wie früher, als ich dir die Holzschwerter weggenommen habe!"

Wütend beugte sich Hagen zu Gram hinab und riss das Schwert in die Höhe.

„Wo warst du die ganze Zeit?", fuhr er Dankwart an. „Es kann doch nicht so lange gedauert haben, sich eine Reitlanze geben zu lassen!"

Sein Onkel mühte sich redlich, das Feixen zu unterdrücken. Er beugte sich ein wenig herab und sagte in einem gedämpften Tonfall, den nur Hagen vernehmen konnte: „Es können nun einmal nicht alle Ritter blindlings voranpreschen, wenn ein Weibsbild schreit. Manche müssen auch für die Flankensicherung sorgen. Außerdem konnte ich erst zustoßen, nachdem du den Kerl auf Abstand gebracht hattest."

Hagen knurrte ungehalten, sparte sich aber jede Erwiderung. Jetzt war nicht die Zeit, um über Kleinigkeiten zu streiten. Dankwart hatte ihn vor dem Schlimmsten bewahrt, das allein zählte.

Während sein Onkel ihre Männer anwies, abzusitzen und paarweise nach den übrigen Dorfbewohnern zu suchen, marschierte Hagen auf Meinhard zu. Der Aufgespießte hatte gerade den Schaft der Lanze gepackt und versuchte, sich an ihr in die Höhe zu ziehen. Das faustgroße Loch, das in seinem Oberkörper klaffte, schien ihn dabei ebenso wenig einzuschränken wie der abgetrennte Arm.

Was auch immer da knurrte und sich bewegte, war kein Mensch mehr, sondern eine durch böse Zauberei zu unwirklichem Leben erwachte Spottgeburt. *Das ist nicht mehr der Meinhard, den ich kenne,* hämmerte sich Hagen ein, bevor er ausholte und Gram mit aller Kraft in die Tiefe schwang.

Knapp unterhalb des Schultergelenks durchtrennte er den zweiten Arm.

Der Untote, der dadurch allen Halt verlor, rutschte wieder auf den Boden zurück. Anstatt nun Ruhe zu geben, schob sich der Armlose mit seinen Füßen im Kreis herum, bis er nahe genug herangekommen war, um Hagen in den Stiefel zu beißen.

Hastig trat der Ritter zurück.

„Bei den sieben Welten!", rief Hagen aus. „Muss man diesen elenden Hund denn erst in kleine Stücke schlagen, um endlich Ruhe vor ihm zu haben?"

„Gut möglich." Dankwart, der ebenfalls abgestiegen war, trat neben ihn. „Hast du irgendeine Erklärung für das, was mit Meinhard passiert ist?“

Kopfschüttelnd sah er auf den unentwegt weiter am Boden Kreisenden herab.

„Vielleicht ist er ein Draugr geworden?“, überlegte Hagen laut. „Aber muss einer, damit er im Grabe unruhig wird, nicht verflucht oder mit einem Zauber belegt werden? Ich kenne mich damit leider nicht sehr gut aus. Und ich weiß auch von keinem, der schon einmal solcherlei erlebt hat.“

„Oho!“, wandte sein Onkel grinsend ein. „Als ich noch jung war, habe ich selbst einmal gegen einen Ritter gekämpft, dem ich nicht nur beide Arme, sondern auch die Beine abschlagen musste, um ihn zur Raison zu bringen. Und der danach immer noch gedroht hat, mir ins Auge zu spucken.“

„Ach ja?“, knurrte Hagen mürrisch. „War das, bevor du mit hundert Jungfrauen in einer einzigen Nacht geschlafen hast, oder danach?“

Ihre Neigung zum Galgenhumor brachte sie nicht weiter, deshalb verstummten sie, anstatt sich in weiterem Spott zu ergehen. Während Hagen noch überlegte, ob sie die zu ihren Füßen tobende Kreatur tatsächlich in Stücke hauen sollten, erklang in ihrem Rücken ein Schrei. Als sie herumwirbelten, sahen sie zwei Soldaten von der Rückfront des Gasthauses zurückweichen. Die beiden hatten einen Blick durch die Ritzen eines Fensterladens riskiert, und was auch immer sie dabei erspäht hatten, entsetzte sie so sehr, dass sich einer von ihnen auf der Stelle übergab. Der andere brachte ebenfalls kein klares Wort hervor, sondern griff sich mit einer Hand an die Kehle, als schnürte ihm das pure Entsetzen die Luft ab.

Anstatt ihre Zeit damit zu verschwenden, eine Meldung einzufordern, wollten sie lieber selbst nachsehen, was im Wirtshaus vor sich ging. Rasch übergab Dankwart seine Stute einem der Zügelhalter, der auch schon auf Sleipnir achtgab. Danach rannte er mit Hagen los.

Schnell erreichten sie die Fensterläden und pressten ihre Gesichter so fest an die rissigen Spalten, dass sie trotz der Helme Gefahr liefen, sich einen Splitter einzureißen. Was sie dabei zu sehen bekamen, ließ ihnen das Blut in den Adern gefrieren. Drinnen war niemand mehr am Leben. Jedenfalls nicht in einem Sinne, wie sie bis zu diesem Tage *Leben* verstanden hatten.

Offensichtlich hatte sich das ganze Dorf im Schankraum versammelt, um eine Totenmesse zu halten. Drei mit weißen Leinentüchern überzogene Tische am Ende der hufeisenförmig angeordneten Tafel machten deutlich, dass dort nicht nur Meinhard aufgebahrt worden war, sondern insgesamt drei Personen.

„Der Müller und der Köhler“, flüsterte Dankwart, dem wohl gerade dasselbe durch den Kopf ging.

„Ja“, bestätigte Hagen leise. „Die drei haben sich draußen bei den Fischreusen mehr als nur eine Lungenentzündung eingefangen. Vielleicht den Fluch einer Sumpfhexe oder noch Schlimmeres!“

Was passiert war, nachdem die drei Männer, um die alle getrauert hatten, wieder zu unseligem Leben erwacht waren, konnten Hagen und Dankwart in aller Deutlichkeit sehen. Ohne Kettenhemd und weitreichende Waffe hatte die überraschte Gemeinde keine Chance gegen den Ansturm gehabt. Überall entlang der Tafel lagen sie in ihrem Blut – Männer, Frauen und Kinder.

Die dämonischen Wiedergänger hatten sie ohne Unterschied niedergestreckt.

Doch warum hatte niemand die Flucht ergriffen?

Und wie passte es zu den drei wiedergekehrten Draugar, von denen einer aufgespießt auf dem Dorfplatz zappelte, dass sich da drinnen trotzdem mehr als zwei Gestalten an dem Fleisch der meist durch einen Kehlbiss Getöteten vergingen?

„Die Hintertür wurde von außen aufgebrochen", meldete Arnulf leise. „Ich habe ein paar Schritte in die Diele gewagt – dort wurden mehrere Knechte erschlagen, die offensichtlich versucht hatten, die Tür mit Fässern und Säcken zu verbarrikadieren."

Ein Angriff von zwei Seiten!

Das mochte erklären, warum es für die erschrockene Gesellschaft – abgesehen von Rotrud und ihrem Sohn – kein Entkommen gegeben hatte. Aber wer war dann der vierte Draugr, der sich zusammen mit dem Müller und dem Köhler an den Leichen verging?

Hagen konzentrierte sich auf einen großen Blondschopf, der gerade seine Zähne in einen Unterarm versenkte und ihm mit wütenden Kopfbewegungen das Fleisch vom Knochen zerrte. Das Totenhemd dieses Draugr war nicht nur blutig, sondern auch vollkommen verdreckt. Selbst an seinem mit weißen Punkten übersäten Hals klebte Sand. Ganz so, als hätte er sich in einer Schweinesuhle gewälzt – oder längere Zeit *unter* der Erde verbracht!

Siegbert!, durchfuhr es Hagen. *Sein Grab war aufgebrochen!* Und genau genommen hatte es auch so ausgesehen, als wäre es von innen heraus aufgewühlt worden.

Noch während ihm diese Gedanken durch den Kopf schossen, fiel Hagen auf, dass sich die Punkte in Siegberts Hals bewegten. Erst da ging ihm auf, dass es sich bei ihnen um Maden handelte, die sich aus dem kalten Körper hervorwanden.

Bestürzt sah er zu ihren Pferden, die nahe der Heckeneinfriedung in Bereitschaft standen. „Schafft die Tiere näher zur Mühle", wies er Arnulf an. „Dort, wo sie jetzt stehen, sind sie nicht sicher."

Der Soldat stellte keine Fragen, sondern machte sich sofort auf den Weg.

Als Hagen erneut durch den Fensterladen spähen wollte, fuhr er erschrocken zurück, denn er blickte plötzlich in ein grässlich verunstaltetes Gesicht, das ihm direkt entgegenstarrte. Trotz einer leeren Augenhöhle und eines blutig ausgefransten Lochs in der linken Wange erkannte er die Wirtin wieder. Ob dieses Erkennen auf Gegenseitigkeit beruhte, ließ sich nicht sagen. Statt einer freundlichen Begrüßung stieß sie ein wildes Fauchen aus.

Obwohl nicht der geringste Sprachlaut zu erkennen war, verloren die drei gefräßigen Draugar jedes Interesse an ihrer Beute und sahen drohend zu den Fensterläden herüber. Und nicht nur das, auch einige ihrer Opfer bewegten sich plötzlich. Sogar die Küchenmagd, an der Siegbert eben noch genagt hatte.

Umgehend ließ der Blonde von ihr ab und hob sein Gesicht witternd in die Höhe. Seine Nasenflügel erbebten unter der heftig eingesogenen Luft. Was auch immer er dabei roch, plötzlich erhob er sich knurrend von seinem Platz und begann den Schankraum zu durchqueren. Hagen und Dankwart warteten nicht, bis sie sicher sein konnten, dass er wirklich zu ihnen nach draußen kam.

Alarmiert sahen sie einander an.

„Fort von hier", sagte Dankwart als Erster. „Drei von der Sorte hätten wir vielleicht gefahrlos in Stücke schlagen können, aber die ganze Meute? Niemals!"

Hagen nickte, obwohl er sonst keinem Kampf aus dem Wege ging, nur weil Gefahr für Leib und Leben bestand. Aber die Aussicht, genauso zu enden, wie die Wirtin und all die anderen, lähmte auch seine Glieder. Nein, das hier war keine Schlacht für Ritter, hier waren Magier gefragt, die sich auf Zaubersprüche oder Schlimmeres verstanden. Alberich hätte jetzt vielleicht Rat gewusst, aber der elende Zwerg hatte es ja vorgezogen, sich unter seinem tarnenden Mäntelchen davonzustehlen.

Mit deutlichen Handzeichen gaben sie ihren Männern das Signal zum Rückzug. Sofort strömten die Bewaffneten von allen Seiten zusammen und strebten den Pferden entgegen, die immer noch nahe dem Friedhof standen.

Hagen fluchte darüber, dass Arnulf und die übrigen Wachposten es noch nicht fertiggebracht hatten, die Tiere fortzubringen. Natürlich war sein Zorn ungerecht, denn die bislang verstrichene Zeit war zu kurz gewesen, um seinen Befehl auszuführen.

Zu allem Unglück trat seine schlimmste Befürchtung nun trotzdem ein.

Ohne zunächst ersichtlichen Grund gerieten die Tiere in Panik. Schrill wiehernd zerrten sie an ihren Zügeln, stiegen und gebärdeten sich insgesamt so toll, dass sie nicht mehr zu halten waren.

Hagen ahnte schon, was geschehen war, als ihm ein übler Gestank in die Nase stieg. Die anderen sahen es, als die Pferde angsterfüllt von dannen jagten.

Hinter der Friedhofshecke standen drei schrecklich anzusehende Gestalten, deren blanke Knochen unter zerlumpten Hemden und vermodertem Fleisch hervorschimmerten. Und noch weitere von ihrer Sorte wühlten sich aus den umliegenden Gräbern.

Tote, die zum Teil schon seit Jahren in der Erde gelegen hatten und in deren Augenhöhlen mittlerweile bunt schillernde Käfer wimmelten. Trotzdem schienen sie zu wissen, wo ihr Feind stand. Schlurfend setzten sie sich in Bewegung, mit zerfressenen, nach Verfall stinkenden Gliedern, die längst keine Muskeln oder Sehnen mehr besaßen. Und die trotzdem – wieder und wieder – einen Fuß vor den anderen setzten.

Damit war den Tronjern die Entscheidung, ob sie kämpfen

sollten oder nicht, abgenommen worden. Hagen zwang die Aufregung nieder, die sich seiner bemächtigen wollte. Nun galt es, sich auf seine Fähigkeiten als Ritter zu besinnen.

Sie alle waren gut gepanzert und besaßen schwere Waffen. Damit besaßen sie alle Möglichkeiten dieser Welt, die Auseinandersetzung zu gewinnen.

„Drei Mann zum Friedhof!“, befahl Dankwart bereits. „Haltet die Bestien mit den Fußlanzen auf Abstand und schlagt sie in Stücke! Das ist der einzige Weg, sie zu besiegen.“

„Der Rest von euch umstellt das Gasthaus“, fügte Hagen hinzu. „Seid standhaft, Männer! Jetzt geht es auf Leben und Tod!“

9. Kapitel

Je länger ein Leichnam im Grabe liegt, desto stärker zerfällt er. Zuerst macht sich das Gewürm der Erde an den Augen zu schaffen, danach setzt es auch dem festen Fleisch zu. Und so verrotten nicht nur die Leinensäcke, die die Körper umhüllen, auch Muskeln, Fett und Haut vergehen, bis nur noch blanker Knochen im Boden verbleibt.

Die für den Friedhof eingeteilten Soldaten hatten es daher ein wenig leichter als ihre Kameraden. Alle dort in den Gräbern erwachten Toten hatten schon viele Monate oder gar Jahre in der Erde zugebracht. Welch unselige Magie sie auch erweckt haben mochte, sie änderte nichts an der starken Verwesung. Einigen dieser zerlumpten Gestalten gelang es nicht einmal, das Grab zu verlassen. Und denen, die es schafften, riss das modrige Fleisch von den Händen, als sie sich durchs schwere Erdreich an die Oberfläche wühlten.

Nun ragten ihre Fingerknöchel wie schmutzige Spieße aus ihren zerschundenen Armen. Auch viele Gesichter waren kaum noch als solche zu erkennen. Fahler Schädelknochen schimmerte unter den zerfressenen Stellen hervor.

Die eingeschrumpften Hälse besaßen oft nicht mehr genügend Masse, um die schweren Köpfe aufrecht zu halten. Lose umherschlenkernd oder zu einer der beiden Schultern hin abgeknickt, boten sie einen grotesken Anblick, dem nichts Menschliches mehr anhaftete.

Doch obwohl sie aus leeren Augenhöhlen in die Welt hinausstarrten, fanden die Toten ihren Weg. Draugar brauchten keine

Augen, um zu sehen, genauso wenig, wie sie atmen mussten, um zu leben.

Widerwärtige Fäulnis schwängerte die Luft. Der Gestank, den diese gottlosen Kreaturen verströmten, war genauso abstoßend, wie ihre lippenlosen Münder, in denen schwarz verfaulte Zahnreihen aufeinanderschlugen.

Doch ihre stärkste Waffe – das Erschrecken, das ihr bloßes Erscheinen auslöste – war stumpf geworden. Der auf dem Dorfplatz festgenagelte Meinhard bewies eindrücklich, dass sich Draugar bezwingen ließen, sofern man ihnen entschlossen genug entgegentrat.

Dankwarts Gardisten überwanden daher ihre Abscheu und gingen paarweise gegen den anrückenden Feind vor. Während einer der beiden seine Fußlanze in den Brustkorb des anrückenden Toten rammte, um ihn auf Abstand zu halten, schlug der andere mit dem Schwert zu. Den scharfen Klingen hatten die maroden Körper nicht viel entgegenzusetzen. Wie reifes Korn unter dem Schnitt der Sense, so fielen Arme und Beine zu Boden.

Die Brustkörbe ließen sich ebenso mühelos in zwei Hälften spalten.

Die unentwegt auf- und zuschnappenden Kiefer wurden mit kräftigen Fußtritten zerschmettert. Danach ging es auch gegen jene Leichen, die sich nur noch auf ihren Händen vorwärtsschleppen konnten.

Am Rasthof verlief der Zusammenprall weitaus heftiger.

Die hier versammelten Draugar bewegten sich schneller, und ihr Hunger nach dem Fleisch der Lebenden war wesentlich ausgeprägter. Noch während die Männer aus Tronje einen Schildwall um die rückwärtige Tür bildeten, flogen die Fensterläden auf. Die angriffslustig knurrende Trauergemeinde hatte sich irgendwie untereinander abgestimmt. Sie lauerte bereits vor den Öffnungen und zwängte sich gemeinsam ins Freie.

Dazu ließen sich die meisten einfach über die Fensterbank hinweg nach vorn fallen. Unsanft schlugen sie auf dem harten Vorplatz auf. Haut fetzte von Händen und Gesichtern, und auch das eine oder andere Schlüsselbein brach, aber da sie keinerlei Schmerz empfanden, kamen die Kreaturen sofort wieder auf die Füße und stürzten auf die Bewaffneten zu.

Direkt in die ihnen entgegengereckten Fußlanzen hinein.

Einen normalen Aufruhr hätten die beiden Ritter und ihre Männer auf diese Weise in Windeseile niedergeschlagen. Aber ein ruheloser Grabgänger, der auch noch mit einem halben Dutzend Wunden im Körper weiterkämpfte, war viel schwerer zu bezwingen als ein menschlicher Gegner, der die Waffen streckte, sobald ihn die Kräfte verließen.

Dass einige der untoten Dörfler obendrein lange Messer oder Sicheln in Händen hielten, machte sie nur noch gefährlicher.

Der erste Zusammenprall der Reihen klang wie ein schreckliches Gewitter. Das vielfache Reißen von Haut und Muskeln hallte ebenso über den Platz wie das Bersten einiger Brustkörbe und das Krachen der zersplitternden Rippen. Obwohl sich Dankwart, Hagen und zwei weitere Männer sofort mit ihren Schwertern daranmachten, auf die Gegner einzudreschen, gerieten sie durch die von allen Seiten heranstürmende Übermacht rasch in Bedrängnis.

Zum einen besaß nicht jedes Schwert die überlegene Schärfe, die Gram auszeichnete. Die einfachen Gardisten benötigten drei bis vier Hiebe, um einen Arm so stark zu verstümmeln, dass er niemandem mehr gefährlich werden konnte. Außerdem hatten manche Hemmungen, auf eine Kreatur einzuschlagen, die einmal eine Frau oder ein Halbwüchsiger gewesen war. Und so löste sich der geschlossene Schilderwall innerhalb kürzester Zeit in ein wildes Ringen einzelner Kämpfer auf, in dem sich die meisten Soldaten gegen mehrere Gegner gleichzeitig zur Wehr setzen mussten.

Während es Dankwart mit einer Furie zu tun bekam, die vor ihrem Tod die Wirtin gewesen war, schoss auf Hagen das verzerrte Gesicht Siegberts zu. Dem Müllersburschen hing ein Augapfel aus der linken, blutigen Höhle, doch auch die wild umherpendelnde Pupille fixierte Hagen mit der gleichen Fleischesgier wie der intakt an seinem Platze sitzende Zwilling.

Siegbert gehörte zu jenen Draugar, die bewaffnet waren.

Hagen fing das auf ihn niedergehende Beil mit dem Schild ab, doch der Stich, mit dem er seinen Gegner durchbohren wollte, ging ins Leere. Siegbert war nach vorn gesprungen und klammerte sich mit seinem ganzen Gewicht am oberen Schildrand fest, um Hagen mit sich in die Tiefe zu reißen.

Es hätte nicht viel gefehlt, und die Attacke wäre geglückt. Nur indem er sich mit dem Oberkörper zurückwarf, konnte Hagen das Schlimmste verhindern.

Wütend um sein Gleichgewicht ringend, hämmerte er mit dem Schwertknauf auf Siegberts Nasenrücken ein, so wie er es bei einem menschlichen Gegner getan hätte. Splitternd gab der Knochen nach. Zu Hagens Verwunderung ließ der Draugr von ihm ab, stolperte zwei Schritte zurück und schüttelte den Kopf, als verspürte er tatsächlich so etwas wie bohrenden Schmerz.

Sofort wollte er dem Kerl noch eine aufs Dach geben, aber ein plötzlich an seinem Arm hängendes Gewicht hemmte die Bewegung. Eine Küchenmagd, der selbst große Fleischstücke aus dem Arm gerissen worden waren, versuchte sich nun auf gleiche Weise an ihm zu vergehen. Ohne sein Kettenhemd wäre der Biss mühelos bis zum Knochen durchgedrungen, so aber riss sich die Maid ihre Lippen an den stählernen Gliedern auf.

Einige Gardisten, die sich kein teures Rüstzeug leisten konnten, waren nicht so gut dran. Hagen hörte Herwig neben sich aufschreien.

Der junge Soldat durfte immerhin ein ärmelloses Kettenhemd sein Eigen nennen und trug nicht nur einen mit festgenieteten Eisenplättchen verstärkten Lederwams. Doch was half das, wenn ein Achtjähriger über den Boden krabbelte und ihm in die nur von dünnen Beinkleidern geschützte Wade biss?

Eine lebensbedrohliche Verletzung sah auf den ersten Blick anders aus, aber auch dieser Draugr war von tödlichem Vernichtungswillen beseelt und ließ sich nicht wieder abschütteln. Laut schreiend stolperte Herwig zurück und brachte die ohnehin schon in Auflösung befindliche Linie noch weiter ins Wanken.

Wütend stieß Hagen die Küchenmagd zu Boden.

„Nicht nachlassen!“, brüllte er dabei so laut, dass es alle hören mussten. „Die Stellung halten!“

Mit diesen Worten drang er auf Siegbert ein, der schon wieder mit dem Beil ausholte. Diesmal war Hagen schneller. Von rasendem Grimm erfasst, versenkte er Grams Schneide in dem blond bewachsenen Scheitel des Draugrs.

Wollte er doch mal sehen, ob ihn der andere weiterhin so unverschämt anfunkelte, wenn erst einmal beide Gesichtshälften auseinanderklappten und ihm auf die Schultern rutschten. Unter lautem Knall platzte die Schädeldecke auseinander. Graue Hirnmasse spritzte in alle Richtungen.

Gram fuhr bis auf Höhe der Nasenwurzel herab.

Siegbert erzitterte unter dem harten Treffer. Seine Muskeln verkrampften. Auf einen Schlag mitten in der Bewegung erstarrt, löste sich das Beil aus seinen Händen und fiel zu Boden. Ein dunkles Gurgeln entstieg seiner Kehle.

Blutiger Schaum quoll über seine Lippen. Dann kippte er langsam hintenüber, krümmte sich auf dem festgestampften Boden, erschlaffte ruckartig und blieb reglos liegen. Wie der Tote, der er eigentlich war.

Das Gehirn! Hagen brauchte einen Moment, um zu begreifen, was er gerade gesehen hatte. *Das ist also ihre verwundbare Stelle.*

Nicht nur er selbst versteinerte vor Überraschung, auch die Küchenmagd zu seinen Füßen starrte mit weit aufgerissenen Augen den niedergestreckten Siegbert an. Rasch ließ Hagen sein Schwert herabsausen, bevor sie ihn erneut attackieren konnte.

Mit einem sauberen Hieb trennte er der Frau den Kopf von den Schultern. Ihr Körper sackte sofort in sich zusammen, während ihre Zahnreihen weiter aufeinanderschlugen. Ein rascher Stich durch das blutige Halsrund sorgte endgültig für Ruhe.

Ihr müsst ihnen die Köpfe abschlagen!, wollte Hagen den anderen zurufen, doch als er über den Schildrand hinweg zu Dankwart starrte, versagte ihm die Stimme. Entsetzt bemerkte er, dass sein Onkel auf verlorenem Posten stand.

Da er sich verzweifelt gegen die mit Wunden übersäte Wirtin wehren musste, deren Haube als einziges Kleidungsstück blütenweiß geblieben war, merkte Dankwart nicht, dass der massige Köhler um ihn herumgeschlichen war.

Ein Tritt in die Kniekehle brachte den rothaarigen Hünen aus dem Gleichgewicht.

Er ruderte wild mit den Armen und versuchte noch, sich aufrecht zu halten, aber da war der Köhler schon heran, riss ihm den Helm vom Kopf, klemmte die darunterliegende Kettenhaube zwischen seine großen Pranken und öffnete sein Maul so weit, als wollte er Dankwart in einem einzigen Stück verspeisen.

Brüllend vor Wut sprang Hagen auf die beiden zu, doch er stand viel zu weit entfernt, um noch eingreifen zu können. Die gierig vorgereckten Zähne des Köhlers schwebten bereits wie wölfische Fänge über Dankwarts Gesicht.

Da zischte ein schmaler Schatten durch die Luft.

Mit einem saugenden Geräusch drang eine Speerspitze so tief in das linke Köhlerauge, dass sie auf Höhe seines Nackens wieder austrat. Der Draugr quiekte lauter als Schweine zur Fütterungszeit und schlug lang hin. Der Aufprall war so hart, dass Hagen ein leichtes Kitzeln unter den Fußsohlen spürte.

Verblüfft sah er in die Höhe und entdeckte einen fremden Reiter, der auf einem gefleckten Grauschimmel zu ihnen heransprengte. Ein blonder Recke mit schmalen Hüften und einem Kreuz so breit, wie ein Axtstiel lang war. Seine Kleidung passte zu dem Wurfspieß, den er geschleudert hatte und von denen er noch zwei weitere in einem großen Köcher am Sattel mit sich führte. Sein ledernes Wams mit dem Wolfsfellkragen ließ ihn eher wie einen Sachsen denn einen Burgunder erscheinen. Aber das prachtvolle Schwert, das er zog, nachdem er sein steigendes Pferd zum Stehen gebracht hatte, war kein einschneidiges Sax, sondern eine Waffe von vollendeter Schmiedekunst.

„Die Köpfe, ihr elenden Narren!“, rief er, bevor er die Klinge auf die weiße Leinenhaube der Wirtin schmetterte und ihr dabei mühelos ein Drittel des Hauptes – vom Scheitel bis zum linken Ohrläppchen – abrasierte.

„Ihr müsst den Bestien die Schädel spalten oder sie zumindest köpfen! Nur so lassen sie sich besiegen!“ Angesichts des lauten Getöses, mit dem er seine Weisheit verkündete, wussten daraufhin alle, was zu tun war!

Hagen spürte eine Mischung aus Wut und Verbitterung in sich aufsteigen, weil der Fremde genau das hinausposaunte, was er selbst gerade befehlen wollte. Am liebsten hätte er das auch laut und deutlich zum Ausdruck gebracht, aber eine kleine Stimme in seinem Hinterkopf, es musste wohl die der Vernunft gewesen sein, flüsterte ihm zu, dass das nicht nur kindisch, sondern auch unritterlich gewirkt hätte.

„Der Mann hat recht!", feuerte er stattdessen die Soldaten an. „Das Gehirn ist die verwundbare Stelle der Bestien! Also wehrt euch, solange ihr es noch könnt."

Allein die Aussicht, den unheimlichen Gegner doch noch irgendwie bezwingen zu können, weckte verborgene Reserven. Dazu kam, dass ihnen die Gardisten vom Friedhof zu Hilfe eilten. Mit vereinter Kraft ging es nun den Draugar an den Kragen. Der Wall aus Schilden schloss sich wieder und drängte die ruhelosen Leichen vor dem Gasthof zusammen. Besonders Dankwart, Hagen und der fremde Reiter spalteten unermüdlich die Schädel, ohne die die Untoten nicht weiter existieren konnten.

Nachdem das blutige Handwerk verrichtet war, hielten alle miteinander erschöpft inne. Erst jetzt kam Hagen dazu, sich um den Zustand der Truppe zu sorgen. Zwei Männer lagen von Bisswunden übersät im Dreck. Einer presste noch vergeblich die Hand auf seine verletzte Kehle, der andere regte sich bereits nicht mehr. Einige andere, so wie Arnulf, waren mit leichteren Verletzungen davongekommen. Mancher hatte Messer- und Sichelschnitte einstecken müssen, drei von ihnen waren aber auch gebissen worden: Arnulf, Herwig und Odemar.

Das war schon ein harter Schlag – aber die Verluste hätten auch weitaus höher ausfallen können. Hagen atmete erleichtert auf.

„Habt Dank für Eure Hilfe", wandte sich Dankwart sichtlich bewegt an den Fremden. „Sagt mir Euren Namen und woher Ihr stammt, damit mein Weib Euch in ihre Dankesgebete einschließen kann."

Der Reiter wirkte für einen Moment völlig überrascht, als wäre er es nicht gewohnt, so freundlich angesprochen zu werden. Nachdem er sich gefasst hatte, richtete er sich jedoch noch ein wenig mehr auf, um noch ein wenig höher über die Männer aus Tronje hinwegzusehen, bevor er antwortete: „Mein Name ist Siegfried, der Draugr-Schlächter!“

10. Kapitel

Ehe ihm noch weitere Fragen gestellt werden konnten, zog der strohblonde Recke den tänzelnden Schimmel herum. Rasant galoppierte er auf Meinhard zu, der sich inzwischen so oft hin und her geworfen hatte, dass sich die durch seinen Oberkörper gerammte Lanze allmählich aus dem Erdboden löste. An dem Draugr angelangt, riss Siegfried einen weiteren Wurfspieß aus dem Sattelköcher, visierte die unter ihm knurrende Gestalt an und trieb ihr die Spitze des Speers tief durch die Stirn.

Ein lang gezogenes Seufzen entfuhr Meinhards Kehle. Seine Gegenwehr erlahmte langsam, bis der Körper inmitten der von ihm aufgewühlten Erde völlig erschlaffte.

„Haltet euch nicht mit Armen, Beinen oder Zähnen auf", rief Siegfried, während er den Speer in der Wunde drehte. „Es ist das Hirn in ihren Schädeln, das sie leitet. Nur wenn ihr sie an dieser Stelle trefft, seid ihr wirklich vor ihnen sicher."

Mit einem leisen Schmatzen löste sich die Spitze aus der Wunde. Der Spieß musste aus besonders gutem Stahl geschmiedet sein, denn die Spitze war nicht im Geringsten verbogen. Siegfried wischte sie an der Kleidung des toten Wirtes sauber, bevor er den Speer wieder im Köcher verschwinden ließ.

Danach sprang er aus dem Sattel und verfuhr ebenso mit seinem besudelten Schwert. Als es wieder gesäubert an seinem Waffengurt steckte, fiel Hagen zum ersten Male der ungewöhnliche Griff der Waffe auf, der aus zwei umeinander geschlungenen Schlangenleibern bestand, deren einander zugewandte Köpfe sich im Abschlussknauf vereinigten. Hagen spürte ein eisiges Prickeln im Nacken, als ihm aufging, dass es sich aber auch genauso gut um zwei miteinander verwickelte Drachenhälse handeln konnte.

Die Tronjer folgten dem Beispiel des Fremden und reinigten auf gleiche Art und Weise ihre Klingen. Außerdem hatten sie mehrere Verletzte zu beklagen, denen die Wunden verbunden werden mussten.

Allmählich löste sich die Anspannung der Überlebenden.

Zwischen den Soldaten kam es zu ersten Gesprächen.

Nun, da sie langsam ihren Sieg begriffen, wollte ein jeder davon erzählen, wie tapfer er sich geschlagen hatte. Einzig Hagen beobachtete schweigend, wie jener Siegfried seinen Schimmel bei den Zügeln fasste und langsam näher kam.

Auch wenn er Dankwart das Leben gerettet hatte, Hagen mochte den Kerl nicht. Vielleicht weil er so ähnlich hieß wie der elende Müllersbursche, gegen den er gerade hatte kämpfen müssen, aber wohl eher, weil er ausgerechnet dann aufgetaucht war, als Hagen die Schlacht von eigener Hand hätte herumreißen können.

„Wenn du so fürchterlich viel über die Draugar weißt“, empfing er Siegfried mit abweisendem Ton, „kannst du uns dann auch erklären, warum sie ausgerechnet diese Siedlung in so großer Zahl bedrängen?“

„Was veranlasst dich zu glauben, dass es anderswo besser aussieht?“, fragte der Fremde zurück. Dass er dabei einen vertraulichen Tonfall wie unter Gleichgestellten anschlug, war eine ebensolche Unverschämtheit wie das Grinsen, das er auf den Lippen trug.

„Du meinst also, dass anderswo in Burgund das Gleiche geschieht?“, wollte Hagen wissen.

„Ist das nicht längst offensichtlich?“, fragte Siegfried erneut zurück, anstatt eine anständige Antwort zu geben. Für jemanden, der sich wie ein Jäger oder Waldläufer kleidete und von offensichtlich niederem Stand war, verhielt sich der Bursche wirklich ausgesprochen frech.

„Vorsicht!“, warnte Hagen gereizt. „Du weißt wohl nicht, wen du vor dir hast?“

Statt festen Stiefelwerks trug Siegfried einfache, bis zu den Oberschenkeln reichende Beinlinge, die er bis unterhalb der Knie hochgeschlagen und mit Lederriemen umwickelt hatte. Auch sein Hemd und die Hosen waren aus Wildleder gefertigt und mit gefärbten Wildschweinborsten verziert.

Trotzdem erlaubte sich der Kerl einen geringschätzigen Zug um die Lippen, während er antwortete: „Ein Ritter, der das Wappen von Tronje auf der Brust trägt, schlank und mit rabenschwarzem Haar, das ihm bis zu den Schultern reicht … ihr müsst eindeutig der Neffe des *kleinen Dankwarts* sein.“ Bei den letzten Worten drehte er sich zu Gunthers Marschall um und ließ ein gewinnendes Lächeln aufblitzen.

Anstatt den Hund für diese erneute Respektlosigkeit zu rügen, lachte Dankwart vergnügt auf.

„Ach, so ist das!“ Ein breites Grinsen eroberte sein Gesicht. „Der alte Brummbär hat dich geschickt, um uns zu helfen! Und ich dachte schon, es sei ihm egal, was aus seinen Tronjern wird.“

„Alberich hat mich heute Morgen in aller Frühe aufgesucht“, bestätigte Siegfried, der Draugr-Schlächter. „Und er hat mir nicht nur von dem Angriff auf den Hort, sondern auch von euch erzählt. Daraufhin habe ich mich umgehend auf den Weg gemacht.“ Neben einem der gefallenen Soldaten angelangt, gab er die Zügel seines Schimmels frei und legte eine Hand auf das Schwert mit dem Drachengriff. „Zum Glück bin ich ja gerade noch rechtzeitig gekommen, um das Schlimmste zu verhüten.“

„Was soll das heißen?“, fragte Hagen misstrauisch. „Willst du etwa damit andeuten …“

„… dass die Draugar einzig und allein Fafnirs Werk sind“, bestätigte der Blonde. „Oder besser ausgedrückt, das Werk jenes goldenen Unholdes, der den Lindwurm verletzt und in die Flucht getrieben hat, damit sich Fafnirs giftiges Blut über halb Burgund bis nach Worms verteilt.“

Nicht nur Hagen und Dankwart, auch viele der Gardisten keuchten vor Überraschung laut auf.

„Das Lindwurmblut soll die Draugar zum Leben erweckt haben?“ Arnulf, dessen Erschrecken größer als das der anderen war, schrie von allen am lautesten auf. Kein Wunder. Schließlich hatte er im Nibelungenhort versucht, sich mit den Resten einer halb eingetrockneten Lache einzuschmieren. „Aber es hieß doch immer, es solle unverwundbar machen!“

„Ja und?“, fragte Siegfried mit der Überlegenheit des Wissenden, der über den Dummen triumphiert. „Stecken denn die Draugar nicht Hieb um Hieb ein, ohne im Angriff innezuhalten, solange man ihren Verstand nicht auslöscht? Macht sie das nicht nahezu unverwundbar? Wirkungsvoller kann ein Zauber doch kaum sein!“

„Aber …“, versuchte Arnulf verzweifelt einzuwenden.

„Gerüchte verändern sich, je länger sie kursieren“, schnitt ihm Siegfried das Wort ab. „Manchmal verkehren sie sich über die Jahrhunderte hinweg sogar ins Gegenteil. Aber selbst in den Drachenblut-Legenden ist nirgendwo die Rede davon, dass jene, die darin baden, auch ihren Verstand behalten. Und das ist leider nicht das Einzige, was die Überlieferungen verschweigen.“

Seine Worte lösten atemlose Betroffenheit aus. In der darauf einsetzenden Stille klang das eiserne Scharren, mit dem er sein Schwert hervorzog, unnatürlich laut. Ehe jemand richtig begriff, was er vorhatte, holte Siegfried auch schon bis weit über den Kopf aus und ließ die Klinge in die Tiefe fahren.

Ein silbern flirrender Halbkreis zischte an den Schultern des Toten vorbei. Der Schnitt durch den Hals erfolgte so glatt, dass der Kopf nicht einmal zur Seite rollte.

„Jeder, der von einem Draugar gebissen oder durch seine Hand verletzt wird, wird selbst zum Ruhelosen!“, erklärte Siegfried seine abscheuliche Tat, bevor er zu dem anderen Toten ging und auch ihm das Haupt vom Körper trennte.

Die blutbefleckte Klinge in der Rechten, richtete er sich auf und sah Arnulf mit einem Anflug von Mitleid an. „Jeder“, wiederholte er dabei. „Selbst jene, die die Verletzungen zunächst überleben.“

Arnulf griff sich unwillkürlich an die Kehle, als er begriff, was das zu bedeuten hatte. Die Kameraden, die eben noch seine Wunden versorgt hatten, rückten hastig von ihm ab. Hagen zog dagegen blank und trat Siegfried drohend entgegen.

„Bleib, wo du bist“, warnte er, „oder ich strecke dich auf der Stelle nieder!“

„Beherrsch dich, Hagen“, versuchte ihn Dankwart zu beruhigen, aber das heizte das Feuer, das im Grafen von Tronje loderte, nur noch weiter an.

„Halt´s Maul!“, zischte Hagen den Onkel, der immerhin auch sein Marschall war, wütend an. „Nur weil dich ein dahergelaufener Waldschrat *kleiner Dankwart* nennt, wirfst du ihm gleich dein Herz zu Füßen! Dabei weiß doch niemand, ob nicht *er* derjenige ist, der Mime und Fafnir erschlagen hat. Und der jetzt …“ Bei diesen Worten funkelte er Siegfried böse an. „… nur zu Ende führen will, was seine untoten Hilfsscharen nicht zustande brachten.“

Angesichts dieses Vorwurfs begann es in Siegfrieds Gesicht zu zucken. Doch nicht nur dort gerieten die Muskeln in Aufruhr, sein ganzer Körper spannte sich an. Für einen kurzen Augenblick sah es tatsächlich so aus, als wollte er sich Hagen in jugendlichem Ungestüm entgegenwerfen. Dem Tronjer wäre das nur recht gewesen. Mit dem Schild in der Linken und Gram in der Rechten fürchtete er keine Auseinandersetzung. Schon gar nicht gegen einen nur mit Leder gewappneten Waldläufer, der zwar von kräftiger Gestalt, aber keineswegs ein Riese war.

Ja, jetzt, da sie sich Aug in Aug gegenüberstanden, war deutlich zu sehen, dass Hagen den anderen um beinah einen halben Kopf überragte. Siegfried zeigte deshalb keinerlei Furcht, doch er kämpfte den in ihm wühlenden Aufruhr nieder.

Das Zucken in seiner Miene verebbte. Plötzlich wirkte sein Gesicht wie aus Stein gemeißelt.

„Es tut mir leid, wenn meine bisherige Rede zu grob für Euch war, Herr Hagen", entschuldigte er sich zähneknirschend. „Höfische Manieren sind mir fremd, denn ich komme nur selten unter Menschen. Mir den Mord an Mime zu unterstellen, ist aber eine Ungerechtigkeit, die ihresgleichen sucht." Seine kräftige Stimme geriet zum ersten Mal ins Schwanken. Die schrillen Höhen, die sie dabei erreichte, machten deutlich, wie sehr es in ihm gärte, während er die Waffe in seinen Händen langsam drehte, bis der stählerne Drachenhalsgriff frei nach oben ragte.

„Diese Klinge hier, Herr Hagen, wurde auf dem gleichen Amboss geschmiedet wie die Eure", sagte er dabei. „Ich selbst habe sie unter Mimes gestrengen Augen angefertigt. Denn ich bin bei ihm in die Lehre gegangen, drei lange Jahre lang. Für mich war er mehr als nur ein Meister, darum werde ich, der letzte seiner Gesellen, auch seinen Tod rächen, ganz gleich, ob mit oder ohne Eure Hilfe!"

„Er sagt die Wahrheit", raunte Dankwart von der Seite. „Bei

meinen letzten Besuchen in der Heimat hörte ich mehr als einmal davon, dass nun ein blonder Jüngling den Blasebalg im Nibelungenhort tritt."

Ähnliches war auch Hagen zu Ohren gekommen, und die Trauer, die dieser Siegfried über Mimes Tod zum Ausdruck brachte, schien ebenfalls echt zu sein.

Trotzdem. Er konnte sich nicht helfen. Aus irgendeinem tief empfundenen Grund hatte er den Eindruck, dass dieser Kerl nur die halbe Wahrheit sprach oder ihnen zumindest das eine oder andere wichtige Detail verschwieg.

„Der Name meiner Klinge lautet Balmung", sprach Siegfried inzwischen weiter. „Ich habe ein ganzes Jahr an ihr gearbeitet, den Stahl immer wieder klein geraspelt und an die Gänse verfüttert, um ihn noch härter schmieden zu können. Darum bin ich mir sicher, dass Balmung und Gram einander ebenbürtig sind. Doch zwei von Fafnirs Atem beseelte Waffen sollten niemals gekreuzt werden."

Zum Beweis seiner Redlichkeit ließ er Balmung, so beschmutzt die Klinge auch war, in seiner lederumwickelten Scheide verschwinden, bevor er fortfuhr: „Um der Verletzten willen solltet Ihr mir besser freie Hand lassen. In ihnen wütete bereits der Keim der Unverwundbarkeit, und wenn wir den nicht schleunigst aus ihnen herausbrennen, werden sie sterben und als Draugar wiederkehren. So wie die Dörfler vom Mühlbach hier."

Nun, da Siegfried die Waffen gestreckt hatte, gab es nicht mehr viel, was Hagen noch tun konnte, außer es dem Fremden mit einem verächtlichen Laut gleichzutun.

„Oh Heiland", schnaubte er dabei, denn es wäre nicht klug gewesen, sich in der Öffentlichkeit zur Weltenesche zu bekennen. Nicht mal hier, wo sie nahezu unter sich waren. „Sprich bloß weiter, wie dir der Schnabel gewachsen ist, Kerl. Nichts ist schlimmer als ein Bauerntrampel, der versucht, wie ein Edler zu klingen."

Angesichts dieser Beleidigung ballte Siegfried die Fäuste, ohne jedoch etwas zu erwidern. Hagen beachtete ihn auch schon nicht mehr, sondern wandte sich Dankwart zu. „Es sind deine Gardisten", beschied er seinem Onkel, „also bist du auch für ihr Wohlergehen verantwortlich. Traue dem Fremden, wenn du es für richtig hältst. Ich sehe nach, was aus unseren Pferden geworden ist."

Hagen hörte im Fortgehen, wie Dankwart zu den anderen sprach.

„Neben der Mühle gibt es einen offenen Unterstand", sagte er mit ruhiger Stimme. „Dort stehen eine kleine Esse und ein Amboss, damit die Bauern, während sie auf ihr gemahlenes Korn warten, die Hufeisen der Pferde richten und andere kleine Reparaturen ausführen können. Dort haben wir die Möglichkeit, rasch einige Eisen zum Glühen zu bringen."

Die Vorstellung, dass ihre Wunden ausgebrannt werden sollten, behagte den Verletzten nicht sonderlich.

„Was macht dich so sicher, dass diese Behandlung wirklich notwendig ist?", wollte Arnulf von Siegfried wissen. „Hast du den Umgang mit Draugar-Bissen etwa in der Nibelungenschmiede gelernt?"

„Ich bin weit mehr als nur ein Schmied!", erwiderte der Angesprochene, der unentwegt zur Eile mahnte. „Ich wurde von Kindesbeinen an in Dingen unterrichtet, die euch allen fremd sind. Ihr könnt mir glauben, dass ich mit den Gefahren, die von den Draugar ausgehen, ebenso vertraut bin wie mit anderen Dingen, die viele Menschen nur für Aberglauben halten. Nicht umsonst hat mich Alberich, der Nibelungenkönig, um Hilfe für euch ersucht."

Die Erwähnung Alberichs flößte vielen der Männer Vertrauen ein.

Hagen beschlich jedoch erneut der unbestimmte Verdacht, dass dieser Fremde mit einem Teil der Wahrheit hinter dem Berg hielt. Andererseits hatte er ihnen tatsächlich im Kampf gegen die Ruhelosen geholfen.

Allerdings erst, *nachdem* Hagen selbst erkannt hatte, wie die Untoten zu bezwingen waren. War es also wirklich Zufall, dass Siegfried genau in diesem Augenblick auf den Hof geritten kam? Oder hatte er ihren Kampf schon die ganze Zeit über aus einem sicheren Versteck heraus beobachtet und sich nur zu einer neuen Taktik entschlossen, als sein ursprünglicher Plan zu scheitern drohte?

Möglich wäre es zumindest.

Vielleicht hatte ja Rotrud etwas Entsprechendes beobachtet? Die einzige Überlebende des Massakers zu finden, war Hagen ebenso wichtig, wie den Verbleib ihrer Pferde zu klären.

Arnulfs Gedanken drehten sich dagegen um etwas ganz anderes.

„Was bist du?“, wollte er von Siegfried wissen. „Einer jener Zauberkundigen, die auch Berserker und Wolfshäuter zu jagen verstehen?“

„Jedwedes Gezücht, das den Menschen schaden will“, versicherte der strohblonde Recke. „Und nun eile dich! Es ist zu deinem Besten.“

Das Gros der Soldaten begleitete die Verletzten zur Esse, in der tatsächlich noch ein paar Kohlen vom Vormittag glühten. Auf Dankwarts Befehl hin schwärmten aber auch einige Männer aus, um ebenfalls nach den Pferden zu suchen.

Hagen spürte ein Gefühl der Erleichterung, als der Gestank von Blut und Aas, der über dem Schlachtfeld schwebte, langsam schwächer wurde. Je weiter er zwischen der Giebelseite des Gasthofs und dem rauschenden Mühlbach voranschritt, desto frischer wurde die Luft, die in seine Nasenflügel drang.

An dem breit ausgewalzten Weg angelangt, der die kleine Siedlung passierte, drang erregtes Schnauben an sein Ohr. Hinter einem nur wenige Schritte entfernt wuchernden Haselnussstrauch stand Sleipnir im hohen Gras und knabberte gerade ein paar junge Triebe ab. Ein kleines Stück weiter grasten zwei rotbraune Stuten mit stark ausgeprägter Stirnblesse, und auch die übrigen Pferde waren nur so weit gelaufen, wie sie eine Gefahr im Nacken verspürten. Sie verteilten sich in den rundum liegenden Wiesen und Feldern sowie entlang dem abknickenden Bachlauf, an dem sie ihren Durst stillten.

Hagen überwand die beiden tiefen Rillen, die Legionen von Wagenrädern in den Sand geschliffen hatten, und tätschelte Sleipnir den Hals.

„Elender Feigling", schimpfte er mit sanfter Stimme. „Zumindest von dir hätte ich etwas mehr Treue erwartet."

Der Hengst warf den Kopf hoch und schnaubte laut, bevor er sich wieder den Haselnusstrieben widmete. Ob zufällig oder beabsichtigt, Hagens Blick wurde durch Sleipnirs Kopfbewegung auf Rotrud gelenkt, die nicht weit entfernt unter einem dicht belaubten Birnbaum saß.

Die Blutung ihrer Kinnwunde war versiegt. Mit geschlossenen Augen lehnte sie wie schlafend an dem schmalen Stamm.

Ihren ebenfalls dösenden Sohn hielt sie weiter fest umklammert. Sein kleines Gesicht ruhte in ihrer Nackenbeuge. Nichts konnte Mutter und Kind aus ihrem tiefen Schlummer reißen. Nicht mal die Soldaten, die verärgert nach ihren Pferden schnalzten. Oh – verdammt!

Hagen ließ den Schild ins Gras fallen und beschleunigte seine

Schritte. Sleipnir stieß ein kurzes Wiehern aus, das wie eine Warnung klang. Der Ritter achtete nicht darauf.

Atemlos kam er bei der Wirtstochter an.

„Rotrud!“, flüsterte er dabei. „Bitte, nicht auch noch du!“

Er packte sie an der freien Schulter, um sie wach zu rütteln. Als ihr Kopf schon bei der ersten Berührung schlaff zur Seite rutschte, ahnte er, dass alle Hoffnung umsonst gewesen war. Rasch legte er seinen Flügelhelm ab und beugte sich dicht über sie, um sicherzugehen, dass sie wirklich nicht mehr atmete.

„Nicht einmal eine einzige Überlebende!“, murmelte er traurig.

Erinnerungsfetzen flackerten in ihm auf. Einige Herzschläge lang sah er sie wieder nackt in der Kammertür stehen. Dabei kam es ihm so vor, als hätte sie bereits da geahnt, dass ihr nur noch wenig Lebenszeit vergönnt war.

Ein leises Fauchen, wie von einer verärgerten Wildkatze, riss ihn aus seinen Gedanken. Hagen begriff nicht, woher das Geräusch stammte, bis er das kleine, nasenlose Gesicht des Kindes auf sich zuschießen sah.

Glühend heißer Schmerz entflammte seine linke Wange. Zwei kleine, aber feste Zahnreihen fraßen sich tief in sein Fleisch. Hagen fuhr in die Höhe, doch der Junge hing weiter an ihm fest. Die Wange begann unter dem schweren Gewicht zu reißen.

Hagen schrie laut auf.

Instinktiv riss er die Hände empor und versuchte sich von der Pein zu befreien. Doch es gelang ihm nicht. Er, der schon Dutzenden von Männern mit leichter Hand das Leben genommen hatte, konnte kein Kind am Hals packen und durch die Luft davonschleudern, nicht mal, wenn es schon tot war.

Wieder und wieder schlugen die Zähne zusammen und zerfleischten Hagens Gesicht, bis die ersten Gardisten herangeeilt waren. Die Männer verspürten weniger Skrupel als ihr Herr, vielleicht, weil sie in aller Deutlichkeit sahen, was Hagen nur spürte.

Beherzt griffen sie zu.

Zusammen mit Rotruds Jungen rissen sie auch einen Teil der Wange von ihm los. Hagen schmeckte das Blut, das in seinen Mund schoss. Als er den nach Eisen schmeckenden Strom mit der Zunge zu stoppen versuchte, stieß ihre Spitze ins Leere. Das Loch über seinem Mundwinkel musste riesengroß sein.

Mein Gesicht! Bei dem Gedanken daran, was Kriemhild wohl sagen mochte, wenn sie ihn wiedersah, stieg Übelkeit in ihm auf.

Hagens Knie wurden so weich, dass sie sein Gewicht nicht mehr tragen konnten. Obwohl ihn die Gardisten zu stützen versuchten, sackte er in sich zusammen. Statt ins Gras fiel er in samtweiche Dunkelheit.

11. Kapitel

Blendende Helligkeit kitzelte Hagens Wimpern. Als er die Augen öffnete, sah er direkt in Dankwarts besorgtes Gesicht.

„Er ist wieder bei Bewusstsein!" Die von einer rostroten Mähne umrahmten Züge verschwanden und machten Siegfried Platz.

„Wenn wir uns beeilen, gibt es noch Hoffnung", knurrte der Blonde. „Zögern wir zu lange, ergeht es ihm wie denen da."

Hagen wusste nicht, wie lange er bewusstlos gewesen war.

Sein Blick war noch immer verschwommen, als blickte er durch fließendes Wasser. Erst allmählich traten die Umrisse seiner Umgebung deutlicher hervor. Vergeblich versuchte er, sich über die Augen zu wischen. Seine Arme gehorchten ihm nicht mehr.

Eisiger Schrecken durchfuhr seine Glieder. Er glaubte schon, vom Bauchnabel aufwärts gelähmt zu sein, bis er groben Hanf an seinem Hals kratzen spürte.

Als er endlich wieder klar sehen konnte, bestätigten sich seine schlimmsten Befürchtungen. Seine eigenen Männer hatten ihn an einen stabilen Querbalken gefesselt, an dem sonst wartende Pferde angebunden wurden. Nicht nur die Handgelenke und der Hals waren umwickelt, nein, der Strick schlang sich auch um beide Arme, die auf Schulterhöhe waagerecht zu den Seiten abstanden.

Sein Blut geriet bereits ins Stocken, so fest hatten sie ihn an den Rundbalken gezurrt. Da er mit lang ausgestreckten Beinen am Boden saß, gab es auch dort nicht viele Bewegungsmöglichkeiten. Er hätte höchstens die Knie anziehen können, aber wozu sollte das gut sein?

Alle drei Gardisten, die durch Bisse verletzt wurden, lagen reglos am Boden.

Herwig steckte eine Axt im Schädel. Sein linker Oberschenkel und der rechte Unterarm waren durch grässliche Brandwunden entstellt, die ihm mit glühenden Eisen beigebracht wurden. Die von Siegfried verordnete Rosskur hatte offensichtlich nicht viel genutzt. Weder diesem Gardisten noch seinem Kameraden Odemar, der ein Stück weiter in seinem Blute lag.

Kreisrund umgab Odemar die rote Lache, in der sein Oberkörper ruhte. Ebenso die Spuren eines schrecklichen Kampfes. Zwei zerbrochene Fußlanzen, eine unbrauchbar gewordene Schmiedezange und ein durcheinandergewirbelter Stoß Holzscheite waren seine Trophäen.

Die Männer, die mit ihm gerungen hatten, standen immer noch mit verschwitzten Gesichtern herum, die Augen weit aufgerissen vor namenlosem Schrecken. Einen Kameraden oder gar Freund umzubringen, machte einen jedem schwer zu schaffen.

Vielleicht war das der Grund, warum Arnulfs Schädel noch unversehrt war. Seine Wunden waren ebenfalls schwarz verkohlt, doch er regte sich nicht mehr.

Das Schnaufen eines Blasebalgs drang unangenehm laut an Hagens Ohr. Irgendjemand fachte das Feuer in der Esse weiter an.

„Ist das euer großer Plan?“ Hagen konnte nur undeutlich sprechen, denn sie hatten ihm irgendeinen alten Lumpen in die offene Wange gestopft, um die Blutung zu stillen. „Alle, die von einem Draugr verletzt werden, zu Tode zu martern?“

Jedes Wort, das er sprach, löste neue Schmerzwellen aus, aber er konnte einfach nicht schweigen.

Zieht …

Er wusste nicht, woher das Wort stammte, das da in seinem Kopf nachhallte, er wusste nur, dass es keiner der Umstehenden ausgesprochen hatte. Dankwart, die Gardisten, ja, selbst dieser Siegfried sahen nur stumm auf ihn herab, anstatt ihm die Antwort zu geben, die sie ihm schuldeten. Sie alle hatten eine Mischung aus Mitleid und tiefer Entschlossenheit im Blick, wobei die Gefühle bei jedem unterschiedlich gewichtet waren. Bei Siegfried überwog zweifellos die Entschlossenheit, während Dankwart am stärksten von ihnen litt.

„Es geht nicht anders", würgte sein Onkel mühsam hervor. „Du hättest sehen sollen, was aus den anderen geworden ist. Es war schrecklich, mit anzuschauen wie Herwig und Odemar …"

Lautes Knurren unterbrach sein weinerliches Gerede.

Sofort spannten alle Männer ihre Muskeln an. Besonders die beiden, die die Stricke hielten, die an Arnulfs Handgelenken endeten. Während sie sich gleichzeitig heftig mit den Absätzen in den Boden stemmten, zerrten sie seine Arme in entgegengesetzter Richtung auseinander.

Im gleichen Moment schoss Arnulfs Oberkörper in die Höhe.

Seine Gesichtszüge hatten kaum noch etwas mit dem stets fröhlichen, von Abenteuerlust getriebenen Jüngling zu tun, den sie alle kannten. Tiefe Falten zerfurchten sein einst so glattes Gesicht, während er die Zähne fletschte.

„Nicht auch noch du!", heulte Dankwart auf, während Siegfried schon nach Balmung griff.

Zieht …

Arnulf reagierte wesentlich schneller, als alle erwartet hatten. Und auch ganz anders. Anstatt wild und unüberlegt mit seinen Gegnern zu ringen, schwang er seine Beine in die Höhe und rollte sich nach hinten über den Kopf ab. Dass seine Widersacher dabei wie besessen an seinen Armen zerrten, half ihm sogar noch, die Bewegung auszuführen.

Mit dem Schwung des Überschlags fiel er auf die Knie und riss seine Arme mit einer Gewalt zusammen, wie sie nur ein Draugr aufbringen konnte.

Die beiden aus dem Gleichgewicht geratenen Gardisten stolperten nach vorn und stießen direkt vor Siegfried zusammen, dem sie dadurch den Weg versperrten. Andere Soldaten eilten herbei und versuchten, auf Arnulf einzuschlagen, doch der hatte sich schon herumgeworfen und lief weg.

Die beiden Männer, die die Stricke hielten, schrien auf, als der raue Hanf durch ihre Handflächen gerissen wurde. Instinktiv ließen sie los. Von Dutzenden Flüchen begleitet rannte Arnulf an der Mühle entlang. Die an seine Handgelenke gebundenen Stricke flatterten hinter ihm her, während er das Wasserrad passierte, das die Mühlsteine antrieb.

Die Zahnräder waren nicht eingehängt. Das Rad drehte nur langsam leer vor sich hin, damit genügend Wasser aus dem Staubecken abfloss.

Vor ihm baute sich bereits ein mit Lanzen gespickter Wall aus Schilden auf, doch statt den Kampf aufzunehmen, hechtete Arnulf hinter dem großen Holzrund zur Seite. Klatschend landete er im Mühlbach, der an dieser Stelle besonders breit war. Das Wasser spritzte unter seinem Aufprall so hoch, dass selbst Hagen es sehen konnte.

Die königlichen Soldaten, die die Verfolgung aufgenommen hatten, zögerten, dem Draugr über die steil abfallende Böschung zu folgen. Arnulf konnte es egal sein, ob ihn das ärmellose Kettenhemd unter Wasser zog oder nicht. Er brauchte nicht zu atmen.

Sie schon.

„Arnulf versucht, auf der anderen Seite nach oben zu klettern", riefen sie alarmiert.

„Bleibt, wo ihr seid!", befahl Dankwart.

Er stand bereits an der Schiebeklappe, die den Wasserzufluss regelte. Mit einem harten Ruck riss er sie in die Höhe. Sofort schwoll das bisherige Rinnsal zu einem Strom voll weißer Gischt an. Gurgelnd und sprudelnd jagte die Flutwelle die Holzrinne entlang und schoss auf die Radschaufel hinab.

Das Wasserrad drehte sich umgehend schneller. So schnell wie nie, denn ein Müller ließ das kostbare Wasser nur so stark abfließen, wenn auch das Gestänge der Mühlsteine eingehängt war.

Unterhalb des Holzrades erklang ein böses Schnaufen, dem ein lautes Klatschen folgte.

„Die Stricke an seinen Händen haben sich in den Seitenstreben verheddert", triumphierte Urban, ein schon ergrauter Veteran. „Arnulf ist mit in die Tiefe gezogen worden."

Dankwart wies trotzdem die Lanzenträger an, entlang dem Ufer Aufstellung zu nehmen. Aber das war vergebene Liebesmüh. Das dahinrasende Schaufelrad hielt abrupt an, ruckte zweimal hart und setzte sich dann mit einem lauten Knall wieder in Bewegung. Ein widerliches Schaben erklang, als Arnulf zwischen dem Rad und dem Fundament der Mühle hindurch nach oben gerissen wurde. Nicht nur sein Gesicht, der ganze Körper schrammte an der Feldsteinmauer entlang.

Als er am oberen Scheitelpunkt ankam, war zu sehen, dass sich nicht nur die Stricke verfangen hatten, sondern er selbst mit Armen und Beinen zwischen die Schaufeln geraten war. In einer unnatürlich verrenkten Stellung klemmte er so fest im Rad, dass er sich nicht mehr aus eigener Kraft befreien konnte. Bei einem Menschen – und wäre es der schlimmste Feind gewesen – hätte Dankwart daraufhin sofort das Wehr geschlossen, doch Arnulf war ein Draugr geworden, der selbst als blutiges Bündel noch gefährlich war.

Unter lautem Knurren schoss er ein zweites Mal in die Tiefe. Diesmal gerieten die Schaufeln nicht ins Stocken, darum jagte er sofort wieder an der Steinmauer entlang in die Höhe. Sein Knurren war verstummt, und das sicher nicht, weil ihm Wasser im Halse steckte. Nach der dritten Umdrehung war nicht mehr genügend von Arnulfs Schädel übrig, als dass er noch eine Gefahr hätte darstellen können.

Dankwart schloss den Wasserzulauf so weit, dass das blutende Bündel nach einem vierten Umlauf im Wasser verschwand, bevor das Rad gänzlich zum Stehen kam.

Zieht …

Im Gegensatz zu den Bewaffneten, die ihren raschen Sieg laut bejubelten, bedauerte es Hagen, dass Arnulfs Flucht misslungen war. Sicher hatte der arme Tropf den gleichen Ruf gehört, der auch in seinem Kopf ständig widerhallte.

Zieht nach Worms …

Und den gleichen Ekel vor dem Schnaufen derer gespürt, die noch atmeten.

Zieht nach Worms und tötet!

Der große Abscheu vor allen, die noch sprachen, statt zu knurren, und einfach nur ganz widerlich lebendig waren!

Eine leise Stimme in seinem Kopf flüsterte Hagen zu, dass solche Gedanken verrückt waren. Dass sie nur dem Gift der Draugar entsprangen, das in seinen Wunden pochte und langsam auf den ganzen Körper überzugreifen drohte.

Zieht nach Worms und tötet!

Hagen zerrte an seinen Fesseln, die ihn daran hinderten, dem fremden Befehl zu folgen. Je leiser die Stimme wurde, die ihm dazu riet, den *Ruf* zu ignorieren, desto mehr verlangte ihn danach, aufzuspringen und dem nächstbesten Lebenden die Hände an den Hals zu legen, um allen Atem aus ihm herauszupressen, bis …

Ein heißes Knistern zerriss das dunkle Gedankengespinst, das sich seiner bemächtigen wollte. Grollend sah Hagen zu dem glühenden Eisen auf, das plötzlich vor seinen Augen tanzte.

Funken stiegen davon auf und verbrannten ihm die Brauen.

„Rasch!", forderte Siegfried. „Oder wir verlieren ihn genauso wie die anderen!"

Zieht …

Hagen hatte nur Verachtung für diesen Kerl übrig, der sich so groß als Draugr-Schlächter aufspielte. Mochte der allwissende Wodan ahnen, was für eine widernatürliche Verbindung zwischen ihm und dem elenden Alberich bestand!

Hagen zog die Knie bis an den Brustkorb und versuchte, Siegfried die Beine unter dem Körper wegzutreten. Der Versuch misslang. Er erreichte lediglich, dass sich mehrere Männer auf seine Beine stürzten und sie fest auf den Boden pressten.

Zieht nach Worms …

„Es muss leider sein", hörte er Dankwart, den Schwächling, aus weiter Ferne sagen.

… und tötet!

Sie rissen ihm den durchgeweichten Lumpen aus der Wunde. Blut lief in seinem Mund zusammen. Er sammelte es und spie es Siegfried entgegen.

Zieht nach Worms und …

Als sich der glühende Stahl in Hagens Wunde bohrte, war es, als träfe ihn ein Blitz. Die ausgefransten Wundränder zogen sich zusammen und verschmorten.

Zieht nach Worms …

Zischend verdampfte das Blut, während jeder Knochen in Hagens Leib wie unter großer Hitze zu glühen begann. Wieder und wieder wurde das Eisen umhergeschoben. Grauenvoller Gestank breitete sich aus. Sein Gesicht – es würde ewig die Spuren dieser Tortur tragen.

Zieht nach …

Seine menschliche Seite wollte längst allem Schmerz entfliehen, doch der pochende Keim der Unverwundbarkeit, der in ihm wütete, hielt ihn unbarmherzig bei Bewusstsein.

Zieht nach …

„Das reicht! Bei der Weltenesche, das ist genug!“ Guter, braver Dankwart. „Mehr kann kein Mensch ertragen!“

„Lass mich! Wir müssen gründlich genug vorgehen.“ Kluger, gnadenloser Siegfried. „Sonst ergeht es deinem Neffen wie den anderen!“

Zieht …

Erneut bohrte sich die brennende Glut in Hagens Fleisch, um alles Fremde in ihm auszumerzen. Er spürte, wie sein Oberkiefer unter dem Druck und der Hitze nachgab und ihm mehrere Backenzähne in den Schlund rutschten.

Zie…

Der Ruf verhallte wie in weiter Ferne, doch der unsägliche Schmerz, er blieb. Daran konnte auch das eiskalte Wasser nichts ändern, das sie ihm aus einem Holzeimer ins Gesicht schütteten. Hagens Welt versank hinter einem fiebrigen Schleier. Und das für viele Tage.

In der darauffolgenden Zeit spürte er nie, wenn er in die Tiefen der Bewusstlosigkeit hinabsank, sondern nur, wenn sein Geist weit genug an die Oberfläche stieg, um zu erfassen, was gerade um ihn herum geschah.

Dann nahm Hagen wahr, dass sie ihn auf einen mit Stroh beladenen Karren gebettet hatten, der rumpelnd über die Straßen fuhr. Oder er bemerkte die am Himmel kreisenden Geier und dass es mehr waren, als er jemals zuvor auf einem Haufen gesehen hatte. Später, als seine Wachphasen länger anhielten, fiel ihm sogar auf, dass sie häufiger vom Weg abwichen, um die vor ihnen auftauchenden Dörfer und Siedlungen zu umgehen.

Siegfried ließ sich während der ganzen Zeit nur selten blicken.

Angeblich, weil er für die Sicherheit des Trosses zu sorgen hatte, aber vermutlich erinnerten ihn einfach Hagens blutige Verbände zu sehr daran, was er dem Grafen von Tronje angetan hatte. Dankwart hingegen kletterte regelmäßig auf den Karren, gab Hagen zu trinken und wechselte die Leinenbinden, die seinen Kopf umschlangen.

„Du ahnst nicht, was überall vor sich geht", berichtete er dabei immer wieder voller Entsetzen. „Die Draugar verbreiten sich schneller als die Pest. Es sind schon zu viele, als dass unsere kleine Gruppe ihrer Herr werden könnte. Wir weichen ihnen deshalb aus, wo wir nur können, und haben trotzdem schon drei weitere Männer verloren. Zum Glück ist es inzwischen leichter geworden. Es streifen nicht mehr so viele von ihnen ziellos umher. Sie scheinen sich an bestimmten Stellen zu sammeln, um Yggdrasil wer weiß was zu tun!"

Hagen gab ein Krächzen von sich.

Zuerst erschien es ihm völlig unmöglich, überhaupt zu sprechen. Zu sehr schmerzten die Brandnarben bei jeder Bewegung. Aber so groß die Qual auch war, am Ende gelang es ihm doch, die richtigen Worte zu formen.

„Sie ziehen nach Worms!", brachte er leise über die Lippen. „Um zu töten!"

12. Kapitel

Je näher Worms rückte, umso leichter kamen sie voran. Auf der linken Rheinseite angelangt, stellten sie fest, dass es dort noch gar keine Verwüstungen gab. Der breite Strom stellte wohl eine gewisse Barriere dar, doch sicher war es nur eine Frage der Zeit, bis auch sie überwunden wurde. Es gab genügend flache Stellen, die sich schwimmend durchqueren ließen. Außerdem konnten Draugar nicht ertrinken.

Rund um die Stadt hatte tatsächlich noch niemand bemerkt, was sich in weiten Teilen Burgunds abspielte. Statt Erleichterung löste die vertraute Landschaft in Hagen nagende Unruhe aus. Ihr abgekämpfter Tross erregte großes Aufsehen, und er wollte nicht, dass König Gunthers Untertanen seinen jämmerlichen Zustand bemerkten. Allein der Gedanke, die Kunde von seiner schweren Verstümmelung könnte vor ihm bei Hofe eintreffen, bereitete ihm größtes Unbehagen.

Mühsam wälzte er sich auf seinem Strohlager herum und tastete nach den Sachen, die seitlich von ihm am Rande der Holzpritsche lagen. In seiner linken Gesichtshälfte hämmerte weiterhin der Schmerz. Sein Kopf fühlte sich an, als zerspränge er jeden Moment. Zum Glück hatten sie seine Wunden mit einigen Salben aus seiner Satteltasche bestrichen. Sie dämpften das Fieber. Nach den Tagen des Heilschlafes fühlte sich Hagen wieder einigermaßen bei Kräften.

Erleichtert spürte er die Konturen zweier stählerner Schwingen unter seinen Händen und zog den Flügelhelm zwischen zerknickten Strohhalmen hervor. Im Gegensatz zu den allgemein üblichen Rundhauben, die nur ein senkrecht hereingeschwungene Naseneisen besaßen, umschloss sein Helm den ganzen Kopf. Große Augenaussparungen sorgten für ausreichend Sicht. Unterhalb des stark geriffelten Jochbeinschutzes lagen Mund und Kinnspitze frei, aber zwei stark zur Mitte hereingeschwungene Spitzen sorgten dafür, dass das Helmrund die Wangen vollkommen bedeckte.

In einem Anfall von Schwermut fuhr er über seine linke Gesichtshälfte. Der Verband war entfernt worden, damit Luft und Sonne an die Wunde kamen. Blutkrusten und Schwellungen waren deutlich unter seinen Fingerkuppen zu spüren.

Entschlossen stülpte Hagen den Flügelhelm über den Kopf und ließ ihn vorsichtig herabsinken. Der befürchtete zusätzliche Schmerz blieb aus.

Erleichtert genoss er das Gefühl, den neugierigen Blicken seiner Umgebung entzogen zu sein. So ähnlich musste es sich für Alberich anfühlen, wenn er den Tarnmantel trug. Nur mit dem Unterschied, dass Hagen lediglich ein Schandmal vor den Augen der Welt verbarg und nicht seine gesamte Gestalt. Das angenehme Gefühl, sich aus der Deckung heraus zu bewegen, musste aber ganz ähnlich sein.

Endlich wagte es Hagen, sich vollständig aufzurichten und in die Umgebung zu spähen. Ihr Tross bewegte sich oberhalb der Weinhänge entlang. Der Rhein glitzerte silbern in der Nachmittagssonne. Vor ihm öffnete sich die Landschaft zu einer Reihe von Hügelketten, die bis vor die Tore von Worms führten.

Hagen mühte sich vergeblich, die Stelle zu finden, an der Fafnirs Leichnam verbrannt worden war. Nichts wies mehr auf irgendwelche Überreste des Lindwurms hin. Gunthers Schergen hatten alle Spuren sorgsam beseitigt. Von dem schwarz ausgeglühten Brandherd war nicht mal mehr eine Aschenflocke zurückgeblieben, ganz zu schweigen von verräterischen Fußspuren.

Die Männer hatten wirklich ganze Arbeit geleistet.

„Was hast du vor?“ Dankwart lenkte seine Stute näher an den Karren heran. „Leg dich wieder hin und nimm den Helm ab, bevor deine Wunden aufscheuern.“

„Ich kehre nicht an den Hof von Burgund zurück, als hätte ich einen Krieg verloren!“, antwortete Hagen unwillig. „Lass den Karren haltmachen und mir mein Pferd bringen. Ich reite auf Sleipnir ein.“

„Du bist verrückt!“, entfuhr es seinem Onkel.

„Vielleicht, aber ich bin auf jeden Fall kein Krüppel, der auf den guten Willen anderer angewiesen ist.“ Noch während er sprach, drehte er sich zu dem Mann um, der den Karren lenkte, und schlug ihm auf die Schulter.

„Anhalten!“, befahl Hagen ungestüm. „Ich steige ab.“

Statt sofort das Gespann zu zügeln, sah der Gardist fragend zu seinem Marschall auf. Das brachte Hagen in Rage.

„Wirst du wohl tun, was ich dir sage?“ Seine lauten Worte taten ihm umgehend leid, denn sie heizten seine Kopfschmerzen an. Hunderte von glühend heißen Nadeln fuhren gleichzeitig durch seine Schädeldecke. Zumindest kam es ihm so vor.

„Schon gut“, mischte sich Dankwart ein. „Du sollst deinen Willen haben. Aber klag mir bloß kein Leid, wenn du unterwegs aus dem Sattel fällst.“

Hagen musste sich zunächst noch ein wenig am Karren festhalten, als er wieder auf eigenen Füßen stand. Nachdem der erste Schwindel abgeklungen war, konnte er sich sogar alleine das Schwert umgürten. Sein Onkel hatte inzwischen Sleipnir von eigener Hand gesattelt und gezäumt.

Da ihm einer aus der Garde den Steigbügel hielt und Dankwart von hinten schob, gelang es Hagen gleich beim ersten Versuch aufzusteigen. Als er erst einmal auf Sleipnirs Rücken saß, überließ er dem erfahrenen Tier die Führung.

Hagen stützte sich schwer auf den Sattelknauf, als sie wieder anritten.

Die vergangenen Tage hatten doch stärker an seinen Kräften gezehrt, als er wahrhaben wollte. Wegen der tiefen Brandwunden konnte er auch auf der rechten Kieferseite nur unter großen Schmerzen kauen. Das machte es schwer, mehr als nur eine Suppe zu sich zu nehmen. Doch wo der Körper versagte, musste eben der Wille die Verluste ausgleichen. Von diesem festen Vorsatz beseelt, nahm er die Schultern zurück und ritt Worms so aufrecht entgegen, wie er nur konnte.

Siegfried und die anderen Männer zollten ihm stillen Respekt für seine Leistung. Nur gut, dass sie nicht bemerkten, wie es unter dem Flügelhelm wirklich mit ihm aussah.

Heiß glühte die Sonne vom wolkenlosen Himmel. Die flirrende Luft zauberte Konturen, die bei genauerem Hinsehen sofort wieder verschwanden. Ein vom Fluss aufkommender Wind kräuselte kleine Staubsäulen auf dem stark ausgefahrenen Weg.

Noch ehe sie das Stadttor erreichten, brach Hagen auf der Stirn kalter Schweiß aus. Vielleicht hätte er doch besser auf dem Karren liegen bleiben sollen. Doch jetzt vom Pferd zu steigen und sich wieder ins Stroh zu begeben, hätte die Schmach nur noch vergrößert. Hornsignale verkündeten ihre Ankunft, sobald die Posten entlang der Stadtmauer die Wappen auf ihren Waffenröcken ausgemacht hatten.

Der Weg hinauf zum Königssitz kam Hagen unendlich lang vor.

Wie im Fieber brachte er ihn hinter sich. Als sie im Burghof ankamen, eilte Dankwart wie selbstverständlich an seine Seite, half ihm beim Absteigen und stützte ihn auch auf dem Weg in den Thronsaal.

Gunther und Giselher warteten schon auf sie, umgeben von ihren engsten Beratern, an deren Spitze Ortwin von Metz stand. Ute und Kriemhild flankierten die beiden Könige, die auf reich verzierten Eichenstühlen saßen. Auch die beiden Frauen hatten ihr Gefolge dabei.

Männer wie Frauen trugen reich bestickte, bis zum Boden reichende Gewänder. Einzig Bruder Martin, der gerade durch eine rückwärtige Tür herbeieilte, war sehr einfach gekleidet. Statt eines mit Edelsteinen besetzten Leibgurtes hatte er nur einen schlichten Strick um seine braune Mönchskutte geschlungen. In Sachen Benehmen zeigte der Kaplan weitaus weniger Demut. Rücksichtslos drängelte er sich durch die Umstehenden und schob sich bis dicht an Königsmutter Ute heran.

Auf den elenden Pfaffen, der bestimmt über sein Unglück triumphieren würde, hätte Hagen gern verzichtet, aber vor allem Kriemhilds Anwesenheit versetzte ihm einen schmerzhaften Stich. Er hatte wirklich von ganzem Herzen gehofft, seiner Braut erst später in aller Stille gegenübertreten zu müssen. Irgendwo, ohne Zeugen, wo er sie behutsam auf die Veränderungen hätte vorbereiten können, die mit ihm vorgegangen waren.

Während alle anderen ihre Helme abnahmen und das Knie beugten, hielt sich Hagen mühsam aufrecht und sein Haupt weiterhin bedeckt. Das sorgte für einige Irritation, aber dem zukünftigen Mitglied der königlichen Familie ließ man dieses Verhalten stillschweigend durchgehen.

Insbesondere, da alle Heimkehrer deutliche Kampfspuren trugen.

Siegfried, der als Einziger ohne Waffenrock war, stach unter den Männern besonders hervor und zog viele Blicke auf sich.

Besonders die Frauen mochten kaum die Augen von ihm lassen. Ob sein ungewöhnlicher Aufzug ihr starkes Interesse erweckte oder seine kräftige, gleichzeitig wohlgeformte Gestalt, ließ sich nicht genau erkennen. Sie waren allesamt Hofdamen, die es verstanden, ihre wahren Gefühle zu verschleiern.

Einzig Kriemhild war anzumerken, dass sie Hagen gern entgegengelaufen wäre, aber das ließ die Etikette natürlich nicht zu.

Stattdessen ergriff Gunther das Wort.

„Ihr bringt nur die Hälfte Eurer Männer zurück, Marschall", wandte er sich ungewöhnlich förmlich an Dankwart. „Dafür habt Ihr einen Fremden an Eurer Seite. Verdenkt es mir bitte nicht, wenn ich Euren Nachrichten mit Sorge entgegensehe."

„Die dunklen Ahnungen sind leider nur zu berechtigt, mein König. Wir bringen gar schlechte Kunde. Ohne diesen Mann hier, der sich Siegfried, der Draugr-Schlächter nennt, hätte es vielleicht keiner von uns zurück an den Hof geschafft."

Hagen hielt diese Lobeshymne für arg übertrieben und hätte seinen Onkel deshalb am liebsten gescholten. Allein wenn er sah, mit welchem Wohlgefallen nun die Augen der Damen – auch die seiner Kriemhild – auf Siegfried ruhten, stieg Bitterkeit in ihm auf.

Seht her, was dieser blonde Recke mir angetan hat!, hätte er am liebsten gerufen, auch wenn er im tiefsten Herzen wusste, wie ungerecht diese Anklage war.

Es war ein Draugr, der ihn gebissen hatte, nicht der blonde Recke. Und doch drängte alles in Hagen danach, dem Fremden die Schuld an seinem Unglück zu geben. Vielleicht weil noch ein wenig von dem Gift der Unverwundbarkeit in seinen Adern pochte, vor allem aber wohl deshalb, weil er ansonsten nur sich selbst Vorwürfe machen konnte.

Es war ganz einfach bodenloser Leichtsinn gewesen, den Helm

abzunehmen, um nach Rotruds Herzschlag zu lauschen. Für diesen Fehler würde er ein Leben lang büßen müssen. Ach, wenn er doch nur im Kampf gegen ein riesenhaftes Ungeheuer verletzt worden wäre und nicht durch den Biss eines toten Kindes …

Hagen hätte am liebsten vor Qual laut aufgeschrien.

Kalter Schweiß perlte von seiner Stirn. Das salzige Nass brannte zuerst in den Augen, später auch in der schorfigen Wunde.

„Was wir zu berichten haben, ist in kleinerem Kreise besser aufgehoben", stieß er weitaus schärfer hervor als beabsichtigt. „Die königlichen Damen und ihr Gefolge sollten den Saal besser verlassen!"

Auf diese Weise wären sie auch Bruder Martin losgeworden, doch zusammen mit seiner Wange und den Zähnen hatte Hagen leider auch jedes diplomatische Geschick verloren. Sonst hätte er vorausgesehen, dass seine direkten Worte genau das Gegenteil von dem bewirkten, was er eigentlich zu erreichen hoffte.

Kriemhilds Gesicht wurde so weiß wie ihre mit Gold bestickte Haube. Verletzt starrte sie ihn an, während Königsmutter Ute ihre Stirn runzelte und ein missbilligendes Räuspern von sich gab. Gunther, auf dem nun alle Blicke ruhten, schwieg eine Weile, bevor er ein verständnisvolles Nicken zeigte.

„Ich kann deine Bedenken gut verstehen, Hagen von Tronje", sagte er, beide Handflächen fest gegeneinander gepresst. „Doch alle hier im Saal haben Fafnirs Kadaver mit eigenen Augen gesehen. Es ist also nicht nötig, mit irgendetwas hinter dem Berg zu halten, selbst wenn es mit den Lehren unseres Heilands in Widerspruch zu stehen scheint."

Bruder Martin wuchs ein Stück in die Höhe. Allein die Erwähnung des Stallgeborenen reichte ihm aus, ungefragt das Wort zu ergreifen.

„Dieses schreckliche Geschöpf in den Bergen war eine Ausgeburt der Hölle!“, verkündete er mit so lauter Stimme, dass einige der neben ihm stehenden Personen unwillkürlich zusammenzuckten. „Der Teufel erscheint in vielerlei Gestalt, um uns alle zu verderben. Doch da die Wormser durch den Bau des neuen Gotteshauses reinen Herzens sind, wurden sie vor der höllischen Attacke geschützt.“

Aufgeregt wedelte der Kaplan mit dem rechten Zeigefinger in der Luft herum, um seine Thesen zu unterstreichen.

„Ja, ja, schon gut!“ Gunther machte eine abwehrende Geste. „Damit liegt Ihr uns schon seit Tagen in den Ohren.“

Überrascht blähte Bruder Martin die Backen auf und sah sich zur Königsmutter um, doch Ute ignorierte sein stummes Ersuchen um Hilfe. Sie wollte, wie alle anderen, wissen, was Hagen und Dankwart zu erzählen hatten.

Während Hagen verzweifelt darum kämpfte, ein aufkommendes Zittern in seinen Knien zu unterdrücken, übernahm es sein Onkel, von ihrer Reise in die Drachenhöhle zu berichten. Ob irgendjemand im Saal glaubte, dass sie den Hort nur mit sehr viel Glück gefunden hatten, blieb jedem einzelnen Zuhörer selbst überlassen. Dankwart verschwieg darüber hinaus einige unnötige Details wie Alberichs Tarnmantel, ließ aber keinen Zweifel daran aufkommen, dass sie den König der Nibelungen persönlich getroffen hatten.

Beinahe atemlos hingen alle Höflinge an seinen Lippen, nur Bruder Martin schüttelte immer wieder unwillig den Kopf, als würde ihn der Bericht zunehmend in Rage bringen. Die Schilderung der Kämpfe am Mühlbachhof brachten für den Kaplan das Fass endgültig zum Überlaufen.

„Blendwerk des Teufels!“, brach es ungestüm aus ihm heraus. Diesmal fuchtelte er sogar mit beiden Händen in der Luft herum, um seinen aufgestauten Gefühlen Ausdruck zu geben. „Nie und nimmer hat das Blut der Nibelungen die Kraft, den Toten neues Leben einzuhauchen. Wenn sie sich denn wirklich aus ihren Gräbern erheben, dann nur deshalb, weil der heidnische Glaube, der noch immer in weiten Teilen Burgunds grassiert, dem Gehörnten die Macht verleiht, großes Unheil über die Menschheit zu bringen."

Siegfried, der die ganze Zeit über geschwiegen hatte, konnte angesichts solcher Ignoranz nicht länger an sich halten.

„Was für ein Gehörnter?", rief er empört aus. „Du redest ja völlig irr daher, du elender Strickkuttenträger! Es ist das Blut des Drachen, das die Menschen unverwundbar macht, wenn auch auf eine Weise, die ich meinem schlimmsten Feind nicht wünsche! Und wenn es stimmt, was Hagen gehört hat, nachdem er gebissen wurde, dann hat der Goldene Ritter die Pest der Unsterblichkeit absichtlich über das Land verbreitet, um die Draugar gezielt gegen Worms zu lenken. Dieser Ritter ist der Missetäter, den wir suchen und bekämpfen müssen! Kein Gehörnter, der nur in deinen Hirngespinsten existiert."

Bruder Martins Gesicht wechselte mehrmals die Farbe, während er Siegfrieds Worten lauschte. Von Kalkweiß bis Krebsrot durchlief es alle Schattierungen, noch während die Worte des Draugr-Schlächters von den Wänden widerhallten.

„Der Teufel hat schon immer versucht, seine Existenz zu verschleiern, um die Menschen in Sicherheit zu wiegen", sagte der Mönch in die einsetzende Stille hinein. „Wer bist du dahergelaufener Lump, dass du es betreibst, die braven Wormser so zu versuchen? Ist es dein Höllenauftrag, jene, die eine so stattliche Kirche erbauten, zurück auf den Pfad des Heidentums zu führen?"

Nun war es Siegfried, dessen Wangen erröteten.

„Wen nennst du elender Hund einen Lump?“, fragte er gefährlich leise, während seine Hand unbewusst in Richtung Schwertgriff zuckte.

Ein vielfaches Scharren erklang, als sämtliche Wachen im Raum ihre auf dem Boden abgestellten Fußlanzen anhoben und mit beiden Händen umfassten. Dankwart streckte rasch die Rechte in die Höhe, zum Zeichen, dass sich alle zurückhalten sollten. Gleichzeitig griff er nach Siegfrieds Schwertarm, um ihn zurückzuhalten.

Unwillig schüttelte Siegfried die Berührung des Marschalls ab, verschränkte dann aber beide Arme vor der Brust, um allen zu verdeutlichen, dass er keinen Kampf suchte. Gunther bedeutete den Wachen daraufhin mit einem Wink, dass sie die Lanzen wieder senken sollten.

„Noch so eine Beleidigung, und ich prügele dich mit dem Stock durch, bis du um Gnade winselst“, drohte Siegfried dem Kaplan.

Hagen bemerkte zufrieden, dass Bruder Martin alles Blut aus dem Gesicht wich – und diesmal auch nicht sofort wieder zurückkehrte.

„Hütet Eure Zunge“, mischte sich Ute von Burgund mit strenger Stimme ein. „Der Kaplan ist unser höchster Geistlicher und verdient entsprechenden Respekt.“

Siegfried zuckte unter ihrer Ermahnung stärker zusammen als unter dem Handstreich eines Mannes, doch sein Kopf blieb erhoben und aller Stolz ungebrochen. „Und ich bin von königlichem Geblüt“, verkündete er trotzig, „sodass mir mindestens ebensolcher Respekt wie diesem Pfaffen zusteht.“

„Du und von edler Herkunft?“ Nachdem ihm Ute den Rücken gestärkt hatte, trumpfte Bruder Martin erneut auf. „Welcher Herrscher soll das wohl sein, von dem du abstammst? Der König der Lumpenvagabunden?“

Am liebsten hätte Siegfried erneut nach Balmung gegriffen,

das war ihm deutlich anzusehen, aber diesmal bezähmte er seinen Zorn. Stattdessen starrte er dem Kaplan so fest in die Augen, dass dieser unbewusst näher an Ute heranrückte, um sich ihres Schutzes zu versichern.

„Mein Vater regierte diesen Landstrich schon, als die Burgunder noch jenseits der Elbe hausten", verkündete Siegfried mit äußerster Genugtuung. „Denn er ist König Alberich von den Nibelungen, die schon hier und zwischen den Nebeln lebten, als noch Fafnir und seine Brüder die Lüfte beherrschten."

Ein von draußen hereinschlagender Blitz hätte die höfische Gemeinde nicht stärker in Aufruhr versetzen können. Mehrere Männer schnappten keuchend nach Luft. Einige Hofdamen pressten feine Spitzentücher an die Lippen, um ihre spitzen Schreie zu dämpfen.

Selbst die sonst so beherrschte Ute von Burgund verlor für einen Moment völlig die Fassung. Ihr fein geschwungenes Kinn sackte zwei Fingerbreit in die Tiefe. Aus weit aufgerissenen Augen starrte sie Siegfried mit einem Ausdruck größten Entsetzens an, bevor sie ihre Gesichtszüge wieder unter Kontrolle hatte.

Auch Hagen hatte den Eindruck, als geriete der Boden unter seinen Füßen ins Schwanken. Aber das mochte auch ein Zeichen zunehmender Schwäche sein.

Einzig und allein Dankwart zeigte angesichts von Siegfrieds überraschender Eröffnung nicht die geringste Bestürzung. Ganz so, als hätte er längst um das Geheimnis seiner Herkunft gewusst.

Sie haben in den letzten Tagen häufig die Köpfe zusammengesteckt!, dachte Hagen, während sich die Wände um ihn herum zu drehen begannen. *Wann immer ich aus meinem Fieber erwachte, hatten sie etwas miteinander zu tuscheln.*

„Hagen!“, rief ihn König Gunther an. „Was sagst du zu dieser Behauptung? Spricht dieser Siegfried, der gar nichts von einem Zwerg an sich hat, die Wahrheit?“

Hagen versuchte zu antworten, doch seine Kehle war plötzlich so trocken, dass er nicht mehr als ein Krächzen hervorbrachte. Vergeblich versuchte er zu schlucken.

„Es gibt keinen König der Nibelungen!“, zeterte Bruder Martin aufgebracht. „Dieser Mann dort ist ein Scharlatan, wenn nicht sogar eine Ausgeburt des Teufels!“

Dankwart verwahrte sich gegen diese Anschuldigung, noch ehe es Siegfried vermochte. Hagen hätte gern etwas dazu beigetragen, doch die Welt um ihn herum schwankte so stark, als gäbe der Boden unter seinen Füßen nach.

Die golddurchwirkten Wandteppiche schienen mit der Fensterfront und den umstehenden Menschen zu verschmelzen. Noch ehe er richtig begriff, was das zu bedeuten hatte, sah er auch schon den aus Feldsteinen zusammengefügten Fußboden auf sich zurasen. Instinktiv streckte Hagen die Arme aus, um den Sturz abzumildern, da spürte er auch schon einen harten Aufprall, den ein metallisches Scheppern begleitete.

Ein heißer Stich zuckte von seinen Zehenspitzen bis unter die Schädeldecke. Kurz darauf sah er die mit Rußflecken gesprenkelte Decke über sich. Er hatte sich im Fallen gedreht und lag nun mit übereinandergekreuzten Beinen auf dem Rücken.

„Hagen! Liebster!“ Kriemhilds Rufe übertönten alle anderen Laute des Entsetzens.

Er hörte ihre leichten Schritte, mit denen sie auf ihn zugelaufen kam. Vergeblich mühte er sich, seine Arme abwehrend in die Höhe zu strecken. Die Schwäche lähmte all seine Glieder.

Ein leises Stöhnen drang aus seiner Kehle.

„Hört doch, er bekommt keine Luft!“ Kriemhilds zartes Gesicht erschien direkt über ihm. „Rasch, wir müssen ihm den Helm abnehmen!“

„Nein ...!“, flehte er leise, doch sie hörte nicht auf ihn.

Sein letzter Versuch einer Abwehr war so schwach, dass sie seine Hände mühelos zur Seite drängte. Dankwart versuchte noch, ihm zu Hilfe zu eilen, doch Siegfried hielt den Marschall zurück.

„Lasst die edle Dame“, forderte er mit traurigem Blick. „Sein Zustand lässt sich ohnehin nicht länger verheimlichen.“

Du Schwein!, dachte Hagen, fest davon überzeugt, dass das Mitleid in der Stimme des Draugr-Schlächters nur geheuchelt war.

Tränen benetzten seine Augen, als Kriemhild den Helm bei den Flügeln packte. Mit einem sanften Ruck zerrte sie den schützenden Stahl von seinem Kopf – und erstarrte vor Entsetzen! Namenloses Grauen schüttelte ihre schlanke Gestalt bei dem Anblick seiner aufgerissenen Wange, unter der die von Brandnarben überwucherten Kiefer hervorsahen.

Sein Flügelhelm schlug zu Boden.

Kriemhild ballte die Fäuste, von denen sie eine vor ihren Mund presste, damit niemand den Ekel sah, der sich auf ihren Zügen abzeichnete. Die andere hob sie vor die Augen, um den Anblick seiner entstellten Fratze nicht länger ertragen zu müssen.

Der Schrei, mit dem sie in die Höhe fuhr, schmerzte Hagen weitaus schlimmer, als es das glühende Brandeisen vermocht hatte. Stolpernd wandte sie sich zur Flucht und wäre dabei unweigerlich gestürzt, hätte Siegfried sie nicht im letzten Augenblick aufgefangen. Schluchzend warf sie sich ihm an den Hals und barg ihr Gesicht an seiner Schulter. Tränen flossen über sein ledernes Wams, wo sich eine Braut doch höchstens an der breiten Brust ihres zukünftigen Gemahles ausweinen sollte.

Braut ...

Hagens Blick verschleierte sich, weil ihm nun selbst das Wasser in die Augen schoss. Wenn es überhaupt noch eines Beweises bedurft hatte, dass sein Ehebund mit Kriemhild hinfällig geworden war, dann sah er ihn gerade vor sich.

Der Graf von Tronje spürte, wie etwas in ihm zerbrach.

Als er heftig mit den Lidern zwinkerte, klärte sich seine Sicht. Ute von Burgund war inzwischen herbeigeeilt, um ihrer Tochter zur Seite zu stehen. Andere Höflinge, die nur einen begierigen Blick auf sein Gesicht werfen wollten, wurden von Dankwart zurückgescheucht.

Anstatt ihre Tochter von Siegfrieds Brust zu reißen, wie es sich gehört hätte, starrte Ute die beiden nur auf eine seltsame, zwischen Liebe und Abscheu schwankende Weise an. Vielleicht weil die Königsmutter etwas sah, was selbst Hagen in diesem Moment nicht gänzlich verleugnen konnte. Dass Siegfried und Kriemhild, so unterschiedlich ihre Herkunft auch sein mochte, ungewöhnlich gut in Größe, Gestalt und Haarfarbe miteinander harmonierten.

Fürwahr, rein äußerlich gaben die zwei ein schönes Paar ab.

Nur gut, dass der elende Kerl von einem Zwerg abstammt, sonst sähe Ute wohl noch einen perfekten Schwiegersohn in ihm! Es war der pure Neid, der Hagen diesen Gedanken einflüsterte, das wusste er genau.

Dabei gab es gar keinen Grund mehr, eifersüchtig zu sein. Mit einem Gesicht wie dem seinen stand es ihm ohnehin nicht mehr zu, die Prinzessin von Burgund zu freien. Von Stund an konnte er nur noch hoffen, dass ihn eine Frau von niederem Stande seiner hohen Stellung wegen zum Manne nahm. Doch wenn er die Gesichter der anwesenden Edeldamen betrachtete, sah es sogar damit schlecht für ihn aus.

Vielleicht waren es Scham und Schmerz, die Hagens Kräfte zurückkehren ließen, vielleicht aber auch die kurze Ruhe auf dem harten Stein. Auf jeden Fall schaffte er es endlich, nach dem Helm zu greifen und ihn sich wieder aufzusetzen.

„Komm, mein Kind“, sagte Ute zu ihrer Tochter, „wir ziehen uns in unsere Gemächer zurück, wie Herr Hagen es vorhin vorgeschlagen hat.“

Ihre Worte stießen auf taube Ohren.

Kriemhild wollte sich nicht von dem Hals des Fremden lösen, der sie behutsam im Arm hielt, als wäre sie von großer Zerbrechlichkeit, und ihr sanft übers Haar strich. Aus irgendeinem Grund besaßen die beiden eine Vertrautheit, wie sie sonst nur unter innig Liebenden üblich war oder unter Menschen, die sich bereits ein Leben lang kannten.

Nur mühsam vermochte Hagen einen Klagelaut zu unterdrücken. Bei Yggdrasil und den drei Nornen, konnte es wirklich sein, dass das gleiche Schicksal, das ihm so übel mitspielte, diesen Siegfried und seine Kriemhild füreinander bestimmt hatte?

„Das ist Gottes Strafe dafür, dass Ihr Euer Streitross Sleipnir nennt!“ Irgendwie war es dem Kaplan gelungen, Dankwarts wachsamen Augen zu entgehen. Nun stand er über den Grafen von Tronje gebeugt und zeigte mit dem Finger triumphierend auf den am Boden Liegenden hinab.

„Diese grässliche Entstellung, die Ihr wie ein Kainsmal im Gesicht tragt, geschieht Euch nur recht!“, verkündete der Mönch lauthals. „Gott straft jeden Heiden, der über ihn lästert! Darum hat er Euch als wandelnde Mahnung für alle Brüder und Schwestern auserkoren, die nicht wahren Glaubens sind!“

Siegfried schob Kriemhild mit sanfter Gewalt zur Seite und machte ernsthaft Anstalten, auf den Geistlichen loszugehen, doch Ute von Burgund kam ihm zuvor.

„Benehmt Euch, Bruder Martin!“, forderte sie scharf. „Oder Ihr riskiert einen Fehdehandschuh!“

Überrascht fuhr der Mönch zu ihr herum. Einen derartigen Ton war er nicht von seiner Schutzherrin gewohnt, trotzdem schaute er kämpferisch in die Runde.

„Wer sollte es schon wagen, einen Mann der Kirche herauszufordern?“, fragte er drohend.

Ute, die gerade ihre Tochter in die Arme geschlossen hatte, sah Bruder Martin ungewohnt abweisend an. „Wenn keiner der hier anwesenden Ritter vortritt, werde ich es notfalls tun“, erklärte sie streng, bevor sie die am ganzen Körper bebende Kriemhild davonführte.

Die übrigen Hofdamen eilten sofort herbei, um die beiden wie einen lebenden Schutzschild zu umringen und nach draußen zu begleiten.

„Das wird nicht nötig sein, edle Dame.“ Dankwart machte einen drohenden Schritt auf den Mönch zu, der sich nervös nach den beiden Königen umsah.

Falls er sich von ihrer Seite Unterstützung erhofft hatte, erwartete ihn jedoch eine Enttäuschung. Denn Gunther machte genau das, was er gern tat, sobald es schwierig wurde. Er wartete ab, wie sich die Dinge entwickeln würden.

Und Giselher?

Der ordnete sich wie immer dem älteren Bruder unter.

Obwohl ihm die Felle davonschwammen, blieb Bruder Martin wie angewurzelt stehen. „Versündigt Euch lieber nicht“, drohte er, während er dem Marschall fest ins Auge blickte. „Ihr habt ja gesehen, wie es Eurem Neffen für seine Frechheiten erging.“

Dankwarts Hand umklammerte seinen Schwertgriff längst so fest, dass die Fingerknöchel sich weiß abzeichneten. „Verschwinde!“, forderte er rau. „Schnell!“

Bruder Martins Gesicht wirkte plötzlich wächsern.

„Gut“, schnaufte er erbost. „Ich weiche der Gewalt.“ Rasch

machte er auf dem Absatz kehrt und eilte Ute und ihrem Gefolge hinterher, rief aber noch einmal über die Schulter: „Vorerst!“

König Gunther verbarg sein Gesicht für einen Moment in den Händen. Nachdem sich die Tür hinter Bruder Martin geschlossen hatte, sah er müde auf. Feine rote Äderchen durchliefen seine Augen.

„Es tut mir leid, dass ich deiner Bitte vorhin nicht entsprochen habe“, sagte er, an Hagen gewandt. „Aber auch wenn es dich schmerzen sollte, müssen wir jetzt offen besprechen, was es mit diesem Heer der Unverwundbaren auf sich hat, das aus Fafnirs Blut entstanden ist. Und was das für ein Goldener Ritter ist, von dem gerade die Rede war …“

13. Kapitel

An Bord der Rheingold

Gernot war in Worms geboren und aufgewachsen, und wie jeder Edle, der vom Zehnten der Untertanen lebte, wusste er, wo das wahre Rheingold zu finden war. Im Wik, der Siedlung der Fernhändler, die ihre Waren den ganzen Fluss entlang und noch weit über die Nordsee hinaus transportierten. Mit solchen Kaufleuten war weit mehr Geld zu verdienen als mit dem Krieg oder durch Ackerbau und Viehzucht.

Aber wie jeder, der seine Kindheit an den Ufern des mächtigen Stroms verbracht hatte, wusste Gernot auch, dass die Legenden über die Wassernixen und den Schatz, den sie hüteten, einen ganz anderen Ursprung besaßen. Einen, der für ihn in all den Jahren noch nichts an Faszination eingebüßt hatte.

Zufrieden blickte er auf die vor ihnen liegende Landschaft.

Sie waren noch etwa eine halbe Tagesreise von Worms entfernt, und er hatte die Geschwindigkeit, mit der sie gegen die Strömung anfuhren, extra verringern lassen, um genau jetzt die große Schleife zu passieren, die sich um ein hoch aufragendes Felsmassiv im Osten wand.

Im Westen klaffte hingegen eine breite Lücke in der sich sanft dahinziehenden Hügelkette, sodass die tief stehende Sonne noch einmal ihre ganze Kraft entfalten konnte. Ihre schräg einfallenden Strahlen brachten die vor ihnen liegenden Fluten so stark zum Leuchten, dass es beinahe wirkte, als würde der Strom von innen heraus glänzen.

Dieses Naturschauspiel war dermaßen überwältigend, dass

schon manch einfältiger Tropf versucht hatte, bis auf den Grund des Flussbetts zu tauchen, um im Schlamm nach verborgenen Schätzen zu wühlen. Die Zahl derer, die dabei – statt Ringen und Armreifen – nur den Tod gefunden hatten, war Legion.

Narren allesamt, die zu blind für das wahre Rheingold waren! Das Rheingold, dem Gernots Schiff seinen Namen verdankte.

„Nun, habe ich dir zu viel versprochen?“ Zwei edelsteinverzierte Pokale mit Burgunderwein in Händen, trat er auf Brunhild zu, die sich, einer römischen Patrizierin gleich, auf einer gepolsterten Bank ausstreckte. Das Sonnensegel, das sie beschattete, begann zu flattern. Die gleiche Böe zerzauste ihr feuerrotes Haar, das sie vollkommen offen trug.

„Beeindruckend.“ Mit einer huldvollen Bewegung schob sie eine störende Strähne, die an ihren Lippen klebte, hinter das linke Ohr. „Wirklich beeindruckend.“

Gernot fragte sich, ob sie damit wirklich die Aussicht meinte, die er ihr bot, oder eher sich selbst, aber das war eigentlich gleichgültig. So verführerisch dieses Biest, das nur ein ärmelloses Kleid trug, auch sein mochte, es war die Braut seines Bruders und damit unantastbar für ihn.

Sie selbst sah das vermutlich anders. Nach allem, was er in Xanten gehört hatte, war Brunhilds Moral genauso flatterhaft wie die Seide, die ihren Körper umschmeichelte. Smaragdgrün war das Gewand, passend zu ihren Augen und den Edelsteinen, die sie an den Ohren und in dem Geschmeide um ihren Hals trug.

Ihre Eltern mussten wirklich froh sein, sie unter die Haube gebracht zu haben, ehe ihre Jungfernschaft zum Teufel war.

Lächelnd nahm sie den Pokal von Gernot entgegen und trank im Liegen. Dabei rannen ihr ein paar winzige Tropfen aus dem Mundwinkel und fielen auf ihren Arm herab. Wie dunkelrote

Sommersprossen glitzerten sie auf ihrer milchweißen Haut, bis sie sich herabbeugte und sie mit der Zungenspitze aufnahm.

Gernot spürte, wie ihm der Hals eng wurde. Plötzlich wünschte er sich, König Brunhold und Königin Beatrix würden sie begleiten und nicht nur eine halb blinde Anstandsdame, die ständig auf ihrem Stuhl eindöste. Doch der Herrscher und seine Frau hatten dringende Staatsgeschäfte vorgeschützt, um mit ihrem Tross erst eine Woche später aufbrechen zu müssen.

„Mir scheint, der Wein steigt mir schon zu Kopf", gurrte Brunhild plötzlich. „Ich sehe goldene Ritter am Ufer stehen."

Gernot war überzeugt, dass sie bereits fantasierte, bis er in die Richtung blickte, in die sie deutete. Zu seiner Überraschung erkannte er ebenfalls einen schimmernden Umriss im Unterholz. Vom Achterdeck aus war die Aussicht gut. Aber noch ehe er sicher sein konnte, dass dort wirklich eine schimmernde Rüstung in der Sonne blitzte, trat die Gestalt, oder was auch immer dort stand, einen Schritt zurück und wurde schlagartig vom grünen Blätterwerk verschluckt.

Gernot fuhr sich über die Augen. „Verdammt, ich habe wohl auch schon einen Becher zu viel getrunken." Plötzlich schien das Glitzern der vor ihnen liegenden Flussbiegung nicht mehr atemberaubend schön, sondern geradezu unheimlich.

Entschlossen nahm er Brunhild den Pokal aus der Hand, trat neben den Rudergänger und schüttete den Wein über die Heckreling. Der Steuermann verzog keine Miene wegen dieser Verschwendung, denn er wusste, dass es ihm nicht zustand, aus einem königlichen Pokal zu trinken.

„Riemen einziehen!", rief da der Schiffsführer, der vorn im Bug stand.

Sofort drückten alle dreißig Rojer, fünfzehn auf jeder Seite, die Riemen in die Höhe. Da sie gegen die Strömung fuhren, verlor die *Rhein-*

gold umgehend an Fahrt, obwohl sich das Segel weiter im Wind blähte. Gernot sah nach vorn, während er die leeren Pokale in einer Truhe verstaute. Er wusste, dass das vor ihnen liegende Flussbett viele Untiefen aufwies, doch irgendetwas in der Stimme des Schiffsführers verriet ihm, dass da noch mehr als ein paar Sandbänke und gischtende Strudel lauern mussten. Ein weiterer Warnruf bestätigte seinen Verdacht.

„Treibholz! Backbord voraus!"

Und tatsächlich. Mitten auf dem Fluss schwammen zwei entwurzelte Bäume. Groß gewachsene Eichen und Buchen, mit noch dicht belaubten Ästen, die anklagend in den Himmel ragten. Es musste wirklich ein gewaltiges Unwetter gewesen sein, das diese Riesen der Erde entrissen und in den Rhein geschleudert hatte. Merkwürdig war nur, dass sie sich nicht zur Strömung hin ausgerichtet hatten, sondern quer über den Fluss dahintrieben. Das machte es wirklich schwierig, ihnen auszuweichen.

Aber da war noch mehr. Etwas, das in den Ästen klemmte, das Gernot jedoch auf die Entfernung nicht richtig erkennen konnte.

„Hart Steuerbord!", befahl Claas, der friesische Schiffsführer, denn die mit der Strömung heranschießenden Bäume kamen bedrohlich schnell näher.

Noch während sich der Steuermann gegen das Ruder stemmte, schlug der Wind um. In all den Jahren, die Gernot schon auf dem Rhein fuhr, um der Enge der königlichen Mauern zu entgehen, hatte er noch keinen solch abrupten Umschwung erlebt. Von einem Atemzug auf den anderen schlug ihm der Wind scharf ins Gesicht. Das eben noch sanft gewölbte Segel knallte hart gegen den Mast und blähte sich zur falschen Seite hin auf.

Durch das Schiff ging ein Ruck, der ihn beinah von den Füßen fegte. Gleichzeitig erklang ein lautes Heulen, das von allen Seiten aufs Deck herabfuhr. Sturm kam auf, und das bei strahlend blauem Himmel!

Plötzlich pfiff es ihm so stark entgegen, dass die *Rheingold* nicht nur mitten in der Fahrt innehielt, sondern wie von einer unsichtbaren Riesenfaust in die Flussmitte zurückgedrückt wurde.

Brunhild schrie vor Schmerz auf.

Ein Halteseil des Sonnensegels war gerissen. Wie eine Peitsche schlug es wild durch die Luft. Auf dem rechten Oberarm der Prinzessin zeichnete sich ein dicker roter Striemen ab. Aber darum konnte sich Gernot jetzt beim besten Willen nicht kümmern. Knurrend warf er sich gegen den Wind, der ihn von den Planken zu fegen drohte, und kämpfte sich zum Mast vor. Das laut knatternde Segel einzuholen, hätte viel zu lange gedauert und wäre auch zu gefährlich gewesen. Darum griff er nach dem Beil, das für Notfälle wie diesen im Mastbaum steckte.

Mit einem harten Ruck löste er die Schneide aus dem Holz, wirbelte sie herum und durchtrennte das Halteseil mit einem einzigen Schlag. Donnernd rauschte die Rah in die Tiefe und landete direkt vor seinen Füßen. Gernot atmete erleichtert auf und kam sich gleich darauf wie der größte Trottel aller Zeiten vor.

Der Sturm, gegen den er sich eben noch hatte lehnen müssen, ebbte auf einen Schlag ab. Nicht mal ein laues Lüftchen wehte mehr, als ob er mit dem Beil nicht nur das Segel, sondern auch die Himmelsströmung selbst gekappt hätte.

„Herrgott noch eins …!“, entfuhr es ihm entsetzt, denn er konnte sich diese Wetterkapriolen nicht erklären. Ein lauter Schrei vom Bug verhinderte, dass er lange über diese Dinge nachdachte.

„Tote!“, rief Claas voller Entsetzen. „Lauter Tote in den Bäumen!“

Das Beil noch in Händen rannte Gernot zwischen den Rojern entlang.

„Riemen zu Wasser!“, rief er ihnen zu. „Pullt, was ihr könnt, wir müssen näher ans Ufer!“

Noch ehe er die Bugspitze erreichte, sah er, was den Schiffsführer derart in Aufregung versetzte. In den Ästen der heranrauschenden Bäume klemmten tatsächlich tote Bauern oder Fischer. Bei einigen sah es so aus, als klammerten sie sich mit den Armen fest, doch grässliche Wunden unter der zerrissenen Kleidung ließen nicht den geringsten Zweifel daran aufkommen, dass in ihnen kein Funken Leben mehr steckte. An vielen Stellen waren ihnen sogar große Stücke Fleisch herausgehackt worden – oder herausgebissen.

Ja, das musste es wohl sein!

Wilde Tiere hatten sich an ihnen vergriffen, bevor sie mitsamt den Stämmen ins Wasser gespült oder geschleudert worden waren. Eine Katastrophe solchen Ausmaßes war Gernot noch nie zuvor unter die Augen gekommen. Bevor sie das Schicksal der Toten beklagten, mussten sie jedoch das Leben der an Bord befindlichen Menschen bewahren.

„Riemen an Backbord einziehen!“, befahl Claas den Rojern, die sich auf ihren Pritschen ins Zeug legten. „Wir müssen dichter unter Land kommen!“

Nun, da die Steuerbordriemen das Ruder unterstützten, verließen sie rasch die Flussmitte. Erleichtert erkannte Gernot, dass sich der Abstand zu dem schweren Treibgut vergrößerte, gleichzeitig sprangen ihm einige gischtende Wasserwirbel zu ihrer Rechten ins Auge.

„Da vorn verläuft eine große Sandbank“, warnte Claas auch schon. „Wir müssen beidrehen, sonst laufen wir auf Grund.“

Sofort befahl Gernot, die Steuerbordriemen wieder einzutauchen und den Takt aufzunehmen. Es dauerte einen unangenehm langen Moment, bis das Schiff erneut gerade zog, aber dann sah es tatsächlich so aus, als könnten sie zwischen dem schwimmenden Treibgut und der Sandbank hindurchschlüpfen.

Bis zu dem Moment, als ein hölzernes Splittern erklang und den Steuerbord-Rojern die Riemenholme aus den Händen gerissen wurden.

Was war das gewesen? Dort musste doch wohl noch weit mehr als eine Handbreit Wasser unter dem Kiel liegen!

Als Gernot über die Schulter sah, packte ihn das nackte Grauen.

Es war keineswegs kleineres Treibholz oder eine Untiefe, was gegen die Riemenblätter schlug, sondern totes, bereits von Verwesung ergriffenes Fleisch! Vor Nässe triefende Leichen, über und über mit Flussschlamm bedeckt, die wie Holzpfropfen an die Oberfläche schossen und – das war das Schlimme – mit ihren Armen nach den Riemen griffen und sich an ihnen festklammerten!

Tote, die sich dennoch bewegten und sie wie Flusspiraten bedrängten. Gernots Herz begann so wild zu rasen, dass er die Schläge bis an die Rippen spürte.

Dass die Riemen an ihren Körpern zerbrachen, machte den Leichen nichts aus. Ohne den geringsten Schmerz zu zeigen, zogen sie sich Hand über Hand an den gesplitterten Holmen empor und griffen nach den Spundlöchern, um an der Bordwand aufzuentern.

Gernot packte das Beil in seiner Hand fester.

„Werft das Piratenpack zurück ins Wasser!“, feuerte er seine Männer an, die vor Entsetzen völlig erstarrt waren.

Sein Verstand weigerte sich noch zu begreifen, was sie da bedrängte, doch Gernots Überlebensinstinkte befahlen ihm bereits, sich mit allen Mitteln zur Wehr zu setzen. Aber der Feind, mit dem sie es zu tun hatten, war übermächtig.

Auch *vor* der *Rheingold* tauchten mit Schlamm besudelte Köpfe zwischen den Wellen auf. Tote, die sich schon Stunden oder Tage im Flussschlamm festgekrallt und auf sie gewartet haben mussten. Die nicht zu atmen brauchten und denen blanke Messer zwischen den Zähnen klemmten, mit denen sie alles Lebende vernichten wollten.

Und die keine Angst vor einer auf sie zurollenden Bugwelle kannten.

„Zu den Waffen!", befahl Gernot lauthals, sobald er sah, dass ein Kampf unausweichlich war.

Angesichts ihrer hochrangigen Gäste trugen alle Rojer ein Schwert an ihrer Hüfte, doch im Moment wehrten sich die meisten von ihnen, indem sie mit abgebrochenen Riemen auf die über die Reling quellenden Toten einschlugen. Erst Gernots Ruf erinnerte sie daran, dass sie eine scharfe Klinge umgegürtet hatten.

„Das ist doch alles sinnlos!", jaulte Claas neben dem König auf. „Das sind keine Menschen, sondern Ruhelose, die es nicht in ihren Gräbern hält!"

Gernot schlug dem Friesen mit der flachen Hand ins Gesicht. Nicht etwa, weil der Glaube an Draugar heuchlerischer Unfug war, sondern weil jede Panik dazu führte, dass ihre Überlebenschancen noch weiter sanken.

„Reiß dich zusammen", forderte er Claas auf, „oder ich schlage dir eigenhändig den Schädel ein!"

Die Augen des Gescholtenen weiteten sich vor Schreck, während er über die Schulter des Königs hinwegsah. Noch ehe Gernot feststellen konnte, was in seinem Rücken vor sich ging, ließ etwas die Backbordriemen zersplittern und prallte gegen den Schiffsrumpf. Gernot wurde gegen Claas geschleudert, der unter dem Aufprall ins Stolpern geriet und über Bord fiel.

Gernot versuchte noch, ihn festzuhalten, doch es war schon zu spät.

Claas schlug ins Wasser.

Sofort umringten ihn mehrere Draugar, die nach ihm griffen und ihn in die Tiefe zogen. Einige Luftblasen, die an die Oberfläche stiegen, waren alles, was von ihm blieb, während die *Rheingold* durch den Rammstoß näher ans Ufer gedrückt wurde.

Die natürliche Strömung des Rheins konnte nicht die Ursache sein, wieso nach der Eiche auch die Buche auf sie zuschoss. Eher höhere Mächte, die ihre unsichtbaren Hände im Spiel hatten. Oder die Draugar, die sich an die raue Rinde der Stämme klammerten und die Bäume mit strampelnden Beinen in die gewünschte Richtung lenkten.

Wie es ihr unheimlicher Gegner genau machte, war auch egal, wichtig war nur, dass die Baumkrone frontal das Heck traf. Gernot konnte sich gerade noch flach aufs Deck werfen, bevor die Erschütterung erfolgte. Diesmal vermochte sich auch der Steuermann nicht mehr auf den Füßen zu halten.

Die nunmehr führungslos gewordene *Rheingold* drehte sich im Kreis. Wasser drang durch mehrere Lecks in der Bordwand ein. Doch anstatt zu sinken, lief sie knirschend mit dem Kiel auf Grund.

Die Sandbank. Nun saßen sie fest!

Das war ihr Ende.

Sofort tasteten von allen Seiten aufgeschwemmte Hände über die Reling. Mit Algen und Flusskrebsen bedeckte Leichen zogen sich knurrend zu ihnen empor.

Schwankend kam Gernot auf die Beine und eilte zu der Stelle, an der die Eiche durch die zertrümmerte Bordwand in die *Rheingold* hineinragte. Ein Rojer, dem beide Beine abgerissen worden waren, schrie wie ein Ferkel am Spieß, bis ihm der Blutverlust die Stimme und das Leben raubte.

Die Draugar, die sich an den rissigen Stämmen festgeklammert hatten, kletterten über den natürlichen Steg an Bord.

Gernot stellte sich einem der Flusspiraten entgegen. Einem feisten Mann ohne Nase und Ohren, der nur ein paar nasse Fetzen am Leib trug und dessen Brustkorb offen stand. Das Herz, die Lungen und noch weitere Innereien waren ihm verloren gegangen, dafür zappelte ein Barsch, der sich zwischen den Rippen verfangen hatte, in der leeren Brusthöhle herum.

Gernot spaltete dem Toten mit einem beherzten Schlag den Schädel. Graue Hirnmasse quoll aus dem blutigen Spalt hervor, als das Beil zurückfuhr. Sofort knickte der Mann ein und kippte vornüber auf die Planken, wobei er den Flussbarsch unter sich begrub.

Verblüfft starrte der König auf die rot und grau verschmierte Schneide.

„Das ging ja leichter, als ich dachte“, murmelte er erfreut, während um ihn herum ein Besatzungsmitglied nach dem anderen fiel, ohne dass einer von ihnen etwas mit seinem Schwert hatte auszurichten vermocht.

Spitze Schreie gellten vom Achterdeck herüber, wo mehrere Draugar gerade Brunhild bedrängten. Ihr Seidenkleid hing längst in Fetzen. Zwei der Toten umklammerten ihre Arme, während sich ein dritter in ihrem Oberschenkel festgebissen hatte.

Gernot versuchte, sich zu ihr durchzukämpfen, doch die Beilhiebe, mit denen er seine Gegner zur Seite zu schleudern versuchte, waren bei Weitem nicht so wirkungsvoll wie der erste Treffer. Ob sich die Klinge nun in Arme, Schultern oder Brustkästen fraß, das Ergebnis war immer das Gleiche. Die Draugar zeigten sich völlig unempfindlich gegen seine Hiebe, selbst wenn dabei ein Körperglied verloren ging.

Brummend kreisten sie den König ein, verkrallten sich in seinem Gewand, umklammerten ihn an Armen und Beinen und warfen ihn schließlich zu Boden. Voller Panik versuchte Gernot, sich freizustrampeln, doch da waren plötzlich zehn, zwölf oder noch mehr Hände, die ihn mit eisernem Griff umklammerten.

Eiskalte, schleimig wirkende Finger versuchten, ihm das Beil zu entwinden. Als das nicht schnell genug gelang, wurde es ihm mit harten Tritten aus der Hand geprellt.

Der Kampflärm um ihn herum verstummte. Auch die Frauen schrien nicht mehr. Gernot war der letzte Überlebende an Bord.

„Was wollt ihr von mir?“, rief er voller Panik, erhielt aber nur ein mehrstimmiges Knurren zur Antwort.

Nach einer Zeit, die ihm endlos lang vorkam, wurde er aufgerichtet und in eine kniende Stellung gezwungen. Überrascht nahm er eine von Kopf bis Fuß mit Gold umhüllte Gestalt wahr, die keine fünf Schritte entfernt stand. Wassertropfen glitzerten auf der ganzen Rüstung, als wäre der Ritter mit ihr durch den Fluss geschwommen. Auf einen Wink des Unbekannten hin, griff eine Draugrhand in Gernots Haar und riss ihm den Kopf brutal in den Nacken.

„Nein!“, stieß der König hervor, ohne zu wissen, was seine Peiniger mit ihm vorhatten. Was es auch war, es konnte nur schlimmer sein, als bereits tot an Bord zu liegen.

Eine weitere Hand drückte sein Kinn in die Tiefe, ohne ihn zu verletzen, bis der Mund weit offen stand.

Danach trat eine zierliche Gestalt zwischen den Draugar hervor. Eine Frau, deren helle Haut wie mit Blut bemalt aussah.

Es war Brunhild.

Doch allein die klaffende Wunde in ihrer Halsbeuge machte deutlich, dass sie längst nicht mehr sie selbst war. Wie all die anderen, die Gernot umringten, war auch sie bereits gestorben, aber zu einem neuen, das wahrhafte Leben verspottenden Dasein wiedererwacht. Ihr noch warmer Zeigefinger fuhr beinahe zärtlich anmutend an seiner Wange entlang, bevor sie ihn zwischen den königlichen Lippen verschwinden ließ.

„Nein!“, schrie Gernot gellend, als er begriff, was sie vorhatte. „NEIN …!“

14. Kapitel

Sie hatten alle einfachen Männer in ihre Quartiere verbannt und Hagen einen Stuhl zur Verfügung gestellt, damit er seine geschwächten Glieder schonen konnte. Der verbliebene Adel gestattete Hagen sogar, den Flügelhelm zu tragen, damit er sich besser fühlte – und natürlich auch, um sich selbst den Anblick seines zerstörten Gesichts zu ersparen. Nachdem er allen von seinen Erlebnissen berichtet hatte, selbst von dem *Ruf*, der in seinem Kopf erklungen war, senkte sich bleiernes Schweigen über die versammelte Runde.

Ortwin von Metz, der eine seiner Stellung als Truchsess angemessene Leibesfülle aufwies und zu Gunthers engsten Vertrauten zählte, konnte die Stille irgendwann nicht mehr ertragen. „Hätte ich dein Gesicht nicht mit eigenen Augen gesehen, ich würde nichts von dem glauben, was du erzählt hast."

Hagen zuckte zusammen, obwohl Ortwin seine Worte nicht böse gemeint hatte. Statt sich zu entschuldigen, fuhr der fassbäuchige Berater auch schon fort: „Tote, die sich aus ihren Gräbern erheben, um lebende Menschen zu fressen, bis diese ebenfalls zu Wiedergängern werden. Das klingt wirklich wie nach dem Tag des Jüngsten Gerichts, von dem der Kaplan immer predigt." Ortwin unterbrach sich kurz, um über seine Halbglatze zu fahren, auf der ein dichtes Netz von Schweißperlen glitzerte. Angewidert schüttelte er die Nässe von seinen Fingern. „Und dann dieser Goldene Ritter, dem wir all das Unglück verdanken, der vielleicht sogar das Heer der Draugar befehligen kann. Wer ist dieser Kerl? Und welche Zwecke verfolgt er?"

„Eine gute Frage, vermutlich sogar die wichtigste von allen.“ Siegfried nickte nachdenklich. „Mein Vater und ich haben uns das auch schon gefragt.“

Gunthers Augen weiteten sich bei diesen Worten unmerklich. Statt auf sie zu reagieren, sah er zu Ortwin von Metz auf. Sein Truchsess verstand sofort, was der ihm zugedachte Blick zu bedeuten hatte.

Er sollte wieder einmal die Untiefen für seinen König ausloten.

„Wer garantiert eigentlich, dass ihr Nibelungen wirklich auf unserer Seite steht?“, fragte Ortwin barsch. „Vielleicht wollt ihr uns ja selbst zu Leibe rücken! Schließlich hätte doch wohl niemand ein größeres Interesse daran, die Burgunder zu schlagen, als die ehemaligen Herrscher dieses Landes!“

Siegfried lachte bei diesen Worten nur verächtlich auf.

„Es war nicht seine Stimme, die in meinem Kopf dröhnte“, mischte sich Hagen ein. „Und auch nicht die von Alberich.“

„Sicher gibt es noch ein paar andere Zwerge, die zaubern können“, stichelte Ortwin. Es war offensichtlich, dass er den Nibelungenprinz mit diesen Worten aus der Reserve locken wollte.

Siegfried war klug genug, sich auf keinen Streit einzulassen.

„Was sollen wir mit Burgund anfangen?“, fragte er betont ruhig zurück. „Wo es doch nur noch so wenige Nibelungen gibt, dass selbst das Reich zwischen den Nebeln zu groß für uns ist?“ Es war schon seltsam, Siegfried immer wieder von *uns* reden zu hören, wo er doch so wenig von einem Zwerg an sich hatte, sondern eher nach einem Königssohn aus Xanten, Lothringen oder Aquitanien aussah. „Außerdem vergesst ihr eins! Den Nibelungen wurde der wertvollste Schatz geraubt, den sie je besaßen: das heiße Drachenfeuer, das unsere Schwerter zum besten Stahl Midgards machte. Und dann ist da noch mein guter Oheim, den der Goldene erschlagen hat. Allein um Mimes willen werde ich nicht eher ruhen, bis der hinterlistige Schurke zur Strecke gebracht wurde. Nur um meinen Oheim zu rächen, biete ich mich als Verbündeter an, der Worms Schulter an Schulter mit euch verteidigen will."

Während Siegfrieds Trauer um Mime sehr echt klang, kam ihm der letzte Satz ein wenig zu hastig über die Lippen. Erneut keimte in Hagen der Verdacht auf, dass sich ihnen der Nibelungenprinz nicht nur aus reiner Nächstenliebe angeschlossen hatte, sondern dass er noch etwas anderes im Schilde führte.

Dem kurzen Zucken von Gunthers rechtem Augenlid nach zu urteilen, war dem König der Wechsel im Tonfall ebenfalls aufgefallen. Statt entsprechend nachzuhaken, schnitt er jedoch ein neues Thema an.

„Wenn es nicht die Nibelungen sind, die zu solch mächtigem Zauber greifen", fragte er düster, „wer versucht uns dann auf diese Weise zu überrennen? Und vor allem: Warum? Und wieso ausgerechnet jetzt?"

Seine Augen zeigten, wie stark diese Fragen schon die ganze Zeit über in seinem Innersten nagten.

„Die Lothringer?", schlug Dankwart vor. „Ist das Bündnis mit Xanten erst einmal durch die Heirat besiegelt, ist ihr Expansionsdrang nach Norden und Osten hin stark eingedämmt."

„Aber würden sich die lothringischen Herrscher wirklich solch heidnischer Magie bedienen?", hielt Ortwin von Metz dagegen. „Riecht die Art und Weise des Vorgehens nicht eher nach den Sachsen? Und fürchten die sächsischen Stammesfürsten nicht eure Heirat viel mehr als alle christlichen Nachbarn, weil der neue Glauben dadurch direkt an ihrer Grenze gefestigt wird?" Diese Worte hatten etwas für sich, doch so sehr alle in der Runde auch rätselten, es wollte ihnen einfach kein zündender Gedanke kommen. Solange sie nicht wussten, wer unter dem goldenen Panzer steckte, liefen alle Überlegungen früher oder später ins Leere.

„Da wir gerade von der bevorstehenden Heirat sprechen“, sinnierte Dankwart laut. „Wie steht es eigentlich um die Sicherheit der xantischen Braut? Und um die deines Bruders Gernot? Sollten wir ihnen nicht eine zusätzliche Eskorte schicken?“

„Ach, um Gernot mache ich mir keine Sorgen.“ Gunther winkte ab. „Sie kommen von Norden herab, außerdem reist der bequeme Sack auf dem Rhein.“

Einige der Höflinge lachten pflichtschuldig.

„Und von schwimmenden Draugar habe ich noch nie etwas gehört. Du vielleicht, Siegfried?“ Dass Gunther den Nibelungenprinzen so vertraulich ansprach, zeigte, dass er den Recken in der Wildlederkleidung mittlerweile als Gleichgestellten akzeptierte. Vielleicht war diese überraschende Annäherung der Grund, warum Siegfried nur den Kopf schüttelte und erklärte, dass er keine große Gefahr für die Flussschifffahrt sehe.

„Aber gut, schicken wir der *Rheingold* ein Boot mit Bewaffneten entgegen.“ Gunther wandte sich an seinen Marschall. „Dankwart, veranlass alles dafür Notwendige!“ Um dann an alle gerichtet fortzufahren: „Was jedoch unseren geheimnisvollen Feind, den Goldenen Ritter, angeht …“

Hagen hielt dieses sinnlose Geschwätz nicht mehr aus.

„Ist es nicht vollkommen unerheblich, wer die Draugar in Marsch gesetzt hat?“, polterte er unversehens los. „Wichtig ist doch nur, dass sie kommen werden und das Volk von Burgund vor ihnen gewarnt werden muss. Wer der Mann unter der Rüstung ist, werden wir schon erfahren, sobald er erschlagen vor uns liegt.“

Sein Wutausbruch brachte alle anderen schlagartig zum Schweigen.

Der dicke Ortwin von Metz schnaufte vor Erregung ob der derben Worte, andere starrten gar, als könnte sich Hagen jeden Moment mit fletschenden Zähnen auf sie stürzen.

„Der Graf von Tronje hat recht", pflichtete lediglich Giselher mit dünner Stimme bei. „Wir müssen sofort Boten aussenden, die den umliegenden Fischern, Bauern und Händlern befehlen, die Sicherheit der Stadtmauern aufzusuchen."

Gunther bedachte seinen jüngsten Bruder mit einem Seitenblick, als wäre er ein lästiges Insekt, das er gern vom Ärmel streifen wollte. Giselher ließ sich davon aber nicht beirren, sondern machte sich weiter seine eigenen Gedanken.

„Was können wir sonst noch tun, außer unserem Volk den Schutz der Wormser Mauern anbieten?", wollte er von Siegfried wissen, da er von allen am meisten über die Wirkung von Fafnirs Blut wusste.

Der Draugr-Schlächter überlegte nicht lange. „Außer durch Enthauptung sind die wandelnden Toten nur durch Feuer aufzuhalten. Lasst also besser alles Pech herbeischaffen, dessen Ihr habhaft werden könnt."

„Siedendes Öl, das ihnen das Fleisch von den Knochen löst, dürfte auch hilfreich sein!" Bei näherer Überlegung kamen auch andere darauf, was sich aus der Sicherheit einer Festung heraus alles gegen anstürmende Untote unternehmen ließ.

Nach einer noch länger andauernden Beratung wurde beschlossen, sofort die ersten Maßnahmen zu ergreifen. Rasch machten sich Ortwin und die anderen Berater auf, um ihren Knechten Anweisung zu geben. Hagen und Dankwart wollten ebenfalls einige der anstehenden Aufgaben übernehmen.

„Du nicht, Hagen!", sagte Gunther streng. „Du begibst dich gefälligst in deine Gemächer und kurierst dich erst mal richtig aus! Ich will dich nicht noch einmal zu Boden stürzen sehen!"

Noch ehe der Graf von Tronje gegen die königliche Anweisung aufbegehren konnte, trat sein Onkel zu ihm. „Das ist ein weiser Ratschlag", behauptete Dankwart. „Du musst dich wirklich noch schonen, damit du auf dem Posten bist, wenn es hart auf hart geht."

Dieser Einschätzung war nicht viel entgegenzusetzen. Alle notwendigen Vorbereitungen zu treffen, um sich gegen eine Belagerung zu wappnen, diese Aufgabe war bei dem Truchsess und dem Marschall in besten Händen.

Niedergeschlagen ließ sich Hagen in seine Kammer geleiten. Wie gern hätte er lieber Kriemhild aufgesucht, um mit ihr in Ruhe über alles zu sprechen. Aber natürlich war es noch zu früh, um sie zu behelligen.

Sie musste erst das Entsetzen verdauen, das sie bei seinem Anblick erlitten hatte. Am kommenden Tag konnte er immer noch seiner ritterlichen Ehrenpflicht nachkommen und sie von ihrem Brautversprechen entbinden.

Als Hagen seine Schlafkammer betrat, lag dort bereits der Lederbeutel mit den Mixturen und Wundsalben bereit. Die Dienerschaft hatte auch zwei Talgkerzen entzündet und eine Platte mit Bratenfleisch und frischem, weichem Brot bereitgestellt. Hagens Magen begann beim Anblick dieser Köstlichkeiten umgehend zu knurren.

Draußen schritt die Dämmerung langsam voran.

Dankwart verabschiedete sich rasch wieder, und Hagen konnte es ihm nicht verdenken. Bevor die Dunkelheit hereinbrach, gab es für den Marschall noch so einiges zu tun.

Sobald Hagen allein in seinen Räumen war, geschah genau das, was er befürchtet hatte. Das Gefühl der Einsamkeit schlug wie eine Welle über ihm zusammen. Am liebsten wäre er nach draußen gerannt und hätte sinnlose Befehle gebrüllt, nur um unter Menschen zu sein.

Aber er spürte schon wieder ein Zittern in den Knien. Rasch aß er etwas von der silbernen Platte, um sich zu stärken.

Obwohl ihn jeder Bissen schmerzte, zwang er sich, zu kauen und zu schlucken, bis sein Hunger vollständig gestillt war. Danach trank er zwei Becher Wein, um die Schmerzen fortzuspülen. Irgendwo in seinem Mundraum war das Narbengeflecht aufgebrochen, sodass ihm der Geschmack von Blut jeden Genuss verdarb.

Nachdem er den Becher zum dritten Mal aus dem bereitstehenden Krug vollgeschenkt hatte, trat er ans Ostfenster. Ein Blick in den blühenden Rosengarten würde seine Stimmung ein wenig aufhellen.

Ach, hätte er dieser Sentimentalität doch nur nicht nachgegeben!

Zuerst wurde seine Aufmerksamkeit noch von den Vorgängen im Wik abgelenkt. Dort marschierte gerade eine Doppelreihe Lanzenträger auf einen in den Rhein ragenden Steg zu, an dem ein mittelgroßes Handelsschiff mit sechzehn Rojern festgemacht hatte. Trotz der nahenden Dunkelheit sollte es noch auslaufen und der *Rheingold* so weit entgegeneilen, wie es das Tages- und Mondlicht zuließen. Damit sie morgen, beim ersten Sonnenstrahl, sofort weiter flussabwärts fahren konnten.

Hagens zweiter Blick galt der Ecke des Rosengartens, in der er sich so oft mit Kriemhild getroffen hatte. Was er dort zu sehen bekam, brachte ihn fast um den Verstand! Verzweifelt starrte er auf Kriemhild hinab, die keineswegs heulend in ihrer Kemenate lag, sondern mit ihrer Mutter im Schatten eines hohen Rosenstrauches wartete. Hagens Hände krampften sich so stark um die Kante des Fenstersimses, dass ein wenig von dem maroden Mauerwerk abbröckelte, denn Mutter und Tochter standen nebeneinander und sprachen kein Wort. Sie hielten einander an den Händen, während sie nervös um sich blickten, als würden sie sehnsüchtig auf jemanden warten.

Hagen schlug das Herz bis zum Hals.

Alle Müdigkeit und jeder körperliche Schmerz waren wie weggeblasen, als er sich vorsichtig ein Stück in das steinerne Viereck zurückzog, um nicht gleich entdeckt zu werden.

Er hatte gut daran getan, so vorsichtig zu sein. Ute von Burgund spähte kurze Zeit später tatsächlich zu dem Turm herauf, der seine Kammer beherbergte, und zog sich mit ihrer Tochter vorsichtshalber tiefer in einen von Rosen umsäumten Rundbogen zurück. Nur wenig später wurden Hagens dunkelste Vorahnungen noch übertroffen. Ein Würgen blieb ihm in der Kehle stecken, als er den blonden Recken erkannte, der plötzlich geschmeidig wie eine Katze durch den Garten schlich.

Siegfried, der Nibelungenprinz!

Statt seiner verschmutzten Lederkleidung trug er nun ein Gewand aus der königlichen Kleiderkammer, das sein edles Aussehen noch unterstrich, trotzdem war kein Irrtum möglich. Er war es, und er suchte tatsächlich die Nähe zu den königlichen Frauen, die ihn ganz offensichtlich zu sich bestellt hatten.

Beinahe etwas verlegen blieb er vor dem Rundbogen stehen und begann aufgeregt mit Kriemhild und der Königsmutter zu sprechen, während er sich immer wieder verstohlen umsah.

„Elender Sohn eines Zwergs!“ Hagen spürte, wie ihm die Zornesröte ins Gesicht stieg, als er beobachtete, wie Kriemhild eine ihrer schlanken Hände auf die Schulter des barbarischen Hundes legte.

Nur einen Herzschlag später trat Siegfried unter den Rundbogen, um dann mit den beiden Frauen in den Tiefen des Gartens zu verschwinden, dorthin, wo sie allen zufälligen Blicken entzogen waren. Hagen kannte die verschwiegene Stelle mit der Steinbank nur zu gut, schließlich hatte er dort schon manche Stunde mit Kriemhild – *seiner* Kriemhild – zugebracht und dabei ihre Hand – und mehr – gehalten.

Wutentbrannt sprang er zu dem Bett, auf dem Gram lag, und riss das Schwert mitsamt dem Waffengehänge an sich. Noch im Gehen gürtete er es sich um. Nachdem er sein Schlafgemach verlassen sowie die Schreibstube durchquert hatte, wollte er auf den Gang hinausstürzen, doch seine Kammertür war verschlossen.

„Was hat das zu bedeuten?“ Aufgebracht hämmerte er mit der Faust gegen die eichene Füllung. „Sofort aufmachen!“

Das Türblatt vibrierte unter seinen Schlägen.

Auf der anderen Seite wurden Geräusche laut. Ein Scharren erklang, ganz so, als würde ein Querholz aus dem Griffring gezogen. Dann schwang die Tür nach innen auf.

Sein Versuch, sofort nach draußen zu stürmen, scheiterte an einem bewaffneten Posten, der den Durchgang versperrte. Hagen kannte den Mann. Es war der größte Gardist von ganz Worms, der einzige Mann, der sogar Dankwart überragte.

Ein wahrer Riese, der den Kopf einziehen musste, um nicht mit dem Helm gegen den Türsturz zu stoßen. Hinter ihm wurden zwei weitere Posten mit dem Wappen der Burgunder sichtbar.

„Was hat das zu bedeuten, Wolfram?“, fragte Hagen überrascht.

Sein muskelbepacktes Gegenüber, dessen pausbäckiges Gesicht nicht über seine Gefährlichkeit hinwegzutäuschen vermochte, lächelte verlegen, anstatt auf Hagens zerschmettertes Gesicht zu starren.

„Es tut mir leid, Herr Hagen“, sagte er freundlich. „Wir wurden angewiesen, dafür zu sorgen, dass Ihr wirklich zur Ruhe kommt.“

Einen geborenen Tronjer, einen eingeweihten obendrein, hätte Hagen sicher angeschrien, dass er gefälligst aus dem Weg gehen solle, aber Wolfram gehörte zur persönlichen Leibwache der Könige, da war jedes Wort umsonst.

„Wer hat das befohlen?“, fragte Hagen heiser. „Ute von Burgund?“

„Die Königsmutter?“ Der Gardist runzelte verwirrt die Stirn. „Nein, warum sollte sie so etwas tun?“

Groß und breit, wie er war, konnte sich Wolfram diesen Moment der Überraschung erlauben. Selbst in diesem Zustand hätte man ihm schon einen Findling an den Kopf schleudern müssen, um ihn aus dem Weg zu räumen.

„Geh nicht zu nah an ihn heran, Wolfram", zischte einer der übrigen Posten. „Was ist, wenn er dich beißt?"

Hagen wusste nicht, was ihn mehr verletzte. Die respektlose Warnung oder dass in den Augen des Hünen tatsächlich ein Funken nackter Angst aufblitzte.

„Ach ... so ist das." Nur zu gern hätte Hagen sich den Weg mit Gram freigekämpft, doch das hätte nur alle Befürchtungen der anderen bestätigt. „Gunther glaubt, dass mein Fieber noch nicht ausgestanden ist. Nun, dann will ich ihm den Gefallen tun und mich zur Ruhe begeben."

Auch nachdem die Tür wieder geschlossen und von außen verriegelt war, stand Hagen noch lange mit hängenden Schultern da. Denn ihm war plötzlich klar, dass sein zukünftiger Weg ein einsamer werden würde. Nicht nur, weil sein Gesicht so abstoßend aussah, sondern vor allem, weil seine Narben von nun an jedermann daran erinnern würden, dass er einmal fast zum Draugr geworden war.

Hagen fühlte nicht nur seine Wut verrauchen, sondern auch alle Kräfte aus seinen Gliedern schwinden. Schwankend kehrte er in seine Kammer zurück, warf sich auf sein Lager und versank in einem traumlosen Schlaf.

15. Kapitel

Ein Blick von den Zinnen bewies, dass die Lage genauso miserabel war, wie Hagen sich fühlte. Aus allen Himmelsrichtungen strömten Menschen herbei, um hinter den Stadtmauern Schutz zu suchen. Aus den östlichen Gebieten zwischen Rhein und Odenwald flohen sie dabei in so großer Zahl, dass sich vor den Furten und Fähren lange Schlangen bildeten.

Nacktes Grauen zeichnete sich in den Gesichtern der Flüchtlinge ab. Fast alle hatten die Menschenfresser, die das Land verwüsteten, mit eigenen Augen gesehen. Trotzdem waren die Herolde, die ihr Leben in nächtlichen Botenritten riskiert hatten, nicht umsonst ausgesandt worden. Dicke Rauchsäulen am Horizont, die nur langsam mit dem Wind verwehten, markierten die Orte, an denen sich die Burgunder mit Feuer zur Wehr gesetzt hatten.

Von Stund an ließ man keine Toten mehr zurück, ohne sie geköpft oder verbrannt zu haben. Die eigenen Angehörigen hätten das feindliche Heer sonst unweigerlich vergrößert.

Auch weit im Westen stieg Rauch zum Himmel auf. Der Goldene Ritter hatte die vergangenen Tage dazu benutzt, mit seinen Horden Worms von allen Seiten einzukreisen. Dem fahrenden Volk, das seine Zelte im Laufe der Nacht abgebrochen hatte, um Hals über Kopf zu fliehen, mochte das bald zum Verhängnis werden. Vielleicht hatten sie sich aber auch gerade noch rechtzeitig abgesetzt.

Frei wie sie waren, stand ihnen das zu.

Die Burgunder jedoch, die von ihrer Scholle lebten, vertrauten darauf, dass Worms ihnen Zuflucht gewährte. Wo es ihnen möglich war, zogen sie auf Karren, Eseln oder Pferden heran, denn ihr größter Vorteil gegenüber den untoten Scharen war ihre Beweglichkeit. Mochten die Draugar auch unverwundbar sein, schnell waren sie nicht. Wo Menschen schreiend um ihr Leben rannten, wankten sie nur stöhnend hinterdrein – aber das, ohne je müde zu werden oder Schlaf zu benötigen.

Wer vor Erschöpfung zusammenbrach und liegen blieb, der war verloren. Darum hetzten die Flüchtlinge sich und ihre Tiere ab, bis sie das Stadttor erreichten. Die königlichen Garden hatten alle Hände voll zu tun, die Menschenströme in geordnete Bahnen zu lenken. Den Männern, Frauen und Kindern mussten rasch Unterkünfte oder zumindest Plätze für ihre Gespanne zugewiesen werden, damit sie die Gassen nicht für die Nachfolgenden verstopften.

Der Platz innerhalb der Stadt war stark begrenzt. Hielt der Zulauf ungebrochen an, würde Worms spätestens zum Abend hin aus allen Nähten platzen. Aber wer wollte angesichts der drohenden Gefahr schon einen Lebenden zurückweisen?

Die Edlen der Königsburg und ihre Hauptmänner sorgten dafür, dass überall Hand angelegt wurde, wo noch etwas auszubessern war. Auch die eingetroffenen Bauern und Flussfischer hatten ihren Teil der Arbeit zu verrichten. Bereitwillig schlugen sie Gusslöcher frei und entrosteten Eisenteile, um sie gängiger zu machen. Oder sie schleppten Brennholz und Wasser zu strategisch wichtigen Stellen, an denen bald Öl und Pech erhitzt oder Brände gelöscht werden mussten.

Eifriges Hämmern zeigte an, wo Zimmermänner die Zinnen durch ein zusätzliches Schanzkleid verstärkten. Auch die Frauen ackerten härter als mancher Zugochse. In ganz Worms gab es keine Dienstmagd, die nicht mindestens ein paar Wurfsteine zu den Zinnen getragen hätte.

Hagen inspizierte gerade zwei gusseiserne Kessel auf der südöstlichen Stadtmauer, in denen große Klumpen schwarzen Pechs klebten. Handwerker und Soldaten hatten gute Arbeit geleistet, trotzdem wies er sie an, den Kippmechanismus noch einmal sorgfältig zu schmieren. Danach rüttelte er an einem aufgeschichteten Brennholzstoß, der trotz der aufgewandten Kraft nicht ins Rutschen geriet.

„Gut gemacht“, lobte er.

Einigen der angesprochenen Männern schwoll tatsächlich die Brust. Sie hatten sich daran gewöhnt, dass er einen Helm trug, um sein Wundmal zu verbergen. Wäre nicht Wolfram gewesen, der ihm auf Schritt und Tritt folgte, Hagen hätte es vielleicht selbst einige Zeit lang vergessen, obwohl in seiner linken Gesichtshälfte unentwegter Schmerz pochte.

„Haltet die Wege frei, verdammt noch eins!“ Dankwarts volltönende Stimme ließ Hagen in die Tiefe schauen. „Wollt ihr vielleicht den ganzen Verkehr aufhalten, bloß weil ihr aus der Puste seid?“

Sein Onkel stauchte gerade einige Neuankömmlinge zusammen.

Einen Köhler, dem noch Ruß an den Wangen klebte, mitsamt seiner Familie, die ihren klapprigen Strohkarren mitten in der Gasse angehalten hatten, weil sie nicht mehr weiterwussten. Mit vor Staunen weit aufgerissenen Augen sahen sie zu den zweistöckigen Häusern auf, die rundum aufragten. Sie waren offensichtlich zum ersten Mal in einer so großen Stadt wie Worms: der Köhler, der auf dem Kutschbock saß, aber auch seine zierliche Frau und die drei halbwüchsigen Kinder, die es sich im Stroh bequem gemacht hatten.

Alles Wertvolle, was diese Familie ihr Eigen nennen konnte, passte in fünf große Stoffbündel, die halb versunken in den schon muffig riechenden Halmen lagen. Dazu gab es noch drei Käfige, in denen die Hühner für die täglichen Eier flatterten.

Dass sie so heftig von einem Edelmann in Waffenrock und Kettenhemd angefahren wurden, verängstigte die armen Leute. Nur gut, dass sie nicht wussten, dass der Marschall persönlich mit ihnen sprach, sonst hätten sie wohl kein einziges Wort mehr herausbekommen.

„Aber, Herr Ritter“, begehrte der Köhler mit zitternder Stimme auf, „die Torwache sagte uns, es gäbe keine freien Ställe und Plätze mehr, und irgendwo müssen wir doch bleiben.“

In Dankwarts Gesicht zeigte sich Ratlosigkeit. Tiefe Falten zogen sich dann über seine Stirn. Ein sicheres Zeichen dafür, dass er eine unangenehme Entscheidung zu fällen hatte. In einem Anflug von Unsicherheit drehte er sich zu dem Edlen um, der ihn schon den ganzen Morgen hindurch begleitete.

Siegfried, der Nibelungenprinz.

Dem Volk gegenüber verkündeten die Herolde allerdings, der fremde Ritter stamme aus Xanten und sei nach Worms gereist, um für die Sicherheit von Gunthers zukünftiger Braut Brunhilde zu garantieren. Niemand zweifelte an diesen Worten. Ein neuer Waffenrock mit einem über Nacht zusammengenähten Wappen verlieh ihm ein entsprechendes Aussehen.

Siegfried und Dankwart so vertraut beieinander zu sehen, weckte leisen Groll in Hagen. Noch vor wenigen Tagen wäre zweifellos *er* mit dem Marschall auf Inspektion durch die Stadt gegangen, doch Siegfrieds Auftauchen hatte einen Keil zwischen Onkel und Neffe getrieben. Oder die grässliche Wunde, die Hagens Gesicht entstellte.

Er wusste es nicht.

Er spürte nur die Distanz, die plötzlich zwischen ihnen herrschte.

Nachdem sich Marschall und Prinz durch einen stummen Blickwechsel verständigt hatten, wandte sich Dankwart wieder an den wartenden Köhler. „Wenn es keinen Platz mehr gibt, musst du deinen Karren vor der Stadtmauer lassen und den Ochsen zum Schlachten freigeben.“

Der Köhler zuckte vor Entsetzen zusammen, seine Frau wimmerte leise auf.

„Natürlich wird dir für dein Tier eine Entschädigung gezahlt“, fügte Dankwart eilig hinzu. Wohl wissend, dass ein paar Münzen in Zeiten wie diesen nicht das Zugtier ersetzen konnten, von dem vielleicht noch das weitere Überleben der ganzen Familie abhängen mochte. Erwachsene konnten aus eigener Kraft vor anrückenden Draugar fliehen, Kleinkinder mit ihren kurzen Beinen sicherlich nicht.

„Auf dem Burghügel ist noch genügend Platz für viele Gespanne“, mischte sich eine fremde Stimme ein.

Die Gesichter der armen Leute erstrahlten, als sie an der hohen Kopfhaube mit den golddurchwirkten Seidenschleiern erkannten, dass es die Königsmutter selbst sein musste, die ihnen so hilfreich zur Seite sprang. Was ihnen wie das reinste Wunder vorkam, war in Wirklichkeit nichts Ungewöhnliches. Während Kriemhild in ihrer Kemenate weilte, ging Ute schon den ganzen Morgen in der Stadt umher, um ihren Untertanen emsig Mut zuzusprechen, aber auch mit Rat und Tat zur Seite zu stehen. Dabei suchte sie immer wieder einen Grund, sich Siegfried und Dankwart zu nähern. Sehr zum Missfallen von Bruder Martin, der ihr die ganze Zeit wie ein Schatten nachschlich.

Dankwart wäre es in diesem Moment sicherlich auch lieber gewesen, die Königsmutter hätte sich nicht in seine Angelegenheiten gemischt. „Der Burghang?“, fragte er, sichtlich um einen freundlichen Tonfall bemüht. „Falls der Feind in die Stadt eindringt, könnte es uns allen zum Nachteil gereichen, wenn der freie Ring um die Festungsmauern mit Flüchtlingen und ihrem Besitzstand bedeckt ist. Ich glaube nicht, dass Gunther und Giselher damit einverstanden sind.“

Natürlich war er es selbst, der den Hang frei halten wollte, aber einer Ute von Burgund wagte auch der Marschall nicht offen zu widersprechen.

„Nur keine Sorge, lieber Dankwart." Ute lächelte honigsüß. „Ich bin mir sicher, dass meine Söhne mit dieser Entscheidung übereinstimmen werden."

Dankwart von Tronje entblößte beide Zahnreihen, trotzdem fiel *sein* Lächeln ausgesprochen säuerlich aus.

Ohne die hohen Herren weiter zu beachten, verbeugte sich der Köhler mehrmals in Utes Richtung und setzte seinen Weg voll frischer Hoffnung fort. Das erste Lager am grün bewachsenen Burghügel aufschlagen zu dürfen, war ein echtes Privileg. Wenn er klug war, und so sah der Köhler aus, errichtete er es direkt im Schatten der Festungsmauer, sodass ihre früher oder später anfallende Notdurft den unter ihnen Kampierenden vor die Füße lief und nicht umgekehrt.

Doch so glücklich diese Familie auch von dannen zog, Dankwart hatte recht gehabt mit seinen Bedenken. Falls es den Draugar tatsächlich gelang, die Wormser Mauern zu überwinden, boten Menschen, Karren und Zelte eine perfekte Deckung, in deren Schutz sich der Burghang mühelos erstürmen ließ.

„Der Feind!", verkündete Wolfram in diesem Moment mit unheilvoller Stimme.

Die scharfen Augen des Hünen trogen nicht. Als Hagen nach Süden spähte, entdeckte er ebenfalls den Tumult, der sich auf einem fernen Hügelkamm abspielte.

Mindestens zwei Handvoll Männer und Frauen strebten dort so eilig auseinander, dass einige von ihnen ins Stolpern gerieten – und den Weg in die Senke fortan nicht mehr rennend, sondern sich mehrfach überschlagend bewältigten. Sternförmig entfernten sie sich von einer Stelle, an der eine Gruppe von Wanderern auftauchte, die mit seltsam anmutenden Bewegungen vorwärtsschritt.

Obwohl die Entfernung zu groß war, um Blutflecken oder zerrissene Kleidung zu erkennen, kam Hagen sofort zu dem gleichen Schluss wie der königliche Leibgardist an seiner Seite.

Das mussten Draugar sein.

Kein Zweifel.

Eilig rannten sie über den Wehrgang weiter nach Süden, um besser sehen zu können. Sie hatten noch nicht ganz den Eckturm erreicht, der der Hügelkette am nächsten lag, als erste Alarmrufe erschallten. Auf halber Höhe des Hangs hatten die Draugar einen Einbeinigen gestellt, der mit seiner Krücke nicht schnell genug davonkam.

Was die plump dahintrottenden Gestalten mit dem Mann anstellten, beseitigte jeden Zweifel, dass es sich bei ihnen vielleicht nicht um Menschenfresser handelte. Wütend umringten sie den Wehrlosen und zerren so lange an ihm, bis er auch seines zweiten Beines und der Arme verlustig ging. Es herrschte Nordwind, deshalb drangen die Schreie des in Stücke Gerissenen nur gedämpft zu ihnen herüber. Trotzdem erschauderte Hagen wie auch viele andere Soldaten, als die Draugar anschließend damit begannen, den Unglücklichen zu verspeisen.

Nahe dem Südtor riefen Dankwart und Siegfried einige Männer zusammen, um der drohenden Gefahr entgegenzureiten. Hagen wollte sich dem Trupp anschließen, doch Wolfram hielt ihn zurück.

„Besser nicht, Herr“, sagte der Hüne sanft. „Ihr müsst euch noch schonen.“

Hagen starrte stumm auf die Hand, die seine Schulter umklammerte. Wolfram ließ daraufhin sofort los. Dass ein Soldat einem Ritter befahl, was er zu tun oder zu lassen hatte, selbst wenn er diese Befehle als Bitte formulierte, war normalerweise undenkbar.

„Seid mir nicht böse“, bat Wolfram um Nachsicht. „Ich führe nur meine Befehle aus.“

„Wie lange soll dieses entwürdigende Schauspiel noch andauern?“, fragte Hagen grimmig.

„So lange, wie es König Gunther wünscht.“ Der einfache Soldat versuchte sich erst gar nicht in falschen Schmeicheleien, wie es ein Höfling getan hätte.

Das hielt Hagen ihm zugute.

Unterhalb des Wehrganges schwangen sich die Bewaffneten in ihre Sättel und sprengten durchs Südtor davon. Ute von Burgund folgte ihnen nach draußen und sah der in einer Staubfahne versinkenden Kavalkade lange nach.

„Verschwinde! Ich habe mit dem Grafen von Tronje zu reden!“

Hagen fiel erst auf, dass die Königsmutter ihren menschlichen Schatten verloren hatte, als Bruder Martin plötzlich neben ihm stand. Der gottesfürchtige Wolfram, der nur selten eine Predigt verpasste, zog sich tatsächlich sofort zurück. Hagen fragte sich, was der Kaplan von ihm wollte.

Ihn erneut verhöhnen?

Wieder verlangen, dass er Sleipnir umtaufte?

„Ich möchte Euch um Vergebung bitten“, erklärte der Mönch stattdessen und neigte sein Haupt dabei so demütig, dass die kreisrunde Tonsur sichtbar wurde. „Die Ereignisse der letzten Tage haben mich sehr aufgewühlt. Nie zuvor blickte ich dem Satan so fest ins Antlitz, darum habe ich mich gestern zu Worten hinreißen lassen, die dem Gebot der Nächstenliebe hohnsprechen. Euer Leid als Strafe Gottes zu bezeichnen, war eine kapitale Sünde! Ich habe deshalb die ganze Nacht kein Auge zugetan, sondern in der neuen Kapelle gebetet, um für meinen Hochmut zu büßen. Könnt Ihr mir noch einmal verzeihen, Graf von Tronje?“

„Schon gut“, antwortete Hagen, nur um den Wortschwall des Kaplans schleunigst zum Versiegen zu bringen. „Wir waren alle sehr erschüttert. Allein über diese fürchterlichen Menschenfresser nachzudenken, kann den Verstand eines Mannes ins Wanken bringen."

„Habt Dank für Euren Großmut." Bruder Martin wirkte ehrlich erleichtert. „Ihr ahnt gar nicht, wie viel mir das bedeutet."

Hagen ging ein Stück an den Zinnen entlang, um zu verfolgen, wie die Wormser Reiter auf das Dutzend Draugar trafen. Vor dem aufdringlichen Mönch gab es leider auch auf diese Weise kein Entkommen.

„Mir kam zu Ohren, dass man Euch mit Misstrauen begegnet!", flüsterte es von der Seite auf Hagen ein. „Und dass Euch sogar ein Aufpasser zur Seite gestellt wurde."

Hagen sah sich nach dem Mönch um. Wenn es je ein passendes Gesicht zu dem Ausdruck *Verschwörermiene* gegeben hatte, dann starrte es ihm gerade entgegen.

„Davon habt Ihr wirklich gehört?"

Bruder Martin nickte beflissen. „Ungerecht nenne ich solches Verhalten", betonte er dabei. „Falsch und ungerecht."

Kurz bevor die Reiter ihr Ziel erreichten, legten sie ihre Lanzen an. Die Draugar ließen von ihrer blutigen Mahlzeit ab und versuchten zu fliehen, doch vor dem in einer dichten Linie heransprengenden Gegner gab es kein Entkommen.

Jede der Lanzenspitzen fand ein Ziel.

Die Menschenfresser wurden zu Boden geschleudert.

Dankwart gelang es erneut, den vor ihm anvisierten Gegner auf dem harten Untergrund festzunageln, aber den übrigen Reitern fehlte es an vergleichbarem Geschick. Trotzdem mussten sich alle Draugar erst wieder aufrappeln. Kein leichtes Unterfangen, plump, wie sie waren. Die aus ihren Körpern ragenden Holzschäfte vergrößerten noch die Schwierigkeiten, die Balance zurückzuerlangen.

Wirbelnde Hufe brachten die Untoten erneut zu Fall und zerschmetterten ihnen die Knochen. Anschließend prasselten so lange

Schwerthiebe auf die zuckenden Gestalten ein, bis sie mit zerschlagenen Häuptern im Gras lagen. Siegfrieds Balmung streckte dabei doppelt so viele Gegner nieder wie jedes andere Schwert.

„Dabei wäre gegenüber anderen Bütteln viel stärkeres Misstrauen angebracht“, fuhr Bruder Martin fort, ohne dem weit entfernten Kampf irgendwelche Aufmerksamkeit zu widmen. „Fremden, die sich mit großer List in die Herzen der Wormser schleichen.“

Obwohl er noch um das Wohl der Reiter bangte, die auch die Überreste des Einbeinigen nicht verschonten, drehte Hagen sich zu dem Geistlichen um. Ein wissendes Lächeln huschte über Bruder Martins asketische Gesichtszüge. „Euch ist doch wohl aufgefallen, wie dieser Siegfried die hohen Frauen von Burgund umgarnt?“

„Ach, daher weht der Wind!“ Hagen sah erneut in die Ferne. „Ihr seht wohl Euren Einfluss bei der Königsmutter schwinden?“

„Allerdings“, gab Bruder Martin freimütig zu. „Und ich frage mich, was genau dieser Nibelungenprinz damit bezweckt.“

„Sei es, wie es sei, Siegfried steht auf unserer Seite. Seht doch selbst, mit welcher Vehemenz er gegen die Draugar kämpft.“

„Doch nur, um sich in Pose zu werfen.“ Bruder Martin winkte ab, bevor er fragte: „Ist Euch denn nie der Gedanke gekommen, dass Alberich diese höllische Plage nur über uns gebracht haben könnte, damit sich sein Sohn anschließend als Retter von Burgund aufspielen kann?“

Das Lächeln des Kaplans verbreiterte sich noch weiter, als er sah, dass er mit dieser Äußerung den Keim des Misstrauens in Hagens Gedanken gepflanzt hatte.

„Mime war Siegfrieds Onkel“, hielt der Ritter trotzdem dagegen.

„Seid Ihr sicher, dass Ihr bestimmt die Leiche des Zwergenschmieds gesehen habt? Wie ich hörte, war das Gesicht bis zur Unkenntlichkeit verstümmelt!“ Bruder Martin wusste wirklich auf alles eine Antwort. „Und überhaupt: Wer weiß schon, welche Intrigen das Geschlecht der Nibelungen spalten? Vielleicht stand Mime den Plänen von Siegfried und Alberich sogar im Wege …“

„Und warum sollte Siegfried sich in Worms einschleichen wollen?“

„Um zu verhindern, dass sich das Christentum in Burgund festigt. Denkt doch einmal nach! Indem er Euer Gesicht nachhaltig verschandelt hat, zerstörte er die Liebe zwischen Kriemhild und Euch. Stößt nun auch noch Brunhild etwas zu, findet gar keine der geplanten Hochzeiten mehr statt. Unter einem noch schlechteren Stern könnte die Weihe der Kapelle, die zum Zeichen des neuen Glaubens werden sollte, wohl kaum stehen.“

Der Mönch wollte seine Befürchtungen noch weiter ausführen, brachte aber plötzlich nur noch ein Stammeln zustande. „Das Schiff!“, keuchte er völlig aus dem Zusammenhang gerissen.

Hagen stutzte verwirrt.

„Welches Schiff?“, fragte er.

Bruder Martin streckte eine Hand in Richtung des Rheins aus. „Das Schiff, das Gernot und Brunhild entgegenfahren sollte“, erklärte er atemlos. „Es kehrt gerade zurück.“

16. Kapitel

Bei Yggdrasil, dachte Hagen, als er das Segel mit dem königlichen Wappen entdeckte. *Vielleicht hatte die Weltenesche doch etwas im Sinn, als sie mir Wolfram zur Seite stellte.* So war er wenigstens in der Stadt zur Stelle, als es wichtig wurde, anstatt seine Zeit bei einem unbedeutenden Scharmützel zu vergeuden. Dass die Eskorte ohne die *Rheingold* heimkehrte, ließ allerdings nichts Gutes vermuten.

„Beten wir, dass sie Gernot und Brunhild an Bord haben", rief Bruder Martin, während er Hagen am Arm packte und mit sich zog.

Wolfram, der sie aus einiger Entfernung im Auge behalten hatte, presste die Lippen zusammen, wagte aber nicht, gegen den Kaplan einzuschreiten. *Vielleicht ist der Betbruder doch kein schlechter Verbündeter,* dachte Hagen – und schüttelte sich gleichzeitig bei dem Gedanken. Zu dritt machten sie sich auf den Weg in den Wik. Unterwegs schloss sich ihnen die Königsmutter an, die durch die Rufe einiger Wachposten auf das Eintreffen des Bootes aufmerksam geworden war.

Hagen sah nun, dass es den Namen *Sankt Augustin* trug.

In der Siedlung der Rheinschiffer ging es immer noch geschäftig zu, obwohl die Händler natürlich längst den wertvollsten Teil ihres Besitzes innerhalb der Stadtmauern eingelagert hatten. Viele Frauen und Kinder hatten die ungeschützt am Rhein liegenden Häuser mittlerweile verlassen, und wer sich noch hier aufhielt, war jederzeit bereit, beim ersten Anzeichen von Gefahr zum östlichen Stadttor zu laufen.

Mit zwei Lanzenträgern als königlichem Geleit, fanden sie sich an dem freien Steg ein, den die *Sankt Augustin* mit starkem Riemenschlag ansteuerte. Das Segel wurde bereits gerefft, so nah waren sie schon heran. Von zusätzlichen Passagieren war an Bord nicht viel zu sehen. Nur vorn am Bug, eingekeilt zwischen dem Schiffsführer und einem Gardisten, stand eine in Decken gehüllte Gestalt, die matt zu ihnen herüberwinkte. Trotz der unnatürlich bleichen Haut und des elend wirkenden Gesichtsausdrucks erkannten sofort alle, um wen es sich dabei handelte.

Gernot.

Ute von Burgund stieß einen Seufzer der Erleichterung aus.

Das schlanke Boot führte ein perfektes Wendemanöver aus und glitt auf die freie Anlegestelle zu. Der Schlagtakt verlangsamte sich, bis der Schiffsführer den Befehl gab, die Riemen einzuholen. Der Steuermann korrigierte die Drift der Gegenströmung mit einer letzten Ruderbewegung, dann glitt die *Sankt Augustin* auch schon mit leisem Rauschen heran.

Einige Wikbewohner machten sich bereit, die Halteleinen entgegenzunehmen, um das Schiff sicher zu vertäuen.

„Was ist mit der *Rheingold*?", rief Hagen der eintreffenden Besatzung zu. „Und all den anderen, die auf ihr fuhren?"

„Vermutlich auf Grund gelaufen", antwortete der Schiffsführer, ein vierschrötiger Mann, dem die auf dem Kopf komplett fehlende Haarpracht dafür umso heftiger im Gesicht wucherte. „Wir wissen es nicht genau. Der König versuchte gerade, sich zu Fuß nach Worms durchzuschlagen, als wir ihn am Ufer entlangstolpern sahen. Nach dem, was er stammelnd von sich gab, ist er die ganze Nacht hindurch unterwegs gewesen."

Trotz der Weidenbündel, die den Aufprall dämpfen sollten, erzitterte der Steg unter einem harten Stoß, als die *Sankt Augustin* anlegte.

Ute wollte sofort losstürmen und ihren Sohn in die Arme schließen, doch Hagen hielt sie am Ärmel ihres Kleides zurück. „Lasst *mich* gehen“, bat er mit Nachdruck. „Mir kann nichts geschehen, was mir nicht bereits widerfahren ist.“

Es war gut, dass er seinen Helm trug, sonst hätte ihn die Edeldame womöglich geohrfeigt. Wütend starrte sie ihn an.

„Bitte, edle Herrin“, mischte sich Bruder Martin ein. „Bei aller Mutterliebe müsst Ihr doch einsehen, dass Herr Hagen recht hat.“

Aller Liebreiz war aus dem Gesicht der Königsmutter gewichen. Stattdessen kämpften Wut, Furcht und Unverständnis um die Vorherrschaft in ihren Zügen. Niemand wagte ein Wort zu sprechen, während sie sich zu einer Entscheidung durchrang.

„Gut“, stimmte sie schließlich mühsam beherrscht zu. „Zum Wohle Burgunds will ich meine eigenen Gefühle zurückstellen.“ Ob diese Einsicht einzig und allein ihrer Vernunft zu verdanken war oder die Worte des Kaplans den Ausschlag gegeben hatten, war ihr nicht anzumerken. Aber das war auch nebensächlich. Wichtig war nur, dass Hagen vortreten und dem König von Bord helfen konnte.

Erst jetzt fiel auf, wie hohl Gernots Wangen waren, und dass in seinen Augen ein ständiger Ausdruck des Entsetzens zu liegen schien. Was auch immer er bei dem Überfall auf die *Rheingold* erlebt haben mochte, es hatte seinen Geist verwirrt.

Gernots Stirn glühte förmlich vor Hitze.

Bruder Martin band das einfache Holzkreuz ab, das er stets an seinem Strickgürtel trug, und hielt es dem Fieberkranken entgegen. Gernot begann bei der Berührung des christlichen Symbols weder zu schreien, noch löste er sich in stinkenden Nebel auf.

Der Geistliche nickte zufrieden.

„Alle anderen bleiben vorläufig an Bord der *Sankt Augustin*“, beschied Hagen dem Schiffsführer. „So lange, bis euch eine Eskorte in die Burg begleiten kann.“

Der Glatzkopf nahm den Befehl schweigend hin, doch in seinen Augen flackerte ein verletztes Funkeln auf. Hagen konnte das gut nachvollziehen. Genauso hatte er sich gefühlt, als ihm Wolfram zur Seite gestellt wurde. Das war der Moment, an dem ihm dämmerte, dass die Draugar sie nicht nur an Leib und Leben verletzten, sondern auch ihre Seelen mit Misstrauen vergifteten.

„Brunhild …“, wimmerte Gernot, dessen Arm er sich über die Schultern gelegt hatte, damit er nicht umfiel. „Der Goldene Ritter … hat sie … entführt. Hat was vor … mit ihr. Müssen … ihr … helfen.“

„Der Goldene Ritter?“ Hagen sah alarmiert zur *Sankt Augustin*. Nun wussten sie es genau! Es gab ihn also, den geheimnisvollen Recken, den Alberich durch die Augen seines toten Bruders gesehen hatte.

„Davon plappert …“ Der Schiffsführer unterbrach sich hustend, bevor er noch einmal neu ansetzte. „Davon spricht König Gernot schon die ganze Zeit. Viel mehr ist leider nicht aus ihm herauszuholen. Nur, dass die *Rheingold* an der großen Schleife auf Grund gelaufen ist und von *Ertrunkenen* angegriffen wurde. Damit sind wohl Draugar gemeint. Wie es scheint, sind außer Brunhild und ihm alle an Bord zu Tode gekommen. Wir hielten es daher für das Beste, den König in Sicherheit zu bringen, statt weiter flussabwärts zu fahren.“

„Wohl getan“, lobte Hagen.

Dann packte er den Fiebernden fester und schleifte ihn mit sich. Die von mehreren Seiten eingehenden Angebote, ihm zu helfen, lehnte er alle ab.

„Wie kann es nur sein, dass mein Sohn als Einziger dem Massaker entkommen ist?“, fragte Ute, bereits zum Gehen gewandt.

Hagen wünschte sich, sie hätte das nicht getan.

Der Glatzkopf wand sich denn auch vor Verlegenheit, rückte

aber unter ihrem gestrengen Blick schließlich mit der Wahrheit heraus: „Euer Sohn spricht sehr zerfahren und undeutlich, edle Dame. Aber wenn ich ihn richtig verstanden habe, ist er gleich zu Beginn der Schlacht von Bord gesprungen, an Land geschwommen und um sein Leben gelaufen."

Einen König der Feigheit zu bezichtigen, konnte einem einfachen Mann leicht den Kopf kosten, auch wenn er die Wahrheit sprach. Der Schiffsführer zitterte entsprechend am ganzen Leib und senkte den Blick.

Ute von Burgund reagierte, als hätte sie nichts gehört. Schweigend eilte sie Hagen und dem Kaplan hinterher, machte aber von nun an keine Anstalten mehr, ihrem Sohn zu nah zu kommen. Gernots Fieber brannte unangenehm heiß in Hagens Gesicht, bis sie einen angespannten Karren fanden.

Rasch schob er den Kranken auf die Pritsche und fuhr ihn mit Wolfram und Bruder Martin an seiner Seite zur Burg hinauf. Der Königsmutter war solch ein nach Vieh stinkendes Gefährt nicht zuzumuten. Sie zog es vor, zu Fuß zu gehen. Vielleicht auch, weil sie ahnte, was Hagen und der Mönch vorhatten.

Nachdem er einen Trupp Wachsoldaten zur *Sankt Augustin* beordert hatte, legte sich Hagen den am ganzen Leib zitternden Gernot über die Schulter und trug ihn in seine Gemächer hinauf. Nachdem sie alle Diener hinausgescheucht und Wolfram vor der Tür postiert hatten, standen er und Bruder Martin allein vor dem Kranken.

„Ihr wisst, was wir jetzt zu tun haben?", fragte er den Mönch.

„Herausfinden, ob Gernot wegen der kalten Nachtluft fiebert oder weil er von einem Draugr verletzt wurde", lautete die Antwort.

„Ganz genau."

Bruder Martin half dabei, Gernot zu entkleiden. Gemeinsam

machten sie sich daran, den ganzen Körper des vor sich hin winselnden Mannes nach Kratzern, Schnitten oder Bissen abzusuchen, konnten aber außer einigen blauen Flecken nichts finden. Dabei machten sie weder vor den königlichen Lenden noch den Hinterbacken halt.

Gernot versuchte zwar, sich dieser unziemlichen Behandlung zu erwehren, doch ihm fehlte letztlich einfach die Kraft. Selbst die Haare zerwühlte Hagen, um die Kopfhaut zu untersuchen. Sie ließen nicht die kleinste Stelle aus, die bei einem Gefecht verletzt werden konnte.

Doch so viel sie auch suchten, Gernot schien völlig unversehrt zu sein. Erleichtert kleideten sie ihn in ein Nachthemd und deckten ihn bis zum Hals zu. Danach presste Bruder Martin das Holzkreuz auf die schweißnasse Königsstirn.

„Sollte dir doch ein Dämon innewohnen, so möge er weichen!“, forderte der Mönch mit donnernder Stimme.

Hagen verfolgte überrascht, wie das Ritual noch zweimal wiederholt wurde, ohne dass sich irgendein Dämon zeigte oder wenigstens zu einer Antwort herabließ.

„Ich denke, jetzt können wir vollkommen sicher sein.“ Zufrieden stemmte der Mönch beide Hände in die Hüften.

„Draugar entstehen durch die Magie des Drachenbluts“, erinnerte Hagen kopfschüttelnd. „Nicht weil irgendwelche Nebelgeister in die Lebenden einfahren.“

„Ach was“, wiegelte Bruder Martin ab. „Magie, Geister oder Dämonen – das ist doch alles einerlei. Am Ende dreht es sich immer nur um den ewig gleichen Kampf des Guten gegen das Böse, egal, wie die Namen auch lauten mögen.“

Hagens Augen weiteten sich vor Überraschung. *Bei Yggdrasil!* Sollte der Mönch vielleicht in den vergangenen Tagen dazugelernt haben?

„Aber das Kreuz ist das einzig wahre Symbol des Guten, das – festen Glauben vorausgesetzt – über alles Böse triumphiert."

Hagens Augen verengten sich wieder auf das normale Maß. Er hatte Bruder Martin wohl etwas zu viel zugetraut, aber das war jetzt nicht so wichtig. Die Weltenesche hatte schon ganz anderes ausgehalten.

„Kommt", sagte er zu dem Mönch. „Die Herrscher von Burgund warten sicherlich schon auf eine Nachricht von uns."

17. Kapitel

Hagens Vermutung bestätigte sich, als sie den Thronsaal betraten. Dort wartete nicht nur die gesamte königliche Familie auf sie, sondern auch Siegfried und Dankwart, die inzwischen von Gernots Eintreffen erfahren hatten. Ortwin von Metz, Ekkehard von Breitenhain und einige weitere enge Berater waren ebenfalls anwesend.

Alle atmeten erleichtert auf, als sie von Gernots körperlicher Unversehrtheit erfuhren. Doch die Nachricht, dass die Braut des zukünftigen Königs eine Geisel des ominösen Goldenen Ritters sein sollte, sorgte umgehend für neue Anspannung. Die Entführung der unter ihrem Schutz stehenden Prinzessin beschmutzte nicht nur die Ehre aller Burgunder, sie konnte auch rasch zu einem Krieg mit Xanten führen.

„Wir müssen zu ihrer Rettung eilen“, forderte Hagen leidenschaftlich. „Auch wenn es dabei durch das Gebiet der Draugar gehen mag, uns bleibt keine andere Wahl.“

„Wahr gesprochen“, stimmte Siegfried zu. „Wir müssen dieses Weib aufstöbern, und sei es nur, um sie von einem Leben als Draugr zu erlösen.“

Ute und Kriemhild stöhnten vor Schreck bei dieser Vorstellung. Hagen hingegen wurde zornig.

„Ist das alles, was dir dazu einfällt?“, blaffte er den Blonden an. „Daran sieht man deutlich, dass du nur ein Draugr-Schlächter bist, auch wenn du inzwischen die Kleidung eines edlen Ritters trägst.“

Die Wangen des Nibelungenprinzen überzogen sich mit flammender Röte. „Welches Schicksal sollte sonst einem Menschen blühen, der in die Gewalt der Draugar gerät?“, wollte er wissen.

„Du hörst nicht richtig zu“, beschied ihm Hagen kühl. „Brunhild befindet sich in den Händen des Goldenen Ritters, der den Angriff auf die *Rheingold* führte. Wärst du selbst ein Ritter und nicht nur so gekleidet, wüsstest du, warum ein Edler eine hohe Frau zur Geisel nimmt. Um mit ihr Lösegeld, die Übergabe einer Stadt oder mehr zu erpressen!“

„Vielleicht sogar die Abkehr vom rechten Glauben!“, rief Bruder Martin neben ihm aus, weil das wohl die schlimmste aller denkbaren Forderungen war, die dem Geistlichen möglich erschien. „Und die Rückkehr zum Heidentum.“

Ute von Burgund sprang vor Entsetzen von ihrem Eichenstuhl auf, ihre Rechte schützend an den Hals gelegt. Ihre schlanken Finger umklammerten die Halskette mit dem wertvoll gearbeiteten Silberkreuz, während sie den Mönch anstarrte und rief: „Malt den Teufel nicht an die Wand, Bruder Martin!“

König Gunther strich nachdenklich über sein vorspringendes Kinn. Er schien den Worten des Geistlichen durchaus zugeneigt zu sein, glaubte er doch ohnehin seit Tagen an eine gegen seine Hochzeit gerichtete Verschwörung. Eine Hochzeit, die ihn zum alleinigen Herrscher von ganz Burgund machen sollte.

Giselher wirkte hingegen skeptisch.

„Eine Rückkehr von Wodan, Donar und den anderen?“, fragte er laut in den Raum hinein. „Halten das wirklich alle für möglich?“

„Unsinn!“, nahm Siegfried die Antwort vorweg, die auch Hagen geben wollte. „Die Asen sind keine Götter, sondern nur übermächtige Streithammel. Aber seit der Schlacht bei Ragnarök ist ihre Macht gebrochen. Wenn sie dort nicht alle gefallen sind, so liegen sie doch noch in ihren Betten und lecken sich die Wunden.“

Auch in dieser Einschätzung stimmte Hagen völlig mit ihm überein.

„Alle diese wüsten Vermutungen bringen uns nicht weiter“, blaffte er trotzdem. „Wir müssen Brunhild suchen und ihren Entführer in seinem Versteck stellen, dann wissen wir auch endlich, wer unter der goldenen Rüstung steckt."

„So sei es!", erklärte Siegfried feierlich, als nähme er einen Fehdehandschuh auf. „Ich mache mich sofort auf den Weg und nehme Brunhilds Spur an der großen Schleife auf. Und sollte sie sich wirklich in der Gewalt von Mimes Mörder befinden, präsentiere ich euch schon Morgen seinen Kopf. Ganz gleich, wer unter dem Goldhelm steckt."

„Ich und meine Tronjer werden dich begleiten", sprang ihm Dankwart umgehend zur Seite.

„Dann kämpfen wir wieder Schulter an Schulter", knurrte Hagen. „Fast so wie *in alten* Zeiten." Auf den Hinweis, dass es letztendlich immer noch *seine* Tronjer waren, über die sein Onkel da verfügte, verzichtete er dabei.

Dankwart wusste den stechenden Blick, mit dem ihn Hagen bedachte, auch so zu deuten.

„Nein!", wandte König Gunther entschlossen ein. „So viele gute Männer kann ich nicht auf einen Schlag entbehren. Zwei von euch müssen reichen."

„Nun ist es aber genug!", polterte Hagen wütend. „Habe ich heute nicht hinlänglich genug bewiesen, dass ich …"

„Doch, das hast du!", fiel ihm Gunther ins Wort. „In meinen Augen bist du vollständig rehabilitiert. Und da Bruder Martin, der sich gestern noch am stärksten von allen für Wolframs Geleit ausgesprochen hat, das inzwischen ebenso zu sehen scheint, sehe ich keinen Grund, warum er nicht einer der beiden Auserwählten für diese Aufgabe sein sollte."

Hagens Blick wanderte zu dem Mönch, der verschämt zur Seite sah. Die rot angelaufenen Ohren und das dichte Schweißnest, das auf der Tonsur glänzte, machten aber auch so deutlich, dass Gunther die Wahrheit gesprochen hatte.

„Doch unsere Späher melden, dass sich immer größere Draugar-Horden aus allen Richtungen nähern. Genug, um bald die Hügelkämme zu verdunkeln. Das sind zu viele, als dass wir sie noch lange mit schnellen Ausfällen dezimieren könnten. Und schon heute Abend werden es Tausende sein, die einen dichten Ring um die Stadtmauern ziehen. Dann brauche ich jeden starken Schwertarm, der zur Verfügung steht."

„Ich finde, mein Bruder hat recht!", fügte Giselher mit dünner Stimme hinzu.

Gunther war in diesem Moment anzusehen, dass er den Tag herbeisehnte, an dem ihm solche Kommentare erspart blieben. Den Tag seiner Heirat, an dem er zum Alleinherrscher über Burgund wurde.

Siegfried lächelte indessen vor Zufriedenheit. Gleich darauf zeigte sich auch, warum. „Nun, einer der beiden Auserwählten muss wohl ich sein", erklärte er und deutete auf seinen Waffenrock. „Da Ihr mich nirgendwo als Nibelung, sondern überall als Ritter von Xanten vorgestellt habt, muss ich jetzt meiner Rolle auch gerecht werden. Wie sähe es wohl aus, wenn ich meine Herrin in dieser Situation im Stich ließe?"

„Da ist was dran", kam Giselher seinem Bruder zuvor.

Gunthers Gesicht wirkte plötzlich wie aus Stein gemeißelt.

„Gut", sagte er angespannt. „Such dir einen Begleiter aus."

Siegfried sah Hagen fest in die Augen, bevor er antwortete: „Meine Wahl fällt auf Dankwart!"

„So soll es sein! Trommelt sofort alle nötigen Männer zusammen und nehmt euch eins der Boote, das ist immer noch die sicherste Möglichkeit, an den untoten Scharen vorbeizukommen. Vielleicht erreicht ihr den feindlichen Unterschlupf noch vor Einbruch der Dunkelheit. Bringt mir unbedingt meine Braut wieder. Lebend!"

Bruder Martin wollte gegen diese Entscheidung lautstark protestieren, doch Hagen hielt ihn zurück. „Lasst uns lieber eine Lösung unter vier Augen finden", raunte er dem Mönch zu, während sich die Versammlung um sie herum rasch auflöste.

Bruder Martin wirkte zunächst unentschlossen, stimmte aber schließlich zu, auf Hagen in dessen Gemächern zu warten. Kurz darauf waren Dankwart und Hagen allein im Thronsaal. Selbst Wolfram war gegangen, nachdem ihm Gunther mit einem Wink zu verstehen gegeben hatte, dass er Hagen nicht mehr zu überwachen brauchte.

„Ich weiß, du fühlst dich von mir verraten", begann der Marschall ohne Umschweife. „Doch es gibt einen Grund dafür, dass ich so und nicht anders handele."

Hagen hätte am liebsten auf den Boden gespuckt. „Was auch immer dich an diese Ausgeburt eines Zwergs bindet, ich hoffe, die Sache ist es wert."

„Du tust Siegfried Unrecht."

„Ach ja? Warum?"

Dankwart schüttelte den Kopf.

„Er hat dir das Leben gerettet!", erinnerte er.

„Oder mich absichtlich verunstaltet, um mich bei meiner Braut auszustechen."

Für Hagen war es leicht, seine Gefühle unter dem Helm zu verbergen. Dankwart dagegen war der Schmerz, den er fühlte, deutlich anzusehen.

„Ich kann dir leider nicht mehr sagen, denn ich bin durch einen alten Eid gebunden", versuchte sich Hagens Onkel erneut zu erklären. „Du hast ohnehin schon zu viel von mir gehört, vor einigen Tagen."

Hagen verstand nicht ganz, worauf sein Onkel hinauswollte. Er spürte nur die Bitterkeit, die seit dem Draugr-Biss in ihm gärte.

„Wovon redest du?“, fragte er ungehalten. „Von Utes Aufenthalt in Tronje und dem Kleinkinderschwur, den du gebrochen hast?“

Er wusste, dass er mit seinen Worten zu weit gegangen war, noch während sie im Saal nachhallten. Aus Dankwarts Gesicht wich alle Verlegenheit.

Betont ruhig schob er seine Daumen hinter den Schwertgurt, bevor er erklärte: „Ich bin froh, dass ich bei diesem schweren Gang, der vor mir liegt, Siegfried an meiner Seite habe und nicht dich.“

Etwas Schlimmeres hätte er nicht sagen können, um seinen Neffen zu verletzen, das wussten sie beide. Darum blieb ihm Hagen auch eine Antwort schuldig. Ohne ein weiteres Wort wandten sie sich voneinander ab und verließen den Saal durch verschiedene Türen.

Hagen wählte die falsche.

Als er in den von hohen Bogenfenstern erhellten Gang trat, fiel sein Blick sofort auf Siegfried und Kriemhild, die in einer Nische dicht beieinanderstanden und wie ertappt zu ihm herumfuhren. Die beiden so vertraut miteinander zu sehen, als wären sie schon ein Leben lang füreinander bestimmt, machte Hagen ganz krank. Sogar der Farbton ihrer Augen, ein leuchtendes Himmelblau, stimmte perfekt miteinander überein.

Grußlos ging er an dem Paar vorüber. An der Frau, die er liebte und die eigentlich immer noch seine Braut war.

„Hagen!“, rief ihm Kriemhild nach.

Anstatt stehen zu bleiben und sich nach ihr umzudrehen, beschleunigte er seinen Schritt, um ihr so schnell wie möglich zu entkommen.

In seinen Gemächern wartete schon Bruder Martin auf ihn.

„Ich hoffe, Euer Onkel ist dem Zwergenprinzen gewachsen“, empfing ihn der Mönch aufgeregt. „Ich traue diesem Kerl nicht über den Weg, mag er nach außen hin auch noch so menschlich wirken."

Hagen mochte es nicht zugeben, doch ihn plagten ganz ähnliche Sorgen. Falls Siegfried tatsächlich ein Gefolgsmann des Goldenen Ritters war, schwebte Dankwart in großer Gefahr. Allein deshalb musste er den beiden auf ihrem Weg zu Brunhild folgen. Schweigend durchmaß er die Kammer mit langen Schritten und sah zum Hoffenster hinaus. Unten scharten Siegfried und Dankwart gerade ein Dutzend Tronjer um sich, unter ihnen jene, die den Kampf am Mühlbachhof überlebt hatten.

„Allein sein betörendes Aussehen ist doch verdächtig", fuhr Bruder Martin ohne Pause fort. „Wie kann ein Winzling wie dieser Alberich …" Dabei beugte er sich vor und fuchtelte mit seiner ausgestreckten Hand in Kniehöhe herum. „… nur einen so großen Sohn zeugen? Das will mir nicht in den Kopf."

„So klein sind die Nibelungen nun auch wieder nicht", erklärte Hagen, den Blick weiter nach draußen gewandt. „Alberich geht mir bis zum Brustbein."

Der Geistliche hielt verdutzt inne. Einen Moment lang erfüllte Schweigen den Raum. „Tatsächlich?", fragte er schließlich. „Und sonst? Schrumpelige Lederhaut, dicke Nasen? Alles das, was der Volksmund so behauptet?"

Im Hof formierte sich eine Doppelreihe, die unter Dankwarts Führung aus der Burg marschierte. Siegfried übernahm die Nachhut.

„Untersetzte Statur und ungewöhnlich große Köpfe, gemessen am Rest der Gestalt." Hagen sparte sich den Weg zum Schlafgemach. Er wusste auch so, dass der Suchtrupp zum Hafen wollte. „Sie sehen schon anders aus als dieser Siegfried. Aber die, die ich kenne, sind auch alle nicht mehr die Jüngsten. Und Frauen unter ihnen habe ich noch nie gesehen. Vielleicht hat Alberich ja auch eine Waldnymphe oder Wassernixe bezirzt."

Diese Vorstellung brachte das Weltbild des Kaplans endgültig ins Wanken.

„Pfui Deibel“, schrie er bei diesem Gedanken auf. „Nein, nein, ich denke eher, dieser Siegfried benutzt irgendeinen Blendzauber, um seine wahre Gestalt vor uns zu verschleiern.“

„Die vermutlich abgrundtief hässlich ist?“ Obwohl er nicht ernsthaft an diese Möglichkeit glaubte, erwärmte die Vorstellung, Siegfrieds wirklicher Anblick könnte noch weitaus abstoßender sein als sein eigener, Hagens Herz.

„Mit Sicherheit.“ Bruder Martin nickte eifrig. „Wenn wir ihm doch nur die Maske herunterreißen könnten, dann würden die edlen Damen schon sehen …“ Abrupt verstummte er mitten im Satz, als er Hagens durchdringenden Blick gewahr wurde.

Langsam, Schritt für Schritt, ging der Ritter auf ihn zu.

Schweigend und mit undurchdringlicher Miene.

Bruder Martin begann zu schwitzen.

„Ich hoffe, Ihr messt den Worten des Königs nicht allzu viel Bedeutung bei.“ Vorsichtig wich der Mönch einen Schritt zurück. Dann noch einen und noch einen. Bis die Quader der hinter ihm aufragenden Wand seinen Rückzug stoppten. „Was er im Thronsaal sagte, mag einen anderen Anschein erwecken, aber ich habe keineswegs darauf gedrungen, dass Ihr überwacht werdet.“

„Aber natürlich nicht.“ Hagen lächelte süffisant. Nur eine halbe Armeslänge von Bruder Martin entfernt blieb er stehen. „Solches Verhalten fandet ihr doch ungerecht! Falsch und ungerecht!“ Als er die Worte wiederholte, die der Geistliche auf der Stadtmauer gesprochen hatte, ließ er eine gehörige Portion Spott mitklingen.

Trotzdem nickte Bruder Martin eifrig.

„Sehr schön.“ Hagen entblößte seine verbliebenen Zähne zu einem von Hohn triefenden Lächeln. „Und es gibt noch etwas, worin wir uns einig sind. Dieser Nibelungenprinz treibt ein undurchsichtiges Spiel, deshalb werde ich mich ebenfalls auf die Suche nach Brunhild begeben.“

„Gute Idee.“ Bruder Martin nickte so heftig, dass sich einige auf seinem Nasenrücken klebende Schweißperlen lösten und durch die Luft davonspritzten. „Ich werde gleich um eine Audienz beim König bitten.“

Nervös versuchte er sich an Hagen vorbeizudrängen, doch links von ihm war der Weg versperrt. Dort ruhte eine massive Eichentruhe, auf der eine schwere, mit Walnüssen gefüllte Tonschale stand. Als er sich deshalb nach rechts zu wenden versuchte, stieß er gegen einen kräftigen Arm, den Hagen fest gegen die Wand gestemmt hatte.

„Nein“, lehnte der Ritter ab. „Gunther wird seine Meinung nicht mehr ändern! Das wäre auch eines Königs unwürdig.“ Ihre Gesichter waren nur noch eine Handspanne voneinander entfernt. Hagens Atem schlug dem Mönch unangenehm ins Gesicht. „Was ich jetzt bräuchte, wäre ein Tarnmantel, wie ihn Alberich besitzt, um ungesehen auf ein Boot zu kommen. Denn wie ich Gunther kenne, hat er den Wachen Anweisung gegeben, mich nicht aus der Burg zu lassen.“

„Einen Tarnmantel?“ Der Kaplan wirkte verwirrt. „Wo wollt ihr denn den hernehmen?“

Hagens Mundwinkel zuckten in die Höhe.

„Ich glaube, ich habe ihn schon gefunden!“ Dabei klemmte er das Mönchsgewand unterhalb des Ausschnitts zwischen Daumen und Zeigefinger und zog es ein Stück vom Körper ab.

Es dauerte einen Moment, bis der Geistliche verstand, was das zu bedeuteten hatte. „Nein!“, rief er erschrocken. „Das geht doch nicht!“

„Runter damit!“, forderte Hagen mit großem Nachdruck.

Die Vorstellung, dass seine Kutte Hagen als Verkleidung dienen könnte, schien den Mönch regelrecht zu entsetzen. Mit ungewohnter Heftigkeit stieß er Hagen von sich und rannte zur Tür.

„Hilfe!“, rief er dabei. „Überfall!“

Hagen hielt ihn nicht auf, sondern griff lieber nach der Schale auf der Truhe. Eine Handvoll schwarz verfärbter Walnüsse wirbelte durch die Luft, während er sie in einem sauberen Bogen nach oben schwang. Mit einem trockenen Klang traf sie Bruder Martin am Hinterkopf. Knapp unterhalb seiner Tonsur.

Glück für den Mönch. So wurde die Beule, die er sich gerade eingehandelt hatte, wenigstens von seinen Haaren verdeckt.

Der Hilferuf brach abrupt ab.

Bruder Martin sackte stöhnend zu Boden.

Er war noch bei Bewusstsein, aber so benommen, dass Hagen ihm die Kutte mühelos abstreifen konnte. Rasch nahm er einen Lappen aus der Truhe und knebelte den Mönch damit. Danach fesselte er ihn mit dessen eigenem Strickgürtel und zurrte dabei Hand- und Fußgelenke so fest zusammen, das Bruder Martin sich nicht mehr regen konnte.

Zuerst wollte Hagen das nur noch mit einem knielangen Hemd bekleidete Menschenbündel aufs Bett legen, doch als sein Blick auf den massiven Wandhaken fiel, an dem sonst sein Schild hing, kam ihm eine weitaus bessere Idee.

Ächzend stemmte er den Mönch in die Höhe und schob den zwischen Händen und Füßen verlaufenden Strick hinter das gekrümmte Metallende. Bruder Martin gab einen unterdrückten Laut von sich, entweder aus Angst oder weil ihm ein kalter Luftzug unter das dünne Hemd fuhr.

„Schön ruhig bleiben“, mahnte Hagen den zusammengekrümmt an der Wand baumelnden Geistlichen. „Wenn Ihr zu viel zappelt, reißt das Seil, dann geht es eine Zwergenlänge tief hinab auf den harten Boden.“

Zufrieden legte er seinen Helm ab und schlüpfte in das Mönchsgewand. Bruder Martin war etwas kleiner, aber fülliger als er. Dadurch fiel die Kutte weiter herab und reichte Hagen immerhin bis knapp über die Füße. Das musste genügen.

Statt des Strickgürtels legte er seinen Waffengurt um, ließ die Schwertscheide mit Gram aber unter der braunen Kluft verschwinden. Nachdem er sich auch die Kapuze übergeworfen und tief in die Stirn gezogen hatte, ging er nach draußen. Kaum hatte er die erste Treppe hinter sich gebracht und war in den nächsten Kreuzgang eingebogen, kam ihm ausgerechnet Wolfram entgegen.

Eigentlich hatte Hagen vorgehabt, jedes Gespräch zu vermeiden, aber beim Anblick des Hünen ritt ihn der Schalk.

„Braver Wolfram“, sprach er den gottesfürchtigen Gardisten mit verstellter Stimme an. „Ich komme gerade aus den Gemächern des Grafen von Tronje. Er fühlt sich nicht wohl und möchte daher nicht gestört werden. Wollt Ihr mir den Gefallen tun und vor seiner Tür Wache halten, damit er die Ruhe erhält, die er benötigt?“

„Wenn das auch der Wunsch des Herrn Ritters ist“, antwortete Wolfram gutmütig, „so will ich es gern tun.“

„Das ist es, das ist es!“, versicherte Hagen während er den Kopf die ganze Zeit gesenkt hielt. „Möge Gott mit dir sein!“

Während Wolfram tatsächlich davoneilte, um seinen neuen Posten zu beziehen, begab sich Hagen zuerst in den Burghof hinab und von dort aus in die Stadt. Keine der Torwachen kam auf die Idee, ihn aufzuhalten. Die braune Kapuzenkutte war hinlänglich bekannt, und Hagens undeutliches Gemurmel, das alle für lateinische Gebete hielten, flößte ihnen noch zusätzlichen Respekt ein.

Unbehelligt erreichte er den Hafen.

Dort hielt er nach einem kleinen Segler Ausschau, mit dem er die Verfolgung der *Sankt Augustin* aufnehmen konnte, die erneut für die bewaffnete Mission ausgewählt worden war. Sie segelte bereits mit der Strömung davon. Hagen schätzte, dass sie bislang etwa fünfzig Schiffslängen Vorsprung hatte.

Dieser Abstand würde sich auch noch weiter vergrößern, trotzdem war er guten Mutes, dass er schnell genug flussabwärts kommen würde, um die Bewaffneten an Land einzuholen.

„Bruder Martin, was ist mit Euch? Kann ich Euch helfen?“ Ein alter Fischer, der allein in seinem Boot hantierte, rief zu ihm herüber. Hagen kannte das von weißen Haaren umrahmte Gesicht. Es gehörte Reinhold, dem Einsiedler, der eigentlich in einer Schilfhütte stromaufwärts hauste.

Hagen lief auf ihn zu. Die schnellen Schritte hallten hart vom Steg wider, bis er vor dem Alten in seiner dümpelnden Nussschale stand.

„Ja, ich muss der *Sankt Augustin* nach.“

„Ihr wollt noch mal raus, Herr Kaplan?“ Reinholds von tiefen Falten umzingelte Augen blitzten vor Schreck auf. „Aber die Draugar rücken bereits von allen Seiten näher.“

Hagen sprang in das Boot und schlug seine Kapuze so weit zurück, dass sein zerschundenes Gesicht zum Vorschein kam.

„Keine Sorge“, sagte er. „Die Draugar können uns nichts tun. Vor mir nehmen sie Reißaus!“ Geschickt zog er Gram unter der Kutte hervor und legte das Schwert an. „Oder glaubst du mir nicht?“

Reinhold schluckte trocken, den Blick fest auf die durchlöcherte Wange mit dem zersplitterten Kiefer gerichtet. „Doch!“, krächzte er endlich. „Ich glaube Euch.“

Dann legte er ab.

18. Kapitel

Ein kräftiger Wind trug sie den Rhein hinab.

Mit straff geblähtem Segel ging es an manch leerem Fischerdorf vorbei. Alles wirkte unnatürlich ruhig, nur die Tierwelt schien sich nicht an dem Zwist der toten mit den lebenden Menschen zu stören. Links und rechts des sich in endlosen Windungen dahinschlängelnden Stroms lagen grüne Auen, die bis tief ins Marschland hineinragten. Überall dort, wo der Untergrund nicht durch den Felssockel der Gebirge geprägt wurde, sondern weich genug war, hatte der Rhein schon viele hundert Male das Flussbett gewechselt. Und er würde es auch weiterhin tun, selbst dann noch, wenn längst kein Mensch mehr auf Erden wandelte.

Alles im Leben war vergänglich, deshalb würde das Geschlecht der Menschen dereinst genauso im Nebel der Zeiten verschwinden, wie es Alberich und den Seinen widerfuhr.

Die Nacht warf bereits den Mantel der Dämmerung aus, als das Boot die große Schleife erreichte. Hagen zog sich die Kapuze über sein vom Wind zerzaustes Haar, noch ehe das Wrack in Sicht kam. Der Kiel der Rheingold hatte sich nahe dem Westufer tief in den Grund gebohrt, genauso wie Gernot es im Fieber gestammelt hatte.

Der Rumpf war leicht zur Seite geneigt, sodass sie das Deck gut einsehen konnten. Zerschlagene Riemen und ein gekapptes Segel machten auch auf die Entfernung hin deutlich, dass das Schiff nicht nur der Sandbank zum Opfer gefallen war. An der Backbordreling moderte eine abgerissene Hand, deren Finger sich fest um die Holzbrüstung krallten. Ein dichter Fliegenschwarm umwölkte das dunkel verfärbte Fleisch. Nun, da der Zauber der Unverwundbarkeit von dem Körperteil abgefallen war, wagte sich das Geschmeiß wieder heran.

An Bord flatterten entsprechend viele Krähen herum.

Hagen hätte nie für möglich gehalten, dass ihn der Anblick so vieler gefiederter Aasfresser einmal erfreuen würde. Einigen Draugar war beim Kampf der Schädel zertrümmert worden. Ihre Leichen lagen noch an Deck. Hagen sah unter den dicht gedrängten Vogelschwingen immer wieder blutige Kleidungsstücke hervorblitzen.

Dicht hinter dem Wrack, wo der Fluss wieder auf normale Tiefe abfiel, ankerte die *Sankt Augustin* längs des Ufers. Zwei von Dankwarts Gardisten harrten als Bordwache bei dem Schiffsführer und seinem Steuermann aus. Um die beiden vor einem möglichen Angriff zu schützen, aber natürlich auch, um zu verhindern, dass sie sich aus Angst vorzeitig davonmachten.

Hagen ließ sich von Reinhold an Land setzen.

Laut hörbar riet er dem Einsiedler, sich unter den Schutz der *Sankt Augustin* zu stellen, doch der Alte wollte lieber allein im Mondschein zurücksegeln, als mit den anderen an der großen Schleife auszuharren. Hagen überließ dem Mann die freie Wahl der Entscheidung, und so holte der Fischer hastig das Segel ein und stieß sich mit einer Stange von der Böschung ab, bevor er gegen die Strömung anzurudern begann.

Auf die Rufe der Gardisten hin, die wissen wollten, warum Bruder Martin ihnen nachgekommen sei, rief Hagen ihnen zu, dass sie sich um ihren eigenen Mist kümmern sollten oder das Jüngste Gericht würde über sie kommen. Danach waren die beiden endgültig überzeugt, den Kaplan vor sich zu haben.

Hagen fragte nicht, wohin sich das übrige Dutzend Bewaffneter gewandt hatte, denn der Trampelpfad, der vom Ufer aus durch das

Grün der Aue führte, war nicht zu übersehen. Sofort schickte er sich an, den anderen nachzueilen.

Dabei holte er schnell auf.

Denn wo Dankwart und Siegfried die von dem Wrack fortführenden Spuren der Prinzessin und ihrer untoten Entführer vorsichtig suchen mussten, konnte er mit weit ausholenden Schritten einfach hinterdreinmarschieren.

Unter einer hohen Trauerweide hindurch ging es in die umliegenden Hügel hinaus. An mancher Stelle war das Unterholz so dicht, dass die vor ihm liegende Schneise wie ein an den Rändern ausgefranstes Oval wirkte. Danach ging es um einen Hügel herum und durch eine spärlich bewachsene Senke hindurch.

Hagen spürte kalte Tropfen, die wie Nadeln in seine Wangen stachen.

Entnervt zog er die Kapuze tiefer ins Gesicht, um sich vor dem Regen zu schützen. Er fühlte sich müde und hätte am liebsten eine Rast eingelegt. Bis stählernes Klirren, gefolgt von dumpfen Schlägen und lautem Stöhnen, an sein Ohr drang. Der nicht weit entfernt erklingende Kampflärm verscheuchte die bleierne Schwere aus seinen Beinen.

Seine Kapuze rutschte ihm in den Nacken, als er zu laufen begann.

Jäh endete der breite Trampelpfad, dem er die ganze Zeit gefolgt war, an einer Dornenhecke. An dieser Stelle hatten sich Ritter und Gardisten aufgeteilt, um auf breiter Front vorzurücken – oder vielmehr zu schleichen. Nur einige niedergetretene Grasstellen zeigten noch an, wo die Männer entlanggehuscht waren.

Dafür wies ihm ein Kopfloser den Weg, der mit einer Lanze an den dicken Stamm einer Buche genagelt war. Der Kleidung nach handelte es sich bei dem Toten um einen Rojer von der *Rheingold*. Als Hagen das abgetrennte Haupt des vorgeschobenen Postens im

Gras entdeckte, glaubte er sogar, die Gesichtszüge wiederzuerkennen, ohne sie deshalb einem Namen zuordnen zu können.

Worms war viel zu groß, um jeden Untertanen persönlich zu kennen.

Der aufrecht vor ihm hängende Leichnam war mit Bissspuren und tiefen, wohl von reißenden Zähnen verursachten Wunden übersät. Selbst zum Draugr geworden, hatte sich der Rojer den Scharen des Goldenen Ritters angeschlossen.

Dankwart und Siegfried waren tatsächlich auf der richtigen Spur. Von ihnen selbst und ihren Männern war aber nichts zu sehen.

Gram wanderte wie von selbst in Hagens Hand. Den Griff mit dem Drachenknauf fest umklammernd, arbeitete er sich weiter vor, direkt auf einen Felssockel zu, der nach Norden hin an Höhe gewann.

Trotz des inzwischen über der Landschaft herrschenden Zwielichts entdeckte er einen Felsspalt, um den herum fünf reglose Männer lagen. Das musste die Stelle sein, an der eben noch Kampflärm erklungen war. Hagen erschrak zunächst, weil alle Toten ein Schwert in Händen hielten, atmete aber auf, als er sah, dass keiner von ihnen ein Kettenhemd trug.

Außerdem war allen der Schädel eingeschlagen oder abgetrennt worden.

Als er begriff, was das zu bedeuten hatte, legte sich die Angst wie ein kalter Mantel um seine Schultern. Rojer von der Rheingold, die auch als Draugar mit dem Schwert gekämpft hatten. Wenn weitere Untote diesem Beispiel folgten, würde die Belagerung von Worms noch weitaus gefährlicher werden, als sie bisher angenommen hatten.

Während er sich immer wieder nach allen Seiten umsah, ging Hagen auf die Toten zu. Zwischen ihren Leibern glänzte frisches Blut. Einige der Wormser Soldaten waren in dem Gefecht zumindest verletzt worden. Der hart umkämpfte Felsspalt weitete sich bei näherer Betrachtung zu einem Höhleneingang, der tief ins Innere des Felsens führte.

Dorthin musste es die Wormser gezogen haben. Hinter einer Biegung des Ganges drang denn auch gelblicher Lichtschein hervor. Außerdem hallten aufgeregte Stimmen von den zerklüfteten Wänden wider.

Hagen stürzte dem Licht entgegen, obwohl im Dunkel des Ganges ganze Draugar-Legionen lauern mochten. Aber da war niemand, nicht einmal ein paar Erschlagene, die auf dem Vormarsch von Dankwarts Mannen niedergemacht worden waren. Hinter der Biegung folgte ein langer Gang, der in eine hoch ansteigende Höhle mündete. Darin glitzerten die Helme und Schwerter einiger Fackelträger, die sich zu einem großen Halbkreis aufgebaut hatten. Drei mit verrenkten Gliedern zu Boden gesunkene Draugar machten deutlich, dass es dort drinnen nur noch geringen Widerstand gegeben hatte. Verletzte Gardisten gab es auch, aber die meisten standen noch aufrecht oder pressten nur ihre Hand auf die oberflächlichen Wunden, um die Blutung zu stoppen.

Hagen atmete erleichtert auf.

Seine größte Befürchtung, Dankwart und die Seinen könnten in einen Hinterhalt geraten sein, bewahrheitete sich zum Glück nicht. Dafür ließ ihn gleich darauf etwas anderes scharf die Luft einziehen. Ein Anblick, der jedem ritterlichen Verhalten hohnsprach.

Zwischen den Fackelträgern hindurch war eine Frau von makelloser Gestalt zu sehen. Sie stand vor einem primitiven Lager aus übereinandergeworfenen Decken, die von Bord der Rheingold stammen mussten. Falls sie in einen ebenso fein gewebten Stoff gehüllt gewesen sein sollte, so hatte sie ihn abgeworfen, denn sie trug fast keinen einzigen Faden am Leib. Nichts außer einem geflochtenen Gürtel, der ihre schmale Taille umschlang.

Weder ein Biss noch ein Kratzer verunzierten ihren nackten Körper.

Obwohl sie weiblich und begehrenswert wirkte, traten ihre Muskeln an Armen und Beinen deutlich unter der Haut hervor. Auch sonst überraschend kräftig gewachsen, überragte sie Siegfried und viele andere der umstehenden Männer.

Lediglich Dankwart war deutlich größer als sie.

Von der Statur her eine geborene Kriegerin, hätte es Hagen nicht gewundert, sie ein Schwert schwingen zu sehen. Doch von einer Leibwächterin an Bord der Rheingold war ihm nichts bekannt. Gernot hatte auf dem Weg zur Burg nur etwas von einer alten Dienerin gestammelt.

Diese Nackte konnte also nur Brunhild sein. Eine andere Möglichkeit gab es nicht.

Haselnussbraunes Haar umfloss ihr Gesicht und fächerte sich über beiden Schultern auf. Der Flaum, der zwischen ihren wohlgeformten Schenkeln spross, war vom gleichen Farbton, während sich die Brustwarzen rosarot von der hellen Haut abhoben. Stolzen Blickes, ohne sich im Geringsten für ihre Nacktheit zu schämen, sah sie ihren Befreiern entgegen. Die Finger hatte sie jedoch ineinanderverschlungen, als flehte sie um ihr Leben.

Und das tat sie wohl auch.

Denn statt vorzuspringen und ihre Blößen mit dem eigenen Mantel zu bedecken, starrten die Wormser Männer sie nur drohend an. Siegfried, der allerabgefeimteste Schurke unter ihnen, hielt ihr sogar sein Schwert an den Hals.

„Rühr dich nicht von der Stelle, Draugr-Hure!“, drohte er dabei. „Zuckst du auch nur mit einem Muskel, bist du des Todes.“

„Was geht hier vor?“, verlangte Hagen so laut zu wissen, dass viele Männer erschrocken zu ihm herumwirbelten. „Wie könnt ihr es wagen, eine Dame zu bedrängen, die ihr eigentlich retten sollt?“

Mit ein paar schnellen Schritten schloss er zu Siegfried auf. Der hatte seinen Blick keinen einzigen Lidschlag lang von der Nackten genommen, bei der es sich nur um die Prinzessin von Xanten handeln konnte.

Ihre Augen verengten sich kurz, als Hagen ihr zu Hilfe eilte. Nicht wegen seines zerstörten Gesichts, wie er zunächst annahm, nein, ihr Blick galt einzig und allein dem Schwertgriff in seiner Hand. Wahrlich, diese Edle hob sich so sehr von der Masse der Frauen ab, dass sie einfach von höherem Geblüt sein musste.

Seine Klinge drohend erhoben, stellte Hagen sich an die Seite der Bedrängten. Gram und Balmung berührten einander beinah, als er Siegfried auf die gleiche Weise den spitzen Stahl an die Kehle setzte, wie der es bei der Nackten tat.

„Vorsicht, Hagen!", warnte Dankwart aus dem Hintergrund. „Dieses Weib gibt sich zwar als Brunhild aus, doch sie muss eine Betrügerin sein. Königsmutter Ute hat mir gegenüber immer wieder erwähnt, dass Gunthers Braut rothaarig ist."

Im gleichen Moment, da sie Hagens Namen hörte, veränderte sich Brunhilds Verhalten. Ihre eben noch so überlegen wirkende Haltung fiel von ihr ab. Angst bemächtigte sich ihrer ebenmäßigen Züge.

„Oh, Herr Hagen", rief sie voller Erleichterung. „Euer Name war es, bei dessen Erwähnung der goldgerüstete Schurke die Flucht antrat! Und ich fürchtete schon, dieser blonde Unhold hier, der mich so ungestüm beschimpfte und bedrängte, wäre der viel besungene Graf von Tronje! Bitte, rettet mich, bevor er mir noch Gewalt antun kann!"

Die Falten in Siegfrieds angespanntem Gesicht vertieften sich bei ihren Vorwürfen. „Lüge!", stieß er nur mühsam beherrscht hervor. „Dieses Weib schlief, als wir die Höhle stürmten. Und die Draugar, die an ihrem Lager standen, bewachten sie nicht, sondern stellten sich schützend vor sie. Dabei kämpfte das tote Pack mit Schwertern, als wäre es noch bei Verstand! Ich sage euch, zwischen diesen Wänden wirkt eine unheilige Magie, und die elende Hexe, die sie verströmt, steht vor uns."

„Wie könnt Ihr nur so etwas Grässliches behaupten?" Brunhild schluchzte trocken auf. „Nach allem, was mir schon an Bord des Burgunderschiffes widerfahren ist?"

Nicht einmal der Anflug einer Träne benetzte ihre kornblumenblauen Augen. Hagens Bewunderung wuchs ins Unermessliche. Solch eine Haltung in dieser schlimmen Lage hätten nicht einmal Kriemhild oder Ute zuwege gebracht. Obendrein gab Brunhild ihre flehende Geste auf.

Im gleichen Moment, da sie die Hände voneinander löste, bemerkte Hagen, dass sie außer dem geflochtenen Ledergürtel noch etwas anderes am Leibe trug. Einen schmalen goldenen Ring, der an ihrer linken Hand steckte. Einen Ring, wie ihn Hagen noch nie zuvor gesehen hatte. Das Rund verlief keineswegs ebenmäßig, sondern bestand aus einander überlappenden Flammenzungen. So fein detailliert hatte der Goldschmied die Lohen ausgearbeitet, dass sie tatsächlich zu flackern schienen.

Hagen hätte dieses Phänomen gern genauer in Augenschein genommen. Aber die Fackeln brachten das Schmuckstück so stark zum Funkeln, dass er den Blick fest auf Siegfried richten musste, um nicht geblendet zu werden.

„Ute hat die Prinzessin von Xanten zum letzten Mal gesehen, als die noch ein Kind war", sagte er dabei. „Ich habe in den Jahren, in denen ein Mädchen zur Frau reift, schon weitaus größere Veränderungen beobachtet, als dass ein Haarschopf einen dunkleren Ton annimmt."

Seine Worte brachten so manchen Gardisten ins Grübeln, doch Siegfrieds Schwertspitze rückte keinen Nagelbreit von der

Stelle. Nicht einmal das leiseste Zittern durchlief seinen ausgestreckten Arm, obwohl er das schwere Schwert schon die ganze Zeit auf Schulterhöhe hielt.

Aber auch Gram erbebte nicht, während Hagen den Nibelungen anfuhr: „Nur ein schäbiger Waldläufer wie du kann einem nackten Weib die Schneide an die Kehle setzen, weil er sich bedroht fühlt. Selbst wenn diese Dame nicht Brunhild wäre, müsste ihr jeder Ritter, der wirklich von Stande ist, hilfreich zur Seite springen."

Dankwart erkannte sehr wohl, dass die letzte Bemerkung auf ihn gemünzt war. Nervös strich er sich über sein Kinn und wandte sich an Siegfried.

„Bist du dir auch ganz sicher, dass sie etwas mit dem Goldenen Ritter zu tun hat?", wollte er wissen.

Siegfrieds selbstsichere Miene erhielt erstmals Risse. „Sehr sicher", behauptete er zwar, zog aber dennoch die Klinge abrupt zurück. „Nur beweisen kann ich es noch nicht. Aber das werde ich bald."

Sobald die unmittelbare Bedrohung nicht mehr bestand, warf sich Brunhild herum und schlang ihre Arme fest um Hagen. Ihre vollen Brüste drängten sich dabei so fest gegen ihn, dass sie ihn fast aus dem Gleichgewicht warf.

Hagen, der sich schon mit dem Gedanken abgefunden hatte, nie wieder die zarte Hand einer Frau zu spüren, wusste einen Herzschlag lang nicht, wie er darauf reagieren sollte. Wäre sie nicht die Braut seines Königs gewesen, er hätte Brunhild, die sich aus seinem zerstörten Gesicht nichts zu machen schien, sofort an sich gezogen und niemals wieder hergegeben.

So aber drückte er sie sanft von sich, entledigte sich der Mönchskutte und reichte sie ihr, damit sie etwas hatte, um ihre Blößen zu bedecken. Ihre königlichen Fesseln sahen unter dem

Saum hervor, doch da ihr Kleid im Kampf zerrissen wurde, war Bruder Martins Gewand immer noch besser als eine lose umgeworfene Decke.

Nachdem Balmung in der Scheide verschwunden war, steckte Hagen sein Schwert ebenfalls zurück. Der Zwist zwischen den beiden so ungleichen Männern schwelte jedoch weiter.

„Wohin ist der Goldene Ritter verschwunden?“, wollte Hagen wissen, bevor noch einer der anderen Bewaffneten fragen konnte, warum er ihnen, gegen den Befehl des Königs, nachgeeilt war.

„Vorn zur Höhle hinaus“, antwortete Brunhild, die so lange unter der Kutte herumnestelte, bis sie ihren geflochtenen Gürtel in Händen hielt. „Ich glaube, er wollte weitere Draugar herbeiholen, weil er fürchtete, er könne allein nicht gegen Euer mächtiges Schwert bestehen.“

Da Hagen seinen Waffengurt selbst benötigte, musste sie sich anderweitig behelfen, wenn die Kutte nicht wie ein Sack an ihr herabschlottern sollte. Als sie das eigene Leder um die Körpermitte schlang, wurden einige Runen sichtbar, die auf der Innenseite eingewebt waren. Hagen, der die Zeichen als Einziger gesehen hatte, unterdrückte ein amüsiertes Lächeln.

Auch in Xanten hatte die Christianisierung also noch nicht allen alten Glauben verdrängt. Wie so viele andere versuchte offensichtlich auch Prinzessin Brunhild, sich weiterhin das Wohlwollen der alten Mächte zu sichern. Bruder Martin bekam jedes Mal einen Tobsuchtsanfall, wenn er einen Mann oder eine Frau dabei erwischte, dass sie noch einen *heidnischen* Talisman am Körper trugen. Aber selbstverständlich würde er Brunhild nicht an den Kaplan verraten.

„Falls der Goldene Ritter tatsächlich mit Verstärkung anrückt, sollten wir möglichst schnell zum Schiff zurückkehren“, schlug Dankwart vor.

Hagen ließ seinen Blick ein letztes Mal durch die Höhle wandern, die außer dem Haufen zusammengeklaubter Decken nicht das Geringste zu bieten hatte. Das verdammte Ding war nichts weiter als ein vorübergehender Unterschlupf, der nicht den kleinsten Hinweis auf die wahre Identität ihres Gegenspielers enthielt. Auf ein Nicken von ihm setzten sich alle in Bewegung. Brunhild hakte sich dabei an seiner linken Seite unter, um ganz nah bei ihm zu sein.

Siegfried, der sie die ganze Zeit über mit finsterem Blick betrachtete, sprach kein einziges Wort.

Schweigend eilten sie zur Höhle hinaus. Draußen stand bereits der Mond am Himmel. Eine kräftige Böe blies eine heranziehende Wolkenbank davon, sodass die Landschaft weiter wie in mattes Silber getaucht war. Die Sterne funkelten wie Diamanten auf schwarzem Samt. Sie kamen rasch voran, und wo der Mondschein nicht reichte, halfen die Fackeln, den vor ihnen liegenden Weg auszuleuchten.

Der Wind hatte gedreht. Wenn der Himmel klar blieb, konnten sie noch in der Nacht heimkehren.

Brunhild nestelte die ganze Zeit über nervös an ihrem Gürtel.

„Bringt Ihr mich nach Worms?", fragte sie dabei.

„Natürlich", antwortete Hagen. „Das ist derzeit der sicherste Ort in ganz Burgund."

Daraufhin schien sie sehr erleichtert zu sein.

„Hast du je das Gesicht des Goldenen Ritters gesehen?", wagte Hagen nach einer Weile zu fragen.

Brunhild verneinte. Und fügte hinzu, dass die Rüstung des Goldenen den ganzen Körper umschloss. Selbst sein Helm gestattete nur einen Blick auf die Augen.

Das stimmte mit Alberichs Beschreibung überein.

Kurz darauf wurde das Rauschen der Rheinströmung hörbar.

„Wenn die Truhen an Bord der Rheingold unversehrt sind, können wir Brunhild einige ihrer Sachen holen", schlug Siegfried unvermittelt vor.

Ein listiger Zug lag dabei auf seinen Lippen.

Die Prinzessin erbebte bei seinen Worten und begann erneut, nervös an ihrem Gürtel zu zupfen, als vermöchte ihr die bloße Berührung Trost und Kraft zu spenden. Hagen drückte beruhigend ihren Arm, bevor er Siegfrieds Vorschlag begrüßte. Der Gedanke, an Bord der Rheingold zu gehen, war zwar nicht gerade angenehm, aber die an den Leichen herumzerrenden Vögel konnten sie nicht davon abhalten, ein oder zwei Stücke der Ladung an sich zu nehmen.

„Wer ist da?", scholl es ihnen von der *Sankt Augustin* entgegen, sobald sie in Sichtweite kamen.

„Die Männer des Königs!", rief Dankwart zurück, um die Besatzung zu beruhigen.

Da Draugar nur knurren und stöhnen konnten, wussten sie drüben nun, dass Lebende nahten. Außerdem war Dankwarts volltönende Stimme allen wohlbekannt.

„Beeilt euch!", kam es trotzdem nervös zurück. „Seit Kurzem ist es hier nicht mehr geheuer."

Auf diese Warnung hin spannte Hagen sofort alle Sinne bis aufs Äußerste an. Während sie das umliegende Dickicht nicht aus den Augen ließen, rannten sie auf die *Sankt Augustin* zu. An einen Besuch der Rheingold war unter diesen Umständen nicht mehr zu denken. Vielleicht später, wenn sie auf dem Fluss waren, von Bord ihres eigenen Schiffes aus.

Als sie das Ufer erreichten, flog unversehens ein dichter Schwarm Raben von der Rheingold auf. Gleichzeitig sah Hagen stählerne Reflexe im südlich von ihnen gelegenen Unterholz. Die blanken Klingen, die dort das Mondlicht spiegelten, gehörten keinem ihrer Männer, das stand fest.

„Vorsicht!“, zischte er, bevor er in die Richtung der anrückenden Meute deutete.

Siegfried riss sogleich eine Fackel an sich und zog sein Schwert.

„Weiter an Bord!“, befahl er. „Die Unversehrten helfen den Verwundeten.“

Dankwart tat es ihm gleich. Gemeinsam stellten sie sich dem Feind entgegen. Hagen musste erst Brunhild an Bord bringen, bevor er selbst eine Fackel an sich nehmen konnte.

„Wir Ritter decken den Rückzug“, erklärte er dazu. „Die anderen besetzen die Riemen.“

Die ersten Draugar brachen bereits aus dem Unterholz, als er neben Siegfried und Dankwart stand. Alle drei hatten keine Schilder, aber die lodernden Flammen in ihren Händen waren ohnehin wirkungsvoller. Sie jagten ihrem Gegner eine tief sitzende Furcht ein. Zuckender Feuerschein züngelte über die blau angelaufenen Gesichter der heranstürzenden Gegner. Einige der verzerrten Fratzen gehörten Rojern der Rheingold, andere waren ihnen gänzlich unbekannt.

Sie mussten Fischern und Bauern aus der Umgebung gehören.

Mit ihrer Klingenfertigkeit war es nicht weit her. Die Draugar nutzten die Schwerter, die sie schwangen, vor allem dazu, sich vor Kopftreffern zu schützen. Das machte es noch schwieriger, ihnen beizukommen. Stahl klirrte auf Stahl, die Draugar wichen vor den Fackeln zurück und wankten wieder vor. Ihre Kleidung geriet nur schwer in Brand, aber sie schmorte immerhin Funken stiebend, wenn sich das pechdurchtränkte Holz in die Fetzen bohrte.

Weiter hinten wankten mehrere Untote in den Rhein und stiegen triefend nass wieder an Land. Denen würde das Feuer weitaus weniger ausmachen. Verdammt! Der Goldene Ritter musste in der Nähe lauern und den Angriff leiten. Von allein wäre die hirnlose Horde doch nicht auf so eine Idee gekommen.

Wütend trat Hagen dem vor ihm stehenden Draugr so kräftig vor die Brust, dass er rücklings zu Boden stürzte. In der so entstandenen Lücke wurden zwei Dutzend weitere Tote sichtbar, die sich gerade durchs Dickicht kämpften. Wenn sie herangekommen waren, würden sie die Ritter durch ihre schiere Masse zu Fall bringen.

Die nassen Gestalten, die ein Bad im Fluss genommen hatten, versuchten bereits, sie am Ufer zu umgehen.

„Zurück!“, befahl Hagen. „Bevor wir nicht mehr standhalten können.“

Ein kurzer Blick über die Schulter zeigte, dass sie ihr Ziel ohnehin erreicht hatten. Ihre Männer waren alle an Bord, und der Anker wurde gelichtet. Nur einige in den Uferschlamm gerammte Stangen verhinderten noch, dass die *Sankt Augustin* mit der Strömung davontrieb.

Rückwärts wichen sie den Draugar aus, drehten sich auf Hagens Befehl alle gleichzeitig um und liefen auf das Schiff zu. Kurz bevor sie das Ufer erreichten, ließen sie die Fackeln fallen und sprangen gemeinsam ab.

Einige Gardisten stachen mit ihren Fußlanzen auf die nachdrängenden Draugar ein, während sich die Ritter über die Reling wuchteten. Mit den im Schlamm steckenden Stangen wurde das Schiff rasch vom Ufer abgestoßen. Sobald sie die Nähe der Sandbank verließen, trug die Strömung sie schnell dahin, allerdings in die falsche Richtung.

Darum tauchten die Männer auf den Bänken die Riemen in den Fluss und begannen durchzuziehen.

Die Draugar kannten keine Angst vor dem Wasser. Auf breiter Front ließen sie sich in den Strom fallen. Solange sie waten konnten, kamen sie schnell voran, doch sobald sie schwimmen mussten, begannen die Probleme. Mit ihren ungelenken Bewegungen war es ohnehin schwierig, sich über Wasser zu halten, außerdem wollten sie ihre Waffen nicht loslassen.

Auch Hagen und die anderen Ritter sprangen auf freie Plätze und legten mit Hand an die Riemen. Mit vereinten Kräften brachten sie das Schiff in die Flussmitte. Nur drei Draugar, die sich Messer oder Sicheln zwischen die Zähne geklemmt hatten, gelang es, ihnen so weit zu folgen. Einige gezielte Lanzenstiche hielten die Kreaturen so lange auf Abstand, bis die *Sankt Augustin* in schnellem Takt flussaufwärts fuhr.

Eine frische Brise, die das Segel blähte, unterstützte ihre Bemühungen. Die im Wasser paddelnden Menschenfresser wurden immer kleiner. Ebenso die *Rheingold*, die sie nicht mehr betreten konnten. Als die Gefahr vorüber war, sah Siegfried entsprechend wütend zu Brunhild hinüber, als sei sie schuld an dem plötzlichen Überfall. Er hätte wohl zu gern gesehen, ob ihr die Kleider aus den Truhen der *Rheingold* wirklich passten.

Bebend vor Furcht suchte die Prinzessin von Xanten erneut Hagens Nähe und schmiegte sich so dicht an ihn, dass ihm ganz warm ums Herz wurde. Sie selbst hatte sich immerhin so weit beruhigt, dass sie nicht mehr unentwegt an ihrem Runengürtel herumzupfte.

„Wenn der Himmel so klar bleibt, können wir die ganze Nacht hindurch fahren!“, verkündete der Schiffsführer.

Seine Worte lösten allgemeine Erleichterung aus. Und das, obwohl alle ahnten, dass Worms längst belagert wurde.

19. Kapitel

Der stete Wind, der sie flussaufwärts trieb, verjagte die Wolken vom Himmel. Fahler Mondschein schälte fest umrissene Konturen aus der Landschaft, bevor er sich in Tausenden von silbernen Reflexen auf dem Wasser brach.

Nur selten störten kleine Strudel und gischtende Stellen das einheitliche Bild. Die meisten Schiffsführer hätten trotzdem nicht gewagt, bei Nacht – noch dazu mit dieser Geschwindigkeit – zu segeln. Doch der Glatzkopf, der die *Sankt Augustin* befehligte, kannte jede Untiefe und jeden ins Wasser ragenden Baum beim Namen.

Nach einem Drittel der Strecke holten sie Reinhold ein und nahmen sein Boot ins Schlepptau. Der Einsiedler besetzte eine der Rojerbänke und pullte sofort mit. Die Morgendämmerung lag noch fern, als westlich von ihnen ein rötlicher Schimmer den nächtlichen Himmel erhellte. Genau dort, wo sich Worms erhob, wölbte sich der flackernde Feuerschein.

An Bord der *Sankt Augustin* reckten alle die Hälse, doch niemand fluchte oder sprach sonst ein Wort. Sie alle hatten damit gerechnet, dass der Kampf um die Stadt bereits entbrannt war, doch um auf Dauer zu überleben, *mussten* sie den Schutz der Mauern ganz einfach erreichen. Außerdem standen sie unter dem königlichen Befehl, die Prinzessin von Xanten wohlbehalten nach Worms zu bringen.

Unversehrt bis zum Rheintor zu gelangen, würde kein Honigschlecken werden. Doch wenn es mittlerweile eine Kriegerschar gab, die sich darauf verstand, mit geschlossenem Schildwall durch die Reihen der Draugar zu pflügen, dann sie.

Je näher sie dem Wik kamen, desto stärker löste sich die Dunkelheit in einen Flickenteppich aus Licht und Schatten auf. *Bei Yggdrasil!* Es mussten inzwischen Zehntausende von Toten sein, die die Stadtmauern belagerten! Auf die Entfernung waren sie zunächst kaum von normalen Kriegern zu unterscheiden, denn sie hielten alle Schwerter, aber auch Fackeln und Sturmleitern in Händen.

Bei näherer Betrachtung sah die Lage aber ganz anders aus. Unermüdlich rannten die Draugar gegen die Verteidiger an und waren dabei mit normalen Mitteln nicht zurückzuschlagen.

Hagen, der mit an den Bug getreten war, sah unzählige mit Pfeilen gespickte Gestalten, die längst wie menschliche Igel durch die Gegend staksten. Das hinderte sie aber nicht daran, mit roher Gewalt entwurzelte Bäume heranzuschaffen und gegen die Mauern zu lehnen, um auf ihnen in die Höhe zu klettern.

Diesem Gegner Mörtelkalk entgegenzuschütten, war sinnlos. Auch blind und mit verätztem Gesicht drang er weiter vor. Man musste ihn schon mit siedendem Öl empfangen, das ihm das Fleisch von den Knochen schälte, um ihn unschädlich zu machen. Doch die Ölvorräte waren begrenzt, und ihr Einsatz verbreitete keinerlei Schrecken.

Jeder menschliche Gegner hielt inne oder floh, sobald ihm der Gestank seiner verbrühten Kameraden in die Nase stach. Die Draugar marschierten hingegen unermüdlich weiter, stapften durch die noch zuckenden Überreste ihrer Vorgänger und sehenden Auges ins eigene Verderben.

Rund um die Stadt hatten sich auf diese Weise schon so viele reglose Körper angesammelt, dass die Untoten dazu übergingen, die Leichen aufzustapeln, um über die so angehäuften Berge an die Zinnen zu gelangen. Überall dort, wo ihnen dabei die Schädel von herabgeschleuderten Steinen zerschmettert wurden, sackten sie einfach in sich zusammen und erhöhten den Leichenhügel durch ihre eigene Gestalt.

Dieser Taktik war nur durch das Hinabgießen und Entzünden von flüssigem Pech beizukommen, aber auch die Pechvorräte waren endlich.

Trotz des Rückenwindes drang Hagen der Gestank der brennenden Leichenberge in die Nasenflügel.

Auch am Osttor, das Wik und Rhein zugewandt war, standen zahlreiche Draugar in Flammen. Sie waren bei dem Versuch in Brand geraten, einen vor den Torflügeln aufgeschichteten Holzstapel zu entzünden. Unbekümmert schwangen sie weiter ihre Klingen, selbst dann noch, als sich das Feuer durch ihre Kleidung bis tief ins Fleisch gefressen hatte.

Manche dieser lebenden Fackeln rettete ausgerechnet das kochende Wasser, das die Verteidiger herabschütteten, um den aus Reisig, Ästen und Stroh aufgeschichteten Haufen so zu durchnässen, dass er kein zweites Mal entzündet werden konnte. Schäumend und gischtend schoss es aus den Gusslöchern oberhalb des Rheintores, bis der davorliegende Bereich völlig mit weißem Dampf eingehüllt war.

„Eine Fackel", verlangte Hagen vom Schiffsführer.

Der Glatzkopf sah ihn entsetzt an. „Haltet Ihr das für klug, Herr?", fragte er mit verhaltener Stimme, damit niemand sonst den Widerspruch hörte. „Ich habe extra jedes Licht an Bord verboten, damit wir ungesehen bleiben."

„Bisher war das auch vollkommen richtig", lobte Hagen. „Aber wir müssen unser Nahen ankündigen, damit die Wormser Stadtgarde das Rheintor rechtzeitig für uns öffnet. Sonst werden uns die Draugar zwischen sich zermalmen."

Dankwart und Siegfried, die sich ebenfalls ein Bild von der Lage machten, stimmten dem zu. Der Schiffsführer eilte daraufhin persönlich davon, um das Gewünschte zu holen.

„Durch den Wik werden wir wohl ungeschoren kommen", sagte

Dankwart ohne rechte Überzeugungskraft. „Aber vor den Festungsmauern kann unsere Schar nicht lange bestehen. Dort heißt es, möglichst geschwind zu sein.“

Hagen teilte die Einschätzung seines Onkels.

In der am Ufer gelegenen Siedlung war bereits alles Brennbare geplündert worden. Selbst das Schilfrohr hatten die Draugar von den Reetdächern gerissen, um es vor den Stadttoren aufzuhäufen. Inzwischen irrten nur noch vereinzelte Untote zwischen den Ruinen umher. Um nach Brauchbarem zu suchen, oder weil sie ganz einfach nicht mehr zurückfanden.

Wie gefährlich es werden konnte, wenn die Draugar gezielt vorgingen, war gerade an der Nordmauer zu beobachten. Dort strömten plötzlich, wie auf ein lautloses Kommando hin, Hunderte von Toten an einem vorspringenden Turmrund zusammen und kletterten übereinander weg. Die zwischen Turm und Wehrmauer bestehende Ecke half ihnen dabei, diese lebende Pyramide zu errichten. Mehrere Pfeilhagel und unzählige herabgeschleuderte Steine konnten das Anwachsen der Spitze ebenso wenig verhindern wie die Tatsache, dass die untersten Draugar-Reihen unter dem Gewicht der auf ihnen Lastenden regelrecht zerquetscht wurden.

Das gesamte Manöver ging so schnell vonstatten, dass die Ruhelosen tatsächlich bis an die Zinnen gelangten. Dort wurden sie mit Lanzen, Speeren und Schwertern empfangen, die sie rasch wieder in die Tiefe beförderten, doch bei diesen Rangeleien wurden mehrere Verteidiger an den Armen gepackt und mitgerissen. Laute Schreie erklangen, als es über den steil abfallenden Hang aus Draugar-Rücken hinweg auf den festgestampften und von der Sonne hart gebackenen Boden hinabging.

Wer diesen Sturz überlebte, den biss die unten lauernde Meute sofort tot. Und wer sich neben den übrigen Knochen auch gleich das Genick brach, fiel den gefräßigen Mäulern ebenso zum Opfer.

Fürchterliches Wehklagen übertönte den allgemeinen Schlachtenlärm.

Hilflos dabei zusehen zu müssen, wie die Draugar auf diese Weise ihr Heer auffüllten, konnte einen Lebenden schon ordentlich verdrießen, und die Vorstellung, bald auf ehemalige Nachbarn oder alte Freunde einschlagen zu müssen, einem den Verstand rauben.

Dies alles lähmte die Glieder der Verteidiger, während die Draugar unbekümmert weiter gegen die hohe Wehrmauer anrannten. Das einzig Gute an dieser Attacke war, dass auch viele vor dem Rheintor umherstreifende Horden zur Nordflanke strömten. Damit lichteten sich die Reihen, die den Weg zwischen Wik und Stadt blockierten.

„Der Goldene Ritter muss schon vor Ort sein“, flüsterte Siegfried verärgert. „Zu solchen Manövern ist die Draugarbrut nicht von allein fähig.“

„Vielleicht lernen die Toten im Laufe der Zeit dazu“, mutmaßte Dankwart, der die erste der drei herbeigeschafften Fackeln entgegennahm. „So wie jeder Lebende unwissend zur Welt kommt und erst lernen muss, sich richtig zu behaupten.“

„Nein!“ Diesmal war sich Siegfried seiner Sache vollkommen sicher. „Dieses Pack gibt sich nur seinen Instinkten hin, es sei denn, es erhält einen Ruf, so wie ihn Hagen gehört hat. Mit so einer Beschwörung kann ihnen ein Zauberkundiger aus der Ferne befehlen, nach Worms zu ziehen und dort mit Feuer und Schwert gegen die Mauern anzurennen. Aber so etwas dort …“ Er deutete mit dem pechgetränkten Ende der Fackel auf die immer noch weiter anwachsende Draugar-Pyramide. „… das kann nur jemand lenken, der seine willenlosen Sklaven mit eigenen Augen sieht.“

Siegfrieds durchdringender Blick wanderte bei diesen Worten zu Brunhild, die völlig in sich gekehrt auf ihrem Platz saß, anstatt mit wildem Hexengelächter irgendwelche Rituale zu vollführen. Die stumme Anschuldigung des Nibelungen fiel deshalb bei Hagen auf unfruchtbaren Boden.

Zum Glück versuchte keiner von ihnen, das Thema zu vertiefen.

Dankwart hatte inzwischen Feuerstein und Stahl hervorgeholt. Die glühenden Funken, die er mit ihnen schlug, setzten die mit Lappen umwickelten Holzenden umgehend in Brand. Während sie die auflodernden Fackeln im Bug schwenkten, holte der Schiffsführer das Segel ein. Von nun an kämpften die sanft in die Wellen eintauchenden Riemenblätter allein gegen die Strömung an. Auf diese Weise ließ sich das Boot nahezu lautlos anlegen.

Die dreifache Flamme inmitten der sie umgebenden Dunkelheit blieb auf der Stadtmauer nicht lange unbemerkt. Dass es keine Draugar gab, die ein Schiff lenkten und sich bei ihrer Annäherung freiwillig zu erkennen gaben, war auch dem dümmsten Wachposten klar.

„Da!“ Siegfried deutete auf das von Rundtürmen flankierte Rheintor, obwohl das nicht nötig war. Hagen und Dankwart hatten ebenfalls entdeckt, dass dort zur Antwort drei Fackeln geschwenkt wurden. Rasch löschten sie ihre eigenen im Rhein, damit man drüben wusste, dass sie das Gegensignal entdeckt hatten.

Daraufhin verschwanden auch die Fackeln über den Zinnen.

Die zwischen ihnen und dem rettenden Stadttor befindlichen Draugar hatten nichts von alldem mitbekommen. Ihr Blick war weiterhin fest auf die belagerte Stadt gerichtet. Hagen stellte die Beobachtung der von den Feuern erhellten Bereiche ein und konzentrierte sich stattdessen auf das im Finstern liegende Ufer.

Zunächst fiel es ihm schwer, mehr als ein paar Schatten zu erkennen. Seine leicht geweiteten Pupillen mussten sich erst wieder an die Dunkelheit gewöhnen. Nur langsam traten erste Einzelheiten hervor. Schilfgeflecht rund um die ins Wasser ragenden Stege sowie Masten und Bordwände von Schiffen, die zu groß und zu schwer waren, um sie an Land zu bringen und zu Feuerholz zu zerschlagen.

Die freie Anlegestelle, die als Liegeplatz für die *Sankt Augustin* auserkoren war, näherte sich rasch. Auf einen leisen Befehl hin wurden die Riemen eingezogen. Der Rest lag in der Hand des Steuermanns.

Während der Rumpf leise am Anleger entlangschrammte, sprangen Siegfried, Hagen und Dankwart auf die Planken des Stegs. Während die anderen das Boot vertäuten, lief Hagen geduckt zum Ufer, um ihre Landung zu sichern. Das vor ihm liegende Halbdunkel zeigte keinerlei Veränderungen, aber sein in Hunderten von gefährlichen Situationen erworbener Instinkt warnte ihn, dass er nicht allein war.

Ein leises Knacken zu seiner Linken bestätigte seine schlimmsten Vermutungen. Hagen fuhr herum, jeden Muskel angespannt und zu allem fest entschlossen. Gram fuhr im Halbkreis durch die Luft, während Hagen das vor ihm liegende Röhricht mit Blicken zu durchdringen suchte.

Unter ihm schwappten einige Wellen träge gegen die Pfähle des Stegs.

Ansonsten blieb alles ruhig. Hatte er sich etwa getäuscht oder nur eine umherhuschende Ratte gehört? Aber nein, inmitten des Uferschilfs registrierte er eine Bewegung, die den übrigen sich im Wind wiegenden Halmen zuwiderlief. Als er die entsprechende Stelle fixierte, erkannte er auch die Ursache dafür.

Einen bebenden Schatten, der immer tiefer in sich zusammenschrumpfte und mit dem Erdboden völlig verschmelzen wollte. Ein Draugr konnte das nicht sein. Der griff ohne Rücksicht auf Verluste an, waren die Aussichten auf einen Sieg auch noch so klein.

„Heraus mit dir!“, forderte Hagen mit scharfer Stimme. „Oder ich komme zu dir und schlage dir den Schädel ein.“

Statt einer Antwort erklang ein leises Wimmern.

„Wird's bald?“, setzte der Ritter nach. „Oder ich lasse Gram wie eine Sense durchs Schilf fahren.“

Das Wimmern erstarb.

„Herr Hagen?“ Die Stimme klang beinah so piepsig wie die einer Maus, deshalb hätte er sie fast nicht erkannt. Bis sich der Schatten erhob und die Umrisse einer Kapuzengestalt annahm, bei der es sich eindeutig um Bruder Martin handelte. In Ermangelung seiner alltäglichen Kutte, die Brunhild trug, war er mit einer festlichen Robe gekleidet, die sich durch einen festeren Stoff, ihre weinrote Färbung und aufgenähte Kreuze auf Brust und Rücken auszeichnete.

In seiner Linken hielt der Mönch das Holzkreuz, das ihm wohl Trost und Halt spenden sollte. Mit der Rechten umklammerte er jedoch ein langes Messer, das aus der Küche stammen musste. Noch während Hagen überlegte, ob der Geistliche auf Rache für die gestohlene Kutte sann, entdeckte er, dass das Gesicht unter der Kapuze rot verschmiert war.

Grams Spitze fuhr in die Höhe.

„Keine Sorge“, versicherte der Mönch hastig. „Das ist kein eigenes Blut und auch nicht das eines Draugr.“ Die Erleichterung klang zu ehrlich, als dass Hagen an den Worten gezweifelt hätte.

„Was hat dieser Aufzug zu bedeuten?“, fragte er, während sein Blick an der mit Schlamm besudelten Kutte hinabglitt.

„Auch ein Lamm Gottes muss manchmal mit den Wölfen heulen“, antwortete Bruder Martin orakelhaft. „Zum Glück hat der Herr meine Wege begleitet, als ich mich aus dem Aborterker des Westturmes abgeseilt und durch die feindlichen Linien geschlichen habe. Und nun hat er mich sogar zu Euch und Eurem Schiff geführt, damit wir dem Untergang gemeinsam entgehen können. Wenn das kein Zeichen ist!"

„Ihr seid als falscher Draugr umhergewankt?", fragte Hagen ungläubig. „Und wolltet alle, die Euch vertrauen, schnöde im Stich lassen? Glaubt Ihr ernstlich, dass das im Sinne Eures Heilands ist?"

„Die mir vertrauen?" Bruder Martin spie die drei Worte geradezu aus. „Ihr ahnt ja nicht, was ich erfahren habe, als ich an der Wand hängend gefunden wurde." Die Erinnerung daran, dass Hagen ihn in unwürdiger Haltung zurückgelassen hatte, machte Bruder Martins Stimme noch lauter und bitterer. „Als Kriemhild und Frau Ute mich fanden, weil sie mit Euch sprechen wollten, erfuhr ich etwas, das …"

Seine Stimme versagte, als wäre die Erinnerung zu schrecklich, um sie in Worte zu fassen. In die einsetzende Stille hinein wurden gedämpfte Schritte laut. Die Besatzung der *Sankt Augustin*, die bisher still ausgeharrt hatte, schlich vorsichtig näher, um zu sehen, was die lauten Worte zu bedeuten hatten.

„All die Jahre wurde ich belogen und betrogen", murmelte der Mönch. „Dort, wo ich größte Frömmigkeit vermutet habe, verbarg sich in Wirklichkeit Sünde unfassbaren Ausmaßes."

Der Blick des Geistlichen bohrte sich unversehens tief in Hagens Augen.

„Wenn Ihr erst wisst, was ich erfahren habe, Herr Ritter", kündigte er düster an, „dann wird auch *Eure* Treue zum Hause Burgund ganz schnell verlöschen!"

„Seid ihr beide vollkommen verrückt geworden?" Siegfried war der Erste, der sich aus dem Dunkel des Stegs löste. „Wollt ihr die Draugar im Wik mit aller Gewalt auf uns aufmerksam machen?"

Der Anblick des Nibelungen ließ Bruder Martin vor Wut aufheulen. Statt sich näher zu erklären, verzerrte sich sein Gesicht zu einer Grimasse, und er hob die Hand mit dem Messer.

Tiefe Abscheu lag in seinen Zügen.

„Sohn der Sünde!", fuhr er Siegfried an. „Spottgestalt des Bösen!"

Ehe Hagen überhaupt begriff, wohin der abrupte Stimmungswandel führen konnte, stürzte der Mönch auch schon mit hoch über dem Kopf erhobener Klinge los. Doch so überzeugend seine Predigten auch sein mochten, als Attentäter taugte Bruder Martin nicht viel. Hätte Siegfried sein Schwert in Händen gehalten, wäre es ihm geradezu ein Leichtes gewesen, Bruder Martin aufzuspießen. So aber packte er den auf ihn herabschießenden Arm am Handgelenk und stemmte sich mit aller Kraft gegen den ungestümen Angriff. Zwischen den beiden so ungleichen Männern entbrannte ein verbissenes Ringen.

Was Bruder Martin dabei an Kraft fehlte, machte er durch fromme Leidenschaft wett. Keuchend schlug er mit seinem Kreuz auf seinen Kontrahenten ein. Gleichzeitig brachte er die Hand mit dem Messer immer wieder bedrohlich nahe an Siegfrieds Gesicht heran.

Bis es dem blonden Recken zu dumm wurde.

Mit roher Kraft stemmte er den Geistlichen in die Höhe und warf ihn von sich. Die weinrote Kutte blähte sich, als der Mönch über den Steg hinwegsegelte. In seinem Zorn hatte Siegfried alle Kraft in diesen Wurf gelegt, sodass Bruder Martin gut dreißig Ellen durch die Luft flog, bevor er mit einem lauten Klatschen im Wasser landete.

„Ich hoffe, das wird dein Mütchen kühlen!", rief ihm Siegfried nach.

„Ich kann nicht schwimmen!", prustete der Geistliche.

Der Nibelung machte ein betretenes Gesicht.

Schweigend beobachteten alle, wie sich der Mönch, das Holzkreuz weiter fest umklammernd, mit verzweifeltem Rudern über

Wasser zu halten versuchte. Nur seiner aufgeblähten Kutte war es zu verdanken, dass er nicht sofort wie ein Stein in die Tiefe sank. Darum löste er den Strickgürtel und band den Rock an den Füßen zusammen, damit ihm der Auftrieb erhalten blieb.

Von der Strömung mitgerissen, trieb er immer weiter zur Flussmitte hinaus. Seine Kutte saugte sich langsam mit Wasser voll. Wenn er nicht bald ein rettendes Ufer oder eine Sandbank erreichte, würde es um ihn geschehen sein.

„Sollten wir ihm nicht mit einem Boot folgen?", fragte Siegfried, während die im Mondlicht umherpaddelnde Gestalt immer kleiner wurde.

Ein mehrstimmiges Knurren entband die anderen von einer Antwort.

Der Wind hatte gedreht. Neben dem penetranten Gestank verbrannter Leichen trug er die Stimmen einiger Draugar heran, die den Tumult am Steg bemerkt hatten.

„Er hat dich ohne Vorwarnung angegriffen", sagte Hagen mit einem Schulterzucken. „Willst du wirklich das Leben all dieser guten Männer riskieren, nur um dir vielleicht eine Natter zurück an die Brust zu holen?"

„In Doppelreihe am Ufer antreten!", befahl Dankwart daraufhin. „Beeilung!"

Damit handelte er so, wie es sich für einen Marschall geziemte. Der Befehl des Königs, Prinzessin Brunhild wohlbehalten an den Hof von Burgund zu bringen, hatte für einen treuen Ritter wie ihn vor allem anderen Vorrang. Auf festem Boden angelangt, bildeten die Schildträger einen festen Wall um Brunhild, den Schiffsführer und den Steuermann. Hagen hatte den Schild eines verletzten Gardisten übernommen, der ebenfalls den Schutz des inneren Kreises genoss.

Erst jetzt fiel ihnen auf, dass sie Reinhold verloren hatten. Ein

Blick über die Schulter zeigte, dass sich der Fischer zu seinem eigenen Boot geschlichen und damit abgesetzt hatte. Ob er damit nur seine eigene Haut oder auch die des Mönchs retten wollte, war nicht zu erkennen. Sie hatten auch keine Zeit, ihm lange nachzublicken, denn zwischen den Häusern der Rheinschiffer schoben sich die ersten Gestalten hervor.

„Vorwärts!“, befahl Dankwart, der die Führung übernommen hatte. „Jetzt heißt es schneller zu sein als der Feind.“

Im flotten Marschschritt stürmten sie vor, wobei sie die heranwankenden Draugar mit Schild und Lanze zur Seite drängten und hinter sich ließen. Die am Berg flackernden Feuer, deren Licht die Dunkelheit der Nacht zerriss, wiesen ihnen den Weg.

Einige Steine flogen gegen die Schilde, zwei besonders tollkühne Wiedergänger warfen sich mit ihrem ganzen Körper gegen die rechte Reihe, doch beide prallten hart von ihr ab und blieben im Dreck liegen.

Sobald sie die Deckung der Häuser verließen, drehten sich die ersten Draugar aus dem Belagerungsring um. Der leicht ansteigende Pfad vom Wik zum Rheintor war normalerweise ein Katzensprung, doch diesmal konnten es die letzten Schritte ihres Lebens sein.

Hagens Beine waren plötzlich schwer wie Blei.

An der Nordflanke tobte immer noch die Schlacht um den Leichenberg. Auf der Stadtmauer schlugen zahlreiche Draugar, die den schweren Aufstieg bewältigt hatten, auf die verbissen standhaltenden Verteidiger ein. Trotzdem sahen sich Hagen und die Seinen gut einhundert Gestalten gegenüber, die langsam begriffen, dass Ritter und Gardisten einen Durchbruch planten.

„Da sind sie!“, erklang es auf den Zinnen des Rheintors. „Ich erkenne den Raben der Tronjer und das xantische Wappen!“

Wie sehr doch ein paar einfache Worte beflügeln konnten. Von frischem Mut durchströmt, fing ihr Häuflein an zu laufen.

Die Draugar liefen daraufhin umso eiliger zusammen. Hagen sah eine junge Frau mit rotem Haar, die trotz ihres gebrochenen Halses etwas Verruchtes ausstrahlte. Vermutlich, weil ihre Hüfte nur ein paar grüne Seidenfetzen schmückten. Dem Geschmeide an ihrem Hals nach zu urteilen, war sie keine einfache Magd oder Bäuerin, aber der Fluch des Drachenblutes machte alle Draugar gleich.

Hagen erlöste sie von ihrer widernatürlichen Existenz, wie er es für jeden anderen auch getan hätte.

Den Schild fest an den Körper gepresst, rannte Dankwart voran. Mit seiner hünenhaften Kraft drängte er jeden zur Seite, der sich ihnen in den Weg stellte. Siegfried und Hagen, die ihn flankierten, sorgten mit schnellen Schwerthieben dafür, dass niemand dem Marschall in die Seite fallen konnte.

Wie eine lebende Speerspitze bohrten sie sich in die feindlichen Reihen und öffneten den Weg für die folgende Doppelreihe. Das Rheintor rückte immer näher, doch mit jedem Schritt, den sie vorankamen, wuchs auch der Widerstand.

Hagen wehrte mehrere Stiche und Hiebe ab, während Gram eine reiche Ernte unter den Draugar einbrachte, doch die zu Boden gehenden Feinde blockierten den Weg, sodass sie über sie hinwegsteigen mussten. Und so passierte genau das, was niemals hätte geschehen dürfen. Ihr Vormarsch geriet ins Stocken – und kam schließlich ganz zum Stehen. In Windeseile waren sie von allen Seiten eingeschlossen. Plötzlich ging es weder vor noch zurück, und für jeden Draugr, den sie zu Fall brachten, sprangen zwei neue hervor.

Hinter ihm schrien Gardisten auf, denen die Lanzen aus den Händen gedreht oder gerissen wurden. Dankwart, Siegfried und Hagen verhinderten mit ihrer überlegenen Manneskraft, dass sie selbst ihre Schilde verloren, doch einige ihrer Männer hatten weniger Glück. Einer von ihnen, an dem die Draugar so lange zerrten, bis er nach vorn stolperte, verschwand zwischen ihren Leibern und ward nie wieder gesehen. Andere steckten Hiebe und Stiche ein – oder wurden gebissen.

Aus!, dachte Hagen. *Aus dieser Falle kommen wir nie mehr heraus!*

Ein Brausen erfüllte die Luft. Zunächst nahm er an, dass es von den Toren Utgards stammte, die sich für sie öffneten. Doch statt ewiger Dunkelheit erwartete sie eine Welt des Feuers. Links und rechts von ihnen stiegen plötzlich hohe Flammenwände empor.

Funken stoben durch die Luft, glühende Hitze schlug ihnen ins Gesicht.

Oh, verdammt! Hatte Bruder Martin womöglich doch recht gehabt mit seinem Gerede von der Hölle? Hagen spürte, wie ihm der Schweiß auf die Stirn trat und sofort wieder trocknete. Erst als ihm das Kampfgeschrei weiterer Gardisten entgegenschallte, begriff er, dass sie Verstärkung erhielten.

Das von den Wachtürmen beidseits des Rheintors vergossene Pech fraß zwei brennende Schneisen in die Linien der Draugar, die lodernd und um sich schlagend zurückstolperten und zu Boden gingen. Hagen und die anderen wurden beinahe selbst geröstet. Dafür waren die Flammenwände aber auch so breit, dass kein Draugr sie unversehrt durchqueren konnte.

Im Schutz des prasselnden Infernos wurden die Tore aufgestoßen und ein Ausfall gewagt. Mit brachialer Gewalt schlug der Entsatz die im Weg stehenden Draugar zur Seite, köpfte sie oder schleuderte sie einfach ins prasselnde Feuer. Beißender Rauch breitete sich aus. Hagen spürte Atemnot. Seine Lungen schmerzten, als söge er heiße Asche ein. Außerdem tränten ihm die Augen vor Hitze.

Zum Glück brauchte er gar nichts weiter zu tun. Ein Hüne von Mann, bei dem es sich ausgerechnet um Wolfram handelte, packte ihn am Arm und zog ihn mit sich.

Den anderen aus ihrer Schar erging es ebenso. Ehe sich die Draugar neu formieren konnten, lag das Tor schon hinter ihnen.

Hustend stolperten sie tiefer in die Stadt hinein. Hinter ihnen krachten die Torflügel zusammen. Während der Tränenschleier langsam aus Hagens Augen wich, legten fleißige Hände den schweren Querbalken vor und ließen das Fallgitter herab. Das erste Gesicht, das er erkannte, als er wieder sehen konnte, war das von König Gunther, der ihn wütend anstierte.

„Hagen von Tronje!", grollte der Monarch erbost. „Für deine Eigenmächtigkeit sollte ich dich gleich wieder von den Zinnen werfen lassen."

Diese Drohung war nicht allzu ernst gemeint, aber Gunther hatte sein Gesicht zu wahren. Hagen wollte sich gerade gebührend zerknirscht geben, als er einen angenehm weichen Körper an seiner Seite spürte.

Brunhild.

„Wie könnt Ihr diesen wackeren Helden nur so beschimpfen?", rief sie so laut, dass es Hagen in den Ohren schmerzte. „Ohne ihn würde ich mich immer noch in der Gewalt des Goldenen Ritters befinden."

Es war schon erstaunlich, dass ausgerechnet Gunthers Braut für ihn in die Bresche sprang, während Kriemhild und Ute zu Siegfried liefen, um sich besorgt nach seinem Befinden zu erkundigen. Selbst Giselher befremdete dieses Verhalten.

Gunther hatte dagegen nur Augen für seine Zukünftige. Trotz des schlichten Mönchsrocks, den sie trug, leuchteten seine Augen erfreut. Mit solcher Pracht in seinem Bett hatte er offensichtlich nicht gerechnet.

„Wohl getan!", lobte er Hagen ob seiner eigenmächtigen Taten und beachtete dabei nicht einmal die Herolde, die ihm den Sieg an der Nordmauer verkündeten – und dass sich die Draugar auf breiter Front zurückzögen.

„Die Brunhild, die ich einst kannte, hatte rotes Haar“, rief Ute in die allgemeine Überlebensfreude hinein. Da sie immer noch neben Siegfried stand, brauchte Hagen nicht lange zu grübeln, wessen Einflüsterungen sie wohl folgte.

„Wenn sie die Prinzessin von Xanten ist, wird es Gernot bestätigen“, antwortete er müde, bevor er sich aus Brunhilds Griff befreite und sie zu Gunther führte.

„Nur, wenn Gernot die Nacht überlebt“, antwortete Ute, als er wieder in ihre Richtung sah. „Es steht schlecht um ihn.“

Hagen zuckte mit den Schultern. Was sollte er auch sonst groß tun?

Gram weiterhin fest im Griff, eilte er Dankwart zu Hilfe, der die traurige Pflicht hatte, zwei ihrer Männer zu töten, die von Draugar gebissen worden waren.

Gemeinsam machten sie sich ans Werk.

20. Kapitel

Hagen wusste nicht, wie lange er geschlafen hatte, doch als er eine Hand an seiner Schulter spürte, war er sofort hellwach. Dankwart stand vor ihm, ein mildes Lächeln auf den Lippen.

„Gernot ist wach“, sagte er.

Hagen bedankte sich mit einem Nicken und streckte sich in der engen Nische, in der er sich niedergelassen hatte. Der Schlaf auf der eingelassenen Steinbank hatte ihn nur wenig erfrischt, war aber besser als gar nichts. Verdrossen wischte er einen Speichelfaden fort, der an seinem Mundwinkel klebte, und folgte seinem Onkel, der schon vorausgeeilt war.

Vor Gernots Schlafkammer hatte sich bereits die übrige königliche Familie versammelt, außerdem Siegfried und Brunhild, die sich keines Blickes würdigten. Gunthers Braut hatte inzwischen gebadet und trug ein blaues Gewand aus Utes Truhen, das ihre Formen zusätzlich betonte, weil es eine Spur zu eng war.

Um ihre Taille war der Runengürtel geschlungen.

„Hagen!“ Sie strahlte, als sie ihn sah. Wäre nicht die zerfressene Stelle in seinem Gesicht gewesen, König Gunther hätte bei dem Klang ihrer Stimme eifersüchtig werden müssen.

Hagens Mund war plötzlich ganz trocken. Seine Zunge kam ihm vor wie ein fremder Splitter. Nur mühsam widerstand er der Versuchung, sie durch die Lücke in seinen Zähnen und das dahinterliegende Loch in der Wange zu schieben.

Gunther, der endlich Gewissheit haben wollte, ob er das Prachtweib in ihrer Mitte ehelichen durfte, öffnete die Kammertür und trat als Erster ein. Drinnen saß eine hagere Dienerin am Krankenbett. Beim Anblick des hohen Besuchs stand sie sofort auf und zog sich in eine Ecke zurück. Ute nahm von ihr eine silberne Wasserschüssel mit einem Lappen entgegen und setzte sich selbst ans Bett, um ihrem Sohn ein paar dicke Schweißperlen von der Stirn zu tupfen.

Gernot litt weiterhin unter hohem Fieber, bewegte aber den Kopf, um alle Besucher sehen zu können. Bei Brunhilds Anblick weiteten sich seine Augen.

Hagen spürte ein kaltes Prickeln in der Leistengegend, als er zudem noch bemerkte, dass Brunhild mit ihrer linken Daumenkuppe über den Runengürtel rieb. Verdammt! Falls sich jetzt herausstellte, dass sie doch eine Betrügerin war, verlor sein Wort bei Hofe jegliche Geltung.

„Brunhild." Es war mehr ein Krächzen als ein Wort, das Gernot hervorbrachte. Trotzdem hatten ihn alle verstanden. „Ich hoffe, der Unhold, der Euch entführt hat, hat seine gerechte Strafe …"

Er brach ab, weil ihm das Sprechen zu schwerfiel. Aber das machte nichts, alles Nötige war schon gesagt.

Hagen und Gunther atmeten erleichtert auf, während Siegfried seine Enttäuschung zu verbergen suchte. Dankwart und Giselher nahmen die Entscheidung mit gespielter Gelassenheit zur Kenntnis, die ihre wahren Gefühle verschleierte.

„Ich nehme Euch nichts übel, unbekannter Ritter von Xanten", wandte sich Brunhild triumphierend an Siegfried. „Ihr hattet bestimmt nur das Beste für Euren König im Sinn."

„Danke für Euer Verständnis." Dem Draugr-Schlächter fielen diese vier Worte sichtlich schwer. Vermutlich schwerer als jemals etwas zuvor in seinem Leben.

„Geht nun bitte alle", wandte sich Ute an die versammelte Schar, ohne von ihrem kranken Sohn aufzusehen. „Gernot braucht seine Ruhe."

Sie selbst blieb noch zurück, um dem Fiebernden die Stirn zu kühlen. Vor der Kammer trennten sich die Wege der anderen. Auch wenn die Draugar gerade ihre Kräfte schonten, gab es noch sehr viel zu tun, um sich gegen die nächste Angriffswelle zu wappnen. Hagen durchmaß gerade einen leeren Kreuzgang, als er hinter sich schnelle Schritte hörte. Zu seiner Überraschung war es Kriemhild, die ihm folgte. *Seine* Kriemhild, die ihn in den letzten Tagen so gemieden und sich lieber heimlich mit dem Nibelungenprinzen getroffen hatte.

„Hagen, so bleib doch stehen!" Ihre Wangen glühten vor Aufregung. „Wir müssen unbedingt miteinander reden."

Hätte er doch nur den Helm getragen, dann hätte sie nicht auf seine rechte Gesichtshälfte starren müssen, um die linke zu übersehen.

„Das ist nicht nötig", beschied er ihr kühl und drehte sich dabei so, dass ihr Blick direkt in seine zerstörte Mundhöhle fiel. „Ich entbinde dich von allen Versprechen und gebe dich für jeden Mann deines Herzens frei. Selbst für diesen Zwergenprinzen."

Seine Worte verletzten sie mehr, als er zu hoffen gewagt hatte. Gleichzeitig schien sie völlig verwirrt zu sein. „Aber … aber …", stammelte sie verstört.

Er wartete nicht ab, bis sie sich weit genug gefangen hatte, um den Satz zu beenden, sondern stürmte durch die nächste Tür davon. Seine überstürzte Flucht trieb ihn unnötig im Kreis, doch er wagte es nicht, in den Kreuzgang zurückzukehren, aus Furcht, er könnte Kriemhild noch immer dort antreffen. Aufgewühlt, wie er war, hätte er in diesem Moment weder ihren Hass noch ihre Tränen ertragen können.

Als er endlich den nahe der Burg gelegenen Söller auf der südlichen Stadtmauer erreichte, von dem aus er die Gegend in Augenschein nehmen wollte, war ihm Siegfried leider schon zuvorgekommen. Ein langes Seil über die Schulter geworfen, stand er an den Zinnen und starrte ins Land hinaus. Wenn er sich ebenso wie Bruder Martin aus dem Staub machen wollte, hatte er sich einen denkbar schlechten Zeitpunkt ausgesucht. Bei Tageslicht würden die Draugar sofort auf ihn aufmerksam werden und ihn umzingeln. Und gegen Hunderte oder gar Tausende von ihnen vermochte auch kein in Drachenfeuer geschmiedetes Eisen zu bestehen.

Obwohl er eine Begegnung mit Siegfried scheute, ging Hagen, ohne innezuhalten, weiter. Jetzt zurückzuweichen, wäre ihm sonst womöglich als Schwäche ausgelegt worden.

„Gut, dass du es bist", sagte der Nibelung über die Schulter. „Zwischen uns gibt es einiges zu klären."

Hagen legte sofort die Rechte auf den Drachenkopfknauf. „Wie und wo immer du willst", bot er grimmig an.

Siegfried schüttelte nur traurig den Kopf.

„Ich will nicht mit dir kämpfen", erklärte er, während Hagen neben ihn trat. „Ich will mit dir reden! Das Dumme daran ist leider nur, dass ich das, was ich dir wirklich sagen müsste, nicht laut aussprechen darf."

In Hagen stieg so bitter die Galle auf, dass er am liebsten auf den Boden gespuckt hätte. „Das habe ich in den letzten Tagen schon häufiger gehört."

Siegfried krallte seine Finger in die Zinnen. „Verdammte Nibelungentreue!", rief er gequält. „Soll sie uns denn wirklich alle ins Unglück stürzen?"

Hagen wusste mit diesem Ausspruch nichts anzufangen, wartete aber vergeblich auf eine Erklärung. Statt sich ihm zuzuwenden, starrte Siegfried erneut nach Süden. Plötzlich ging ein Ruck durch seine schlanke Gestalt.

„Endlich“, rief er erfreut und wies in die von den Draugar verwüstete Landschaft. „Da naht der Einzige, der mich von meinem Schwur entbinden kann.“

Hagen begann ernsthaft am Verstand des blonden Recken zu zweifeln, denn dort, wo der andere einen Erlöser nahen sah, lagerten in kleineren und größeren Gruppen verstreute Draugar, die aus irgendeinem Grund die Lust am Angriff verloren hatten.

Sie hockten einfach nur da, stierten stumpf vor sich hin und kümmerten sich nicht weiter umeinander. Alles Lebende zu vertreiben oder zu einem der Ihren zu machen, war das einzige Ziel ihrer Existenz. Wurde ihnen das genommen, gab es für sie nichts zu tun.

Graue Rauchschwaden zogen über das freie Feld. Es schwelte und brannte noch an verschiedenen Stellen, doch keiner der Belagerer fühlte sich bemüßigt, die Feuer zu löschen.

Wozu auch? Ihnen brannte kein Qualm in den Augen oder in der Lunge, sie rochen nicht den Gestank von Aas und verkohltem Fleisch, der die Luft verpestete. Sie konnten nicht einmal sterben, wenn sie in eine Feuersbrunst gerieten.

Sie waren ja schon tot.

Hagen wollte gerade in eine andere Richtung sehen, als er plötzlich eine Bewegung in den grauen Schwaden zu erkennen glaubte. Eine schimmernde Erscheinung, die entfernt an die Gestalt eines Menschen erinnerte und sich sofort wieder auflöste. Nur wenige Schritte entfernt verwirbelte der Rauch erneut. Diesmal schien er die Umrisse eines schnell ausschreitenden Mannes nachzuzeichnen, der einen Kapuzenmantel trug.

„Alberich!“, entfuhr es Hagen beim Anblick des grauen Schemens.

Siegfried nickte.

Erst jetzt fiel Hagen auf, dass auch ein paar Draugar immer wieder witternd die Nase hoben, aber nach einer Weile, wenn sie nichts entdecken konnten, wieder in ihre Apathie zurückfielen. Der mit seinem Tarnmantel angetane Alberich umging die größten Ansammlungen und kam der Stadt auf verschlungenen Wegen immer näher.

Hagen sah ihn erst wieder, als der Zwerg an einem Pritschenwagen vorbeiging, auf dem mehrere zerrissene Getreidesäcke lagen. Rings um das Gespann waren Hafer und Dinkel verstreut. An einer solchen Stelle bildete sich ein deutlicher Sohlenabdruck und blieb bestehen.

Da wusste Hagen, dass Alberich dort entlanggegangen war.

Siegfried hatte das Gleiche beobachtet. Rasch nahm er das Seil von der Schulter, schlang ein Ende davon um eine Zinne und knotete es fest, bevor er das übrige Seil in die Tiefe warf.

„Woher wusstest du, dass dein Vater kommt?“, wollte Hagen wissen.

„Magie“, antwortete Siegfried kurz angebunden. „Alberich versteht genügend davon, um mit mir über große Entfernungen zu sprechen. Dann erklingt seine Stimme in meinen Kopf!“

„So wie der Ruf des Goldenen Ritters, den ich gehört habe?“

„Wahrscheinlich. Aber bei Alberich ist es eher ein Flüstern.“

Das um die Zinne geschlungene Seil zog sich stramm. Als sie über die Mauer hinwegsahen, entdeckten sie allerdings niemanden. Trotzdem war deutlich zu erkennen, dass das Seil bis kurz vor dem Erdboden belastet wurde und darunter wild umhertanzte.

Alberich.

Er kletterte zu ihnen empor.

Vereint zogen sie das Seil ein, um seinen Aufstieg zu beschleunigen. Falls sich eine Wache auf den umliegenden Türmen über ihr Tun wunderte, ließen sie es sich nicht anmerken. Aber wer wollte auch schon mit zwei Rittern von so hohem Stand in Streit geraten?

Kurz darauf stand Alberich keuchend vor ihnen.

„Das ist nichts mehr für meine alten Knochen", schimpfte er, während er die Kapuze abwarf, um sichtbar zu werden. „Habt Dank für eure Hilfe."

Über Hagens Verletzung verlor er kein Wort und zeigte auch weder durch Blicke noch Gesten irgendwelche Überraschung. Anscheinend hatte er schon davon gehört, und wie es dazu gekommen war.

„Was hast du über den Goldenen Ritter erfahren, Vater?", drängte Siegfried. „Sprich ganz offen. Hagen misstraut uns ohnehin mehr, als es gut für Verbündete ist."

Alberichs Haltung versteifte sich.

„Hagen weiß, dass du mein Sohn bist?" Sieh an. Über alles schienen Vater und Sohn nicht zu reden, wenn sie miteinander wisperten. „Warum? Und weiß er es ganz allein oder auch …" Die Stimme des Zwergs geriet ins Schwanken.

„Alle wissen es!", rief Siegfried aufgebracht. „Alle! Hörst du? Ich musste nie schwören, auch *das* geheim zu halten."

Ein trockenes Schlucken war zu hören. Hagen hatte Alberich noch nie zuvor so verunsichert gesehen, aber bei all ihren bisherigen Begegnungen hatte es auch nie einen Sohn an dessen Seite gegeben, der ihn gut um anderthalb Köpfe überragte.

„Weder Nymphen noch Waldschrate wissen etwas Genaues", nahm Alberich die ursprüngliche Frage seines Sohnes auf. „Doch überall dort, wo Magie wirkt wird, munkeln alle davon, dass die Asen den Goldenen Ritter nach Midgard entsandt haben."

„Die Asen?", fragte Hagen. „Die sind doch bei Ragnarök gefallen."

„Nicht alle“, antwortete Alberich. „Wie es scheint, sitzt jetzt Donar auf Wodans Thron, und es gefällt ihm nicht, dass seine Macht in Midgard derart geschrumpft ist. Mittlerweile glauben so wenige Menschen an seine Existenz, dass er sich nicht einmal mehr körperlich in dieser Welt manifestieren kann.“

„Manifes…“, wiederholte Hagen verwirrt.

„Die Regenbogenbrücke, die die sieben Welten miteinander zu verbinden mag, ist für seine gewichtige Gestalt zu brüchig geworden“, erklärte Alberich.

„Ach so.“ Das leuchtete Hagen ein.

„Und indem sie Burgund verwüsten, festigen die Asen ihre alte Macht?“, fragte Siegfried. „Das verstehe ich nicht.“

„Ist es wegen des Baus der steinernen Kapelle?“, wollte Hagen wissen. „Weil sie den neuen Glauben in Burgund festigen soll?“

Alberich nickte.

„Verdammt! Dann hat der Kaplan doch recht gehabt.“

Den Nibelungenkönig bewegte etwas ganz anderes. „Die elenden Hunde aus Asgard haben meinen Bruder erschlagen und unseren größten Schatz geraubt. Dafür müssen sie büßen. Wenn ich nur wüsste, wie wir den Goldenen Ritter aufspüren können. Ich habe alles versucht, um seiner habhaft zu werden, doch immer, wenn ich dachte, ich hätte seine magische Witterung aufgenommen, war er wieder wie vom Erdboden verschwunden.“

„Vielleicht weiß dieses Weib etwas, das sich als Brunhild von Xanten ausgibt“, schlug Siegfried vor.

„Die Prinzessin?“, fuhr Hagen wütend auf. Er konnte es nicht ertragen, dass die liebreizende Dame schon wieder verleumdet wurde. „Gernot hat bestätigt, dass sie die echte Brunhild ist.“

„Mag sein“, gab Siegfried zu. „Trotzdem stimmt etwas nicht mit ihr. Sie trägt einen Ring von großer Macht am Finger, Vater. Das konnte ich mit deinem Teil des Erbes deutlich spüren. Außerdem trägt sie einen Gürtel, der große Bedeutung für sie zu haben scheint."

Nur gut, dass der Wichtigtuer nicht die eingewebten Runen gesehen hat, dachte Hagen verärgert. *Sonst würde er das auch noch gegen sie verwenden.*

„Ein Ring?", fragte Alberich. „Wie sah der aus?"

Als er von den übereinanderzüngelnden Flammen hörte, gruben sich die Falten noch tiefer in seine lederartige Haut. „Wenn das nur kein Walkürenring ist", murmelte er wie zu sich selbst. „Das wäre furchtbar!" Und dann fügte er nach einem Moment der Überlegung an Siegfried und Hagen gewandt hinzu: „Kommt, dieses Weib sehen wir uns genauer an."

Hagen trat einen großen Schritt zurück, um sich den beiden in den Weg zu stellen. Dabei legte er die Rechte auf den Schwertgriff.

„Auf keinen Fall", tat er kund. „Ich dulde nicht, dass der königlichen Braut ein Leid angetan wird."

„Bist du toll?" Alberich hielt verblüfft inne. „Hast du nicht gehört, was ich gerade gesagt habe?"

„Und wenn schon!" Hagen schnaufte verächtlich. „Wer garantiert mir denn, dass das nicht alles eine Finte ist, um euch selbst auf Burgunds Thron zu setzen? Kriemhild hat deinen Sohn ja schon betört. Jetzt wollt ihr wohl auch noch die Hochzeit von Gunther verhindern?"

„Von uns ist nur einer betört", schnaufte Siegfried verächtlich. „Und zwar du von Brunhild."

Alberichs Blick wanderte von Siegfried zu Hagen und wieder zurück. „Kriemhild und Siegfried?", fragte er dabei. „Ein Liebespaar?"

„Ist das, was ich sehe, überhaupt deine wahre Gestalt?", fuhr indessen Hagen den Rivalen an. „Oder siehst du unter all dem

Blendwerk doch wie dein Vater aus?" Er wusste, dass er damit die Vorwürfe von Bruder Martin wiederholte, aber das war ihm egal. „Dass ihr euch auf Magie versteht, habt ihr ja selbst zugegeben."

„Siegfried soll Kriemhild bezirzen?" Alberich konnte immer noch nicht fassen, was ihm der Graf von Tronje an den Kopf geschleudert hatte. „Weißt du eigentlich, was du da sagst?"

„Nein, das weiß er nicht!" Siegfried schrie so laut, dass einige der vor den Mauern hockenden Draugar unruhig wurden. „Wie sollte er auch, wenn doch niemand offen reden darf, weil jeder zweite durch einen verdammten Ehrenschwur gebunden ist? Selbst sein eigener Onkel wagt nicht zu sprechen, aus Angst, dir gegenüber wortbrüchig zu werden."

Alberich gefielen die Worte seines Sohnes nicht.

Ganz und gar nicht.

„Es gibt gute Gründe dafür, zu schweigen." Der Nibelungenkönig keuchte fast bei diesen Worten.

„Aber das Misstrauen, das dadurch entsteht, ist unser schlimmster Feind in diesen Mauern." Siegfried schüttelte den Kopf. „Schlimmer noch als ein Verräter, der mit dem Goldenen Ritter gemeinsame Sache macht."

„Euer Gerede bereitet mir Kopfschmerzen", stellte Hagen fest, als er zu Wort kam. „Und denen da unten auch."

Tatsächlich waren vor den Mauern weitere Draugar aus ihrer Lethargie erwacht und sahen zu ihnen herauf. Vielleicht war es der Streit, der sie von Neuem antrieb, vielleicht hatte sie aber auch ein Ruf des Goldenen erreicht.

„Die Zeit drängt, fürwahr." Alberich knetete nervös an seinem Kinn herum. „Und wir müssen in diesem Kampf wie Brüder Seite an Seite stehen. Aber ein Nibelung, der seinem Worte untreu wird? Das darf nicht sein!"

„Soll diese verdammte Nibelungentreue wirklich alles ins Verderben stürzen?“ Siegfried gab einen Laut von sich, als müsste er gleich speien. „Wenn du nicht redest, mach ich es eben!“

„Nein!“, sprach Alberich ein donnerndes Machtwort. „Ich habe eine bessere Idee.“ Dabei nahm er seinen Tarnmantel ab und reichte ihn Hagen. „Hier, leg das an und folge mir, dann erfährst du alles, ohne dass jemand von uns seinen Schwur brechen muss.“

„Dir folgen?“, fragte Hagen misstrauisch. „Wohin?“

Der Zwerg sah ihm fest in die Augen. „Zur Burg. In die Gemächer der Königsmutter.“

21. Kapitel

In Brunhilds Gemächern

Endlich allein! Zum ersten Mal, seit sie Worms betreten hatte! Skadi atmete erleichtert auf. Nur gut, dass Fafnirs Gift schon so kräftig in Gernots Adern pulsierte, dass er ihren Befehlen gehorchen musste. So war es nicht schwer gewesen, alle gegen sie bestehenden Verdächtigungen zu zerstreuen.

Beinahe liebevoll strich die Walküre über den Runengürtel, der ihr die Macht über die Draugar verlieh. Schon allein die kurze Berührung stellte die Verbindung zu unzähligen primitiven Geistern her, die nur darauf warteten, einen Ruf zu erhalten. So wie in der zurückliegenden Nacht, als sie den Angriff an der Nordmauer befohlen hatte, um den Durchbruch am Rheintor zu erleichtern. Schließlich war es Skadis Plan gewesen, mit den Burgunder Recken nach Worms zu gelangen. Nur hier konnte sie den Untergang des Königsgeschlechts einleiten, das sich erdreistet hatte, einen neuen Glauben auf der rechten Rheinseite zu verbreiten.

Gernot befand sich schon in Skadis Klauen, aber auch für Gunther und Giselher durfte es keine Flucht geben. Dafür wollte sie sorgen, bevor die Ruhelosen die Zinnen stürmten. Zunächst musste sie allerdings mit ihrem Gebieter sprechen.

Rasch legte sie ihr blaues Gewand ab und warf es achtlos aufs Bett. Menschliche Kleidung war für die Walküre so ungewohnt, dass sie nur bei ihrer Anrufung gestört hätte. Nur noch mit ihrem goldenen Ring angetan, stand Skadi da, aber auch die Nacktheit war kein natürlicher Zustand für sie. Darum berührte sie den Ring mit ihrer freien Hand und wisperte eine geheime Formel, die für menschliche Zungen unaussprechlich gewesen wäre.

Sofort stieg ein goldenes Flirren von dem Ring auf und umschmeichelte ihren nackten Leib an Brust und Rücken, bis hinab zu den Oberschenkeln. In einer Zeit, die weniger als zwei Lidschläge währte, bildete sich ein durchscheinendes Goldgespinst, das ihre Blößen im gleichem Maße betonte wie verhüllte und ihr eine überirdisch anmutende Schönheit verlieh. So wie es sich für eine Muse des Krieges gehörte, die den Männern einreden sollte, sie kämen nach Walhalla, wenn sie in die Schlacht zögen und mit dem Schwert in der Hand fielen.

Als sie sich endlich wieder wie eine Walküre fühlte, kniete Skadi vor dem Bett nieder, nahm den Runengürtel in beide Hände und presste ihn fest gegen die Stirn. „Donar, mein Gebieter!“, wisperte sie in der Sprache der Asen. „Erhöre mein Flehen!“

Sie musste die Anrufung mehrmals wiederholen, bis sie endlich das anschwellende Rauschen hörte, das Donars Erscheinen ankündigte. Ein eisiger Hauch fuhr durch die Kammer, trotzdem begann die Luft vor Skadi zu flirren wie an einem heißen Sommertag.

Rasch gerieten die Schlieren in Bewegung und bildeten die Konturen eines bärtigen Gesichts nach. Donars Antlitz zeichnete sich deutlich ab, obwohl es sich seltsam wellte. Es wirkte ein bisschen, als würde sie in einen Brunnen starren und dort – statt ihres eigenen Spiegelbildes – ein fremdes Gesicht erblicken.

Der mächtige Ase, der immer noch über die Elemente zu gebieten vermochte, sah unzufrieden aus. „Ich spüre die Anwesenheit von zwei Drachenschwertern“, klagte er. „Wolltest du durch deine vorgetäuschte Entführung nicht mindestens eins von ihnen an dich bringen?“

Skadi erinnerte sich nicht gern an ihren gescheiterten Plan. „Fast wäre es geglückt“, erklärte sie trotzig. „Siegfried saß schon in der Falle, ich musste nur noch meine Rüstung beschwören, um ihn niederzumachen. Aber der verdammte Hagen ist seinem Rivalen gefolgt, so hatte ich es plötzlich mit zwei Drachenschwertträgern zu tun. Dieses Risiko wollte ich nicht eingehen. Ihr wisst selbst, dass Balmung und Gram zusammen in der Lage sind, mich zu überwinden.“

„Du hättest klüger vorgehen sollen“, tadelte Donar.

„Hättet Ihr diesen elenden Hagen nicht in seiner Reise behindern können?“, entfuhr es ihr. „Ihm einen schärferen Wind ins Gesicht blasen lassen? Dann wäre alles nach Plan verlaufen, und ich hätte die beiden nacheinander besiegen können.“

„Woher hätten wir in Walhalla wissen sollen, dass Hagen den Fluss hinabsegelt?“, gab Donar zurück. „Du musst schon um meine Blitze schleudernde Macht bitten, wenn ich sie dir gewähren soll. Auch wenn wir es die Menschen glauben lassen, wir sind keine allwissenden Götter. Wir leben in einer der sieben Welten, so wie sie, auch wenn wir mächtiger und von besserem Geblüt sind. Doch ohne ihren Glauben an unsere Göttlichkeit ist uns der körperliche Weg nach Midgard verschlossen. Bifröst ist brüchig geworden. Im Moment ist die Brücke gerade stabil genug, um eine unserer Walküren zu tragen: Dich!“

„Sei es, wie es sei, das Schicksal der Burgunder ist besiegelt“, versprach die Walküre. „Sie glauben jetzt, dass ich die Prinzessin von Xanten bin. Zuerst führe ich ihre Könige ins Verderben, danach das ganze Volk. Das wird die Länder beiderseits des Rheins lehren, die Asen zu fürchten und zu verehren.“

Donar hatte an solchen Floskeln kein Interesse, er verfluchtigte sich bereits wieder. „Geh so vor, wie du es für richtig hältst“, sagte er zum Abschied. „Aber eile dich! Ich spüre, dass ein drittes Drachenschwert naht. Nothung wird es sein, König Alberichs Klinge. Dann ist der Nibelungenkönig auch nicht fern.“

Die Worte hallten noch klar und deutlich durch den Raum, doch das Gesicht des Asen hatte sich bereits aufgelöst.

„Alberich?“, fauchte die Walküre erbost. „Diese verdammten Nibelungen werden immer lästiger! Aber das war wohl zu erwarten, nachdem wir ihren wertvollsten Schatz geraubt haben.“

Geschwind sprang Skadi auf die Füße und strich mit ihren Fingern über den Ring. Sofort verlängerte sich der Saum ihres Kleides bis zu den Fußknöcheln und färbte sich blau. Es war kein perfektes Ebenbild des Kleides, das auf dem Bett lag, aber es würde schon reichen, bis ihre Intrige gesponnen war.

Wichtig war nur der Runengürtel, den sie erneut umlegte.

Die wenigen Menschen, die ihr auf den Gängen begegneten, nahmen kaum Notiz von ihr. Ohne dass es jemand bemerkte, trat sie bei Gernot ein.

Ute von Burgund war leider schon gegangen, statt ihrer saß wieder die Heilerin am Bett des Königs. Neugierig sah die Alte zu der eintretenden Besucherin auf – und starb mit einem Ausdruck größer Verblüffung, als Skadi ihren Kopf zwischen beide Hände nahm und ihn ihr mit einem harten Ruck und einem lauten Knacken auf den Rücken drehte.

Der Leib der Alten erschlaffte und rutschte zu Boden.

Danach trat die Walküre neben Gernot und packte seine Kehle. Sie würgte ihn so lange, bis er blau anlief. Geschwächt, wie er war, zeigte er keinerlei Gegenwehr. Der traurige Blick, mit dem er sie die ganze Zeit über ansah, vergällte ihr allerdings jeden Spaß an diesem Mord.

Als er tot vor ihr lag, strich die Walküre über ihren Runengürtel. *Folge mir, sobald du zu deinem zweiten Leben erwachst,* beschwor sie den Leichnam in Gedanken.

Utes Kemenate

„Du?!“ Utes Stimme klang überrascht, doch auf ihrem Gesicht überwog der Schrecken. „Ich hätte nie gedacht, dich noch einmal wiederzusehen.“

„Dies sind besondere Zeiten“, erwiderte Alberich. „Nicht nur für euch Burgunder, auch für jene, die zwischen den Nebeln leben.“ Er musste nicht erwähnen, dass er von den Draugar sprach. Jedermann in Worms konnte derzeit an nichts anderes denken als an die elende Brut, die ihnen ans Leder wollte. „Außerdem ist etwas passiert, mit dem wir beide niemals gerechnet haben.“

„Siegfried …“

Alberich nickte ernst.

Die Königsmutter, die immer noch das gleiche bordeauxfarbene Gewand wie bei ihrem nächtlichen Eintreffen trug, beugte sich zur Tür hinaus und spähte in alle Richtungen, ohne eine Menschenseele zu entdecken. Nach den Anstrengungen der durchkämpften Nacht ruhte, wer konnte, außerdem waren die Posten, die sonst über diesen Bereich wachten, auf der Stadtmauer weit besser aufgehoben.

Hagen, den die Magie der Nibelungen verbarg, konnte Ute nicht sehen.

Trotzdem zuckte er zusammen, als sie ihm unwissentlich direkt ins Gesicht starrte, denn der Tarnmantel trug sich wie ein ganz normales Kleidungsstück. Ein leichtes Prickeln beim Aufsetzen der Kapuze, mehr hatte Hagen nicht gespürt. Darum wartete er schon die ganze Zeit darauf, dass ihn die anderen auslachten oder einen

Dummkopf schalten, der gar nicht bemerkt hätte, dass ihm der Zwergenmantel viel zu kurz sei. Doch Utes Benehmen nach zu urteilen, war er tatsächlich von Kopf bis Fuß unsichtbar.

Alberich ließ sich extra viel Zeit mit dem Eintreten, damit Hagen zu ihm aufschließen und unbemerkt in die Kemenate schlüpfen konnte. Der Ritter fühlte sich nicht sonderlich wohl in seiner Haut, trotzdem nutzte er den Zwergenzauber, um Ute zu täuschen. Die Neugier, die in ihm brannte, war stärker als alle moralischen Bedenken. Wenn es *nicht* eine frisch entbrannte Liebe war, was zog Kriemhild dann zu Siegfried hin?

Er musste es ganz einfach wissen.

Ute war allein in ihren Räumen. Hagen hatte noch nie zuvor einen Fuß in ihre Kemenate gesetzt. Sie unterschied sich nur insofern von anderen Gemächern der Burg, als dass hier alle Möbel – Truhen, Tische, Stühle und die Bettstatt – aus polierter Eiche gefertigt waren. Große, mit kräftigen Farben durchwirkte Wandteppiche halfen, die Kälte fernzuhalten.

Die christlichen Motive waren Hagen überwiegend unbekannt, ihm fiel nur auf, dass es vergleichsweise selten um Hölle und Verdammnis ging. Ungewöhnlich viele der gewebten Bilder zeigten das Jesuskind in seiner Krippe. In jedem der Räume hing außerdem ein Kreuz, entweder aus Holz oder aus edlem Metall.

„Du bist wirklich sehr gläubig geworden“, bemerkte Alberich, als Ute mit gefalteten Händen vor einem Kruzifix stehen blieb, das zwei brennende Kerzen flankierten.

„Wundert dich das nach der großen Sünde, die ich begangen habe?“, fragte sie mit halb erstickter Stimme. „Wie soll eine wie ich sonst auf Vergebung hoffen?“

„Was war eine Sünde?“, gab Alberich unwillig zurück. „Die Kinder zu zeugen? Oder eines von ihnen meiner Obhut zu überlassen?“

Beide Hände in die Hüften gestemmt, baute er sich vor der Königsmutter auf. Trotz aller Kraft, die er ausstrahlte, wirkte das ein wenig lächerlich, denn er reichte Ute gerade einmal bis zum königlichen Busen, der vor Aufregung bebte.

Hagen musste sich auf die Lippen beißen, um nicht laut aufzuschreien. Was erlaubte sich dieser Nibelung eigentlich, so mit Ute zu sprechen? Und was genau deutete er gerade an?

„Ich habe mit dem Leben meiner Kinder geschachert, um mein eigenes zu retten." Zum ersten Mal, seit er diese stolze Frau kannte, sah Hagen Tränen über Utes Wangen laufen. „Welch größere Sünde könnte eine Mutter wohl begehen?"

„Was für ein Unsinn!" Alberich stampfte so hart mit dem Fuß auf, dass die Monarchin erschrak und zwei Schritte vor ihm zurückwich. Da verrauchte seine Wut so schnell, wie sie in ihm hochgekocht war, und die faltigen Züge glätteten sich. „Was ich für dich tat, tat ich aus Liebe und nicht, weil ich eine Gegenleistung dafür wollte, das weißt du genau." Alberichs Worte waren plötzlich sanft und voller Liebreiz, als hätte er ein halbes Leben darauf gewartet, sie auszusprechen.

Es war seine Stimme, die Ute und Hagen dazu brachte, ihm wie gebannt zu lauschen, während er fortfuhr: „Du hast nicht den geringsten Grund, dich schuldig zu fühlen, Ute. Du hast dich so sehr nach einer Tochter gesehnt wie ich mich nach einem Sohn, und unser beider Wunsch wurde erfüllt. Was soll daran falsch sein?"

„Aber ich hätte Siegfried nicht fortgeben dürfen …"

„Du hast ihn doch keiner Hexe überlassen, die Flugsalbe aus seinem Fett kochen wollte", unterbrach Alberich sie sanft. „Sondern seinem Vater, der sich mit größter Liebe und Hingabe um ihn gekümmert hat."

Hagen spürte, wie ihm ob dieser Ungeheuerlichkeiten heiß und kalt zugleich wurde. Siegfried sollte gleichermaßen Alberichs und Utes Lenden entstammen? Das würde ja bedeuten, dass die beiden …

Ihm wurde speiübel bei diesem Gedanken.

„Ich weiß, dass es unser Sohn gut bei dir hatte.“ Neue Tränen glänzten in Utes Augen, aber diesmal waren es Tränen des Glücks. Sie lachte sogar bei ihren Worten. „Wie groß und stattlich er geworden ist! Wie schön, dass ich es noch erleben durfte, ihn so zu sehen.“ Sie rang die Hände. „Auch wenn nun der Tod vor unseren Mauern lauert, ich bin froh, dass alles so kam, wie es jetzt ist.“

Alberich lächelte verlegen. „Siegfried ließ sich einfach nicht zurückhalten, als er von der Gefahr für Burgund hörte. Die Stimme seines Blutes verlangte, dass er euch schützend zur Seite eilte. Aber dass er sich bei Hofe als mein Sohn vorgestellt hat, war eine jugendliche Torheit.“

Ute nickte.

„Wie hat es Kriemhild aufgenommen?“, wollte Alberich wissen.

Ute seufzte. „Ich musste ihr natürlich die Wahrheit sagen.“

„Weil sie in Liebe zu ihrem eigenen Bruder zu entflammen drohte?“

„Nein, natürlich nicht. Aber sie hat sofort eine innere Verbundenheit zu Siegfried gespürt. Seit ich zurückdenken kann, quälte sie das Gefühl, dass ihr etwas im Leben fehlte, obwohl sie gar nicht wusste, dass sie einen Zwilling hat.“

Der Nibelung nickte verständig.

„Wie oft ich mich doch dafür geschämt habe, dass ich Kriemhild nicht die Wahrheit sagen konnte.“ Utes Stimme schwankte zwischen Trauer und Melancholie. „Ich sah doch, dass sie sich nicht vollständig fühlte. Bis zu dem Moment, da ihr Siegfried zum ersten Mal gegenüberstand. Da konnte ich nicht mehr anders, als mich über mein eigenes Gelübde hinwegzusetzen und ihr die Wahrheit zu sagen."

Angesichts dieses Geständnisses fühlte sich Hagen wie betäubt. Siegfried und Kriemhild waren Geschwister, nein, mehr noch, Zwillinge sogar! Darum passten die beiden so gut zusammen! Und er hatte gedacht, Kriemhild hätte sich wegen seiner Verstümmelung sofort einem Neuen an den Hals geworfen.

„Du hast vollkommen richtig gehandelt." Alberich berührte die Königsmutter sanft am Oberarm, um sie zu trösten. „Schon zu lange lastet unser Schweigen auf vielen Schultern."

„Niemand sonst darf etwas davon erfahren!", fuhr Ute auf. „Vor allem um Kriemhilds willen." Plötzlich wieder ganz die stolze Monarchin, drängte sie die Hand des Nibelungen zur Seite. „Sie hat große Angst, die Menschen könnten sie zurückweisen, sobald sie erfahren, dass ihr Vater kein edler Burgunder, sondern ein Zwergenkönig ist. Zu Hagen von Tronje muss schon etwas davon durchgesickert sein. Es ist noch keine Stunde her, dass er von seinem Eheversprechen zurückgetreten ist. Dabei sollte dieser Hund heilfroh sein, dass Kriemhild ihn noch nehmen will, so wie er jetzt aussieht."

Ihre Worte trafen Hagen schlimmer als ein paar wuchtige Schläge in die Magengrube.

Kriemhild wollte ihn noch heiraten? Und er hatte sie in Verkennung der Lage von sich gestoßen? Er musste beide Hände auf den Mund pressen, um einen gequälten Aufschrei zu unterdrücken.

Wie unsagbar dumm er doch gewesen war!

„Hagen ist nur verwirrt wie so viele andere in diesen schweren Tagen", sagte Alberich, um Ute – und vielleicht auch ihn – zu beruhigen. „Und was würde es schon ausmachen, wenn die

Spötter über euch redeten? Im Odenwald gibt es immer noch ein Königreich zwischen den Nebeln, das euch zu Füßen liegen würde. Ich habe es dir schon bei der Geburt der beiden angeboten, und ich biete es dir heute noch einmal an: Kriemhild und du könnt jederzeit an meinen Hof kommen. Schon seit König Dankrats Tod hoffe ich darauf, dass du deine Entscheidung für Worms noch einmal überdenken wirst."

Ute erbebte am ganzen Körper. Sie musste sogar ihre Hände um die Oberarme legen, um des starken Zitterns Herr zu werden. Für einen kurzen Moment sah es so aus, als würde Alberich eine Ohrfeige erhalten, aber dann brachen ihre wahren, so lange tief unter der Oberfläche verschütteten Gefühle hervor.

„Ach, Alberich!" Mit ausgestreckten Händen ging sie auf ihn zu, umarmte ihn und zog ihn fest an sich. „In wie vielen einsamen Nächten ich mich doch nach deinem starken Körper gesehnt habe!"

Das Gesicht des Zwergs versank zwischen ihren üppigen Brüsten. Als er in dem Versuch, ihre Hüften zu umfassen, seine Hände auf ihr Gesäß legte, ertrug es Hagen nicht länger.

Rasch wandte er sich ab und eilte zur Tür. Leise schob er den Riegel zurück und zwängte sich nach draußen. Er glaubte noch, heftige Küsse zu hören, warf aber keinen Blick mehr zurück, um seine Vermutung zu überprüfen.

Draußen wartete schon Siegfried auf ihn.

„Hast du alles erfahren, was du wissen musst?", fragte der Halbling, nachdem die Tür geschlossen war.

„Mehr als das!", antwortete Hagen. Hastig schlug er die Kapuze zurück, um sichtbar zu werden. „Und weit mehr, als mir lieb war."

Siegfried hob fragend die Augenbrauen, doch Hagen winkte ab.

„Ihr glaubt also, dass diese Brunhild eine Betrügerin ist und mit dem Goldenen Ritter in Verbindung steht?“, wollte er wissen.

Siegfried nickte.

„Dann lass uns dieses Weib sofort aufsuchen“, forderte Hagen grimmig. „Um sie hochnotpeinlich zu befragen.“

Gemeinsam machten sie sich auf den Weg, wie zwei alte Waffenbrüder.

Vor Gunthers Gemächern

„Du?“, fragte Gunther verblüfft, als seine Zukünftige in der Tür stand.

„Ich muss mit dir reden!“, erklärte Brunhild ihr unangemeldetes Eindringen. Die in ihrer Stimme mitklingende Verheißung ließ ihn sofort vermuten, dass sie um weit mehr als nur um eine Audienz ersuchte.

Der treue Wolfram, der besser um die amourösen Abenteuer seines Herren wusste als die meisten Leibgardisten, musste ihren Gesichtsausdruck ähnlich gedeutet haben, sonst hätte er sie nicht ohne Weiteres eingelassen. Der Hüne war wahrhaft meisterlich darin, die diesbezüglichen Wünsche seines Königs vorauszuahnen. Außerdem verstand er es wie kein Zweiter, Mägde und Gauklerinnen zu entfernen, die es sich ein wenig zu gemütlich gemacht hatten auf dem königlichen Lager.

„Aber gern“, erklärte Gunther mit einem einladenden Lächeln. „Komm nur herein!“

Brunhild schloss die Tür und durchmaß den Raum mit wiegenden Hüften.

Was für ein Weib! Gunther spürte, wie ihm das Blut in die Lenden strömte. Andere hätten an Brunhilds Stelle Rotz und Wasser geheult oder sich lautstark darüber beklagt, dass es statt der erwarteten Hochzeit eine Draugar-Belagerung gab. Allein und fern der Heimat rief die Prinzessin von Xanten aber nicht nach ihrer Mutter, sondern suchte genau die Art von Zerstreuung, die angesichts des drohenden Todes für alle am nächsten lag.

„Wir müssen über den Kaplan reden, der unseren Ehebund besiegeln soll."

„Tut mir leid." Gunther hob entschuldigend die Schultern. „Der ist uns leider abhandengekommen."

„Genau darüber wollte ich mit dir sprechen." Hinter Brunhilds Lippen blitzten zwei ebenmäßige Zahnreihen hervor. „Allerdings ist meine Kehle so trocken, dass ich kaum noch ein Wort herausbekomme."

„Gute Idee!" Gunther sprang von seinem Schreibpult auf, an dem er gerade einige Meldungen gelesen und mit Anmerkungen versehen hatte. „Ich fühle mich ebenfalls wie ausgedörrt." Rasch legte er den Federkiel zur Seite und ging zu dem kleinen Tisch, auf dem eine Weinkaraffe und mehrere Silberpokale standen.

„Einen süßen Burgunder?", bot er an.

Er schenkte ein, ohne eine Antwort abzuwarten. Als er sich mit zwei vollen Bechern zu ihr umdrehte, war Brunhild verschwunden. Noch ehe er seine Verblüffung abgeschüttelt hatte, erklangen aus der Schlafkammer leise Geräusche. Ein wissendes Lächeln auf den Lippen, sah Gunther nach, was seine Angebetete dort trieb. Obwohl er damit gerechnet hatte, sie auf dem Bett vorzufinden, gingen ihm bei Brunhilds Anblick beinah die Augen über.

Mochte der Teufel wissen, wie sie es geschafft hatte, ihr Gewand so schnell abzustreifen. Auf jeden Fall rekelte sie sich vollkommen nackt auf der Kaninchenfelldecke. Sie lag auf dem Rücken, die Schenkel leicht gespreizt. Ihre üppigen Brüste hoben und senkten sich, während sie sprach.

„Ich will nicht als Jungfer in die Hände der Draugar fallen“, erklärte sie ihren Aufzug. „Und da der Kaplan geflohen ist, bleibt uns nichts anderes übrig, als die Ehe nach alter Väter Sitte zu beschließen. Vor den Göttern hat das sicherlich ebenso viel Bestand wie eine Zeremonie in der neuen Kapelle.“

Gunther senkte die Arme.

„Eine Nothochzeit?“ Der Wein ergoss sich links und rechts von ihm auf den Boden, bevor die Kelche mit lautem Scheppern folgten. „Ein guter Gedanke.“

Als er ans Bett trat, sah er, dass sie ihren geflochtenen Gürtel trug, aber der würde nicht bei dem stören, was er mit ihr vorhatte. Lächelnd löste er die Spangen seines kostbaren Gewands und streifte auch die Beinkleider ab. Brunhild fachte seine Erregung weiter an, indem sie ihm jede Spanne ihres Körpers feilbot und auch nicht mit lobenden Worten ob seines prallen Gemächtes sparte.

Wo andere Frauen die Dunkelheit bevorzugten, gefiel es ihr, sich im hellen Licht über die Brüste zu streichen, deren rosa Warzen längst prall wie Kirschkerne waren. Als sich Gunther auf sie werfen wollte, entzog sie sich jedoch kichernd und krabbelte über die Felldecke bis ans Ende des Bettes.

Sobald er sie eingeholt hatte, zwang sie ihn, wild mit ihr zu balgen, bis sie endlich unter dem König lag und sich willig seinen kundigen Lippen hingab. Schnurrend ließ sie es sich gefallen, dass er mit seiner Zungenspitze die Linien ihres Körpers nachzeichnete und auch die weichen Innenseiten ihrer Schenkel liebkoste.

Am Punkt seiner höchsten Erregung angelangt, versuchte Gunther ihre Knie auseinanderzuzwängen und in sie einzudringen. Da packte sie ihn wild an den Schultern und warf ihn mit derart großer Kraft herum, wie er sie keiner Frau jemals zugetraut hätte. Gunthers Versuch, erneut die Kontrolle zu übernehmen, scheiterte daran, dass ihn Brunhild an den Handgelenken packte, auf den Rücken warf und fest auf die Felldecke presste.

Der König wollte schon wegen der derben Behandlung protestieren, da setzte sich Brunhild rittlings auf seinen Schoß und nahm ihn tief in sich auf. Nicht der Hauch einer Jungfernschaft störte die gleitende Bewegung. Aber das war ihm in diesem Moment egal. Alles, was er gerade noch hatte sagen wollen, entfloh Gunthers Gedächtnis. Ein leises Stöhnen entstieg seiner Kehle, während Brunhild sich sanft auf ihm zu wiegen begann.

Alle Sorgen und Nöte der vergangenen Tage fielen von dem Herrscher ab, selbst die Furcht vor den Draugar rückte in weite Ferne.

Ihrem Keuchen nach zu urteilen, erging es Brunhild ganz ähnlich.

Das laute Klatschen ihrer aufeinanderprallenden Körper hallte von den Wänden wider. Gunther schloss die Augen und gab sich den aufsteigenden Wonnen hin. Als der Rausch kurz darauf wieder abklang, wollte er sich wohlig strecken, aber Brunhilds Gewicht und der harte Griff ihrer Hände beraubten ihn weiterhin jeder Bewegungsfreiheit.

„Du könntest mich jetzt eigentlich loslassen“, schlug er vor.

„Noch nicht!“, lautete die kalte Antwort.

Als er zu ihr aufblickte, lag ein böses Lächeln auf ihren Lippen.

Gunther versuchte, sich aufzubäumen. Vergeblich. Auch ein weiterer Versuch, in den er nun alle Kraft legte, scheiterte an ihrer Überlegenheit. Er konnte tatsächlich machen, was er wollte. Der Griff, mit dem sie ihn gefangen hielt, ließ sich nicht sprengen. Brunhild war zu stark für ihn.

Von einer Frau im Ringen bezwungen, das durfte doch nicht wahr sein!

„Was soll das?“ Nervös warf Gunther den Kopf hin und her. „Lass mich endlich los!“

„Keine Sorge!“ Ihr böses Lächeln wurde noch breiter. „Es dauert nicht mehr lange.“

Draußen auf dem Gang fiel etwas zu Boden. Etwas Metallisches. Es schepperte laut wie ein Schwert oder eine Lanzenspitze. Gunther wusste nicht, was das zu bedeuten hatte, aber plötzlich verlor die Peinlichkeit seiner Lage jede Bedeutung.

„Wolfram!“, schrie er voller Panik. „Komm her und hilf mir!“

Daraufhin wurde tatsächlich eine Tür aufgestoßen. Schritte erklangen, Wolfram erschien. Allerdings umklammerte der Hüne seine Kehle mit beiden Händen und mühte sich vergeblich, den zwischen seinen Fingern hervorquellenden Blutstrom zurückzuhalten. Mehr als ein Röcheln brachte er nicht mehr zustande, dann knickte er auch schon in die Knie und stürzte schwer zu Boden. Sein Gesicht landete genau dort, wo sich bereits zwei rote Pfützen auf den Quadern ausbreiteten.

Wein und Blut vermengten sich zu einer einzigen großen Lache.

„Hilfe!“ Gunther bekam es nun wirklich mit der Angst zu tun. „Hört mich denn niemand?“

Brunhild lachte nur.

Neue Schritte erklangen.

Gunther wollte schon triumphieren, als er Giselher erkannte. Doch das bläulich verfärbte Gesicht und die dunklen Würgemale um den brüderlichen Hals zerstörten die aufkeimende Hoffnung sofort wieder.

„Nein, bitte nicht!“, bettelte er, als ihm endlich dämmerte, *warum* ihn die Prinzessin von Xanten weiterhin mit eisernem Griff auf das Bett drückte.

Da war der Draugar, der das Gesicht seines Bruders trug, auch schon heran. Fauchend bleckte er die Zähne und beugte sich zu Gunther herab …

22. Kapitel

Siegfried und Hagen war nur wenig Glück beschieden. Als sie Brunhilds Kammer verwaist vorfanden, suchten sie Gernot auf. Ihre Hoffnung, der mittlere der drei Könige könne ihnen mehr über seine Rheinfahrt mit der Prinzessin von Xanten erzählen, zerschlug sich allerdings beim Anblick der toten Dienstmagd.

„*Bei Yggdrasil!*“, keuchten sie gemeinsam auf, als sie feststellten, dass das Genick der Alten gebrochen war.

Gernots leeres Krankenlager erschien ihnen daraufhin in einem ganz neuen Licht. Entweder hatte jemand den Monarchen gewaltsam entführt, oder er war selbst zum Mörder geworden! Nur welchen Grund hätte er dafür haben sollen?

„Vielleicht litt er doch am Draugr-Fieber?“, überlegte Hagen laut. „Aber der Mönch und ich haben wirklich keine einzige Wunde an seinem Körper gefunden.“ Auf die Idee eines Kratzers im Mundraum kam der Graf von Tronje weiterhin nicht.

„Wenn er wirklich zum Ruhelosen wurde“, wandte Siegfried ein, „warum hat er die Magd dann nicht gebissen, wie es bei den Draugar üblich ist?“

Sosehr die beiden auch grübelten, sie kamen zu keiner einleuchtenden Erklärung. Daher beschlossen sie zunächst, König Gunther über das Verschwinden seines Bruders zu unterrichten. Schulter an Schulter eilten sie so schnell durch die Gänge, dass ihre wehenden Mantelsäume den Staub vom Boden aufwirbelten.

Hagen fühlte sich so gut wie seit Tagen nicht mehr. Der Schmerz in seiner offenen Wange pochte nur noch verhalten, und der Zwist mit Siegfried, der ihm so sehr zugesetzt hatte, war auf wundersame

Weise begraben. Selbst für eine Hochzeit mit seiner Braut schien es wieder Hoffnung zu geben.

Seine Liebe zu Kriemhild kannte keine Grenzen mehr. Was scherte es ihn, wer ihr wirklicher Vater war, wenn sie sich dafür nicht an seinem entstellten Gesicht störte? War denn das, was sie füreinander empfanden, nicht viel stärker als alle Widrigkeiten, die ihnen die Nornen mit in die Lebensfäden einwebten?

Für die kurze Zeit, die sie von Gernots Kammer bis zu Gunthers Gemächern brauchten, dachte Hagen tatsächlich, er könne von nun an mit allem fertig werden. Dann erreichten sie jedoch Gunthers halboffene Tür und hörten ein schauerliches Geräusch aus den dahinterliegenden Räumen. Ein wundersames Ratschen, das entfernt so klang, als zerrisse jemand einen schweren Stoff in kleine Fetzen. Untermalt von diesem widerlichen Schmatzen, das Hagen von nun an ein Leben lang verfolgen sollte …

Statt eines Postens, der den Gang bewachte, entdeckten sie einige rote Tropfen, die den Boden zierten. Verwundert traten sie näher. Eins stand fest: Das war kein Beerensaft, der dort auf den Steinen klebte. Der Farbton zu ihren Füßen war ihnen wohlbekannt, schließlich hatten sie schon viele Männer bluten sehen. Von einer bösen Vorahnung erfüllt, zogen sie ihre in Fafnirs Atem gehärteten Schwerter.

Gram und Balmung kampfbereit erhoben, drangen sie gemeinsam in die herrschaftlichen Räume vor. Die weiter über den Boden führende Blutspur wies ihnen den Weg ins Schlafgemach. Während sie sich nach allen Seiten hin umsahen, ließen sie Schreibpult, Tische und Stühle hinter sich. Auch Gunthers Kammern zierten zahlreiche Gobelins, aber angesichts der darauf abgebildeten Motive hätte Bruder Martin sicherlich die Hände über dem Kopf zusammengeschlagen. Neben einigen Schlachtgemälden gab es nämlich vor allem Frivoles zu sehen. Dabei hatten es dem für seine

Wollust bekannten König vor allem Darstellungen von Nymphen angetan, die in ihrer Deutlichkeit nichts zu wünschen übrig ließen.

Aber ach – wie harmlos doch die Laster waren, denen Gunther frönte, verglichen mit dem, was sich *nun* in seinem Bett abspielte. Hagen, der schon auf vielen Schlachtfeldern bis zu den Knöcheln im Blut gestanden hatte, spürte beim Anblick der beiden Könige bittere Galle in sich aufsteigen.

Nicht einmal das Halbdunkel geschlossener Fensterläden milderte den furchtbaren Anblick, der sich ihnen bot. König Gernot kauerte inmitten einer einfallenden Sonnenbahn, als er mit seinen bis zu den Ellenbogen verschmierten Armen in den Brustkorb des Bruders griff, knurrend darin herumwühlte und den verbliebenen Lungenflügel mit schier übermenschlicher Kraft herausriss.

Um ihn herum verstreut lagen bereits verschiedene Reste seiner fürchterlichen Mahlzeit. Trotzdem war sein Hunger noch immer nicht gestillt. Gierig versenkte er seine Zähne in dem bluttriefenden Organ, biss ein Stück davon ab und begann darauf herumzukauen.

Dieses Schmatzen!

Dieses widerliche Schmatzen!

Dass der brave Wolfram ebenfalls am Boden lag, das Gesicht inmitten einer Pfütze aus Blut und Wein, fiel da kaum noch ins Gewicht.

Hagen schämte sich nicht der Tränen, die ihm in die Augen schossen. Ein solches Ende, wie es die königlichen Brüder gefunden hatten – der eine vom anderen totgebissen, beide zu einem ruhelosen Dasein verurteilt –, wünschte er nicht einmal seinem schlimmsten Feind. Und dass der mittlere der drei Burgunder das Fleisch des Älteren auch noch mit solcher Gier in sich hineinschlang, war weit mehr, als selbst ein Draugr-Schlächter ertragen konnte.

Ja, auch Siegfried weinte vor Schmerz. Schließlich waren es seine Halbbrüder, die sich nun vor seinen Augen auf so widernatürliche Weise aneinander vergingen.

Ein kaltes Lachen ließ die beiden Drachenschwertträger herumfahren.

Der Anblick der widerwärtigen Menschenfresserei hatte Siegfried und Hagen derart in Bann geschlagen, dass ihnen die Gestalt zu ihrer Linken völlig entgangen war. Brunhild, die angebliche Prinzessin von Xanten, hatte nur Hohn und Spott für ihren Schmerz übrig. Aber das war nicht einmal das Ungewöhnlichste an ihr. Weitaus seltsamer war die Kleidung, die sie trug: Einen eng anliegenden, aber am Rücken tief ausgeschnittenen Brustpanzer, der von der Hüfte an abwärts in einen goldgeschuppten Rock überging, der bis zur Mitte ihrer Oberschenkel reichte.

Über ihren Hüften spannte sich der unvermeidliche Runengürtel.

„Eigentlich hatte ich auf Giselhers Erscheinen gehofft." In ihren blauen Augen blitzte es unheilvoll auf. „Aber der Anblick von zwei so empfindsamen Rittern wärmt mir ebenso das Herz."

„Walküre!", schrie Siegfried laut, als sei es ein Schimpfwort.

Balmung stoßbereit erhoben, trat er auf sie zu.

„Vorsicht, Zwergenprinz!", warnte Brunhild. „Diesmal hast du mich nicht im Schlaf überrascht." Bei diesen Worten ergriff sie den goldenen Flammenring an ihrer linken Hand und drehte ihn einmal um den Finger.

Mit ihrer glänzenden Kleidung ging daraufhin eine wundersame Verwandlung vor sich. Die metallenen Brustschalen blähten sich auf, bis alle weiblichen Formen unter einer durchgehenden Wölbung verschwanden. Abrupt breitete sich das Gold rund um ihren Oberkörper aus, während sich der Schuppenrock eng um ihre Schenkel legte und die Beine herabzufließen begann.

Eine derartige Magie hatte Hagen noch nie zuvor gesehen.

Plötzlich erinnerte er sich wieder an Alberichs Worte auf der südlichen Stadtmauer. Der Nibelungenkönig hatte offensichtlich richtig vermutet. Brunhilds Schmuckstück musste ganz einfach ein Walkürenring sein.

In wenigen Herzschlägen war die Verwandlung vollzogen. Von nun an überzog Brunhild eine durchgängige Goldschicht, die sogar Stiefel und Handschuhe ausformte. Doch erst als ihre Haare und das Gesicht hinter einem geschlossenen Flügelhelm verschwanden, der nur zwei schmale Augenschlitze aufwies, begriff Hagen, *wen* sie da wirklich vor sich hatten.

Den Goldenen Ritter!

Mimes Mörder, der Fafnirs Blut über halb Burgund vergossen hatte.

Er und die Walküre waren ein und dieselbe Person.

Von blinder Rachsucht getrieben, sprang Siegfried auf sie los. Balmung pfiff unheilvoll durch die Luft, doch Brunhild tauchte unter der Attacke hinweg und drehte sich tiefer in den Raum hinein. Gleichzeitig wischte sie an ihrer Hüfte entlang. In ihrer rechten Hand blitzte ein goldener Stab auf, der sich zu beiden Seiten hin verlängerte und plötzlich in zwei breite, mit Parierstangen versehene Spitzen auslief.

Diese drei Ellen lange Stange wirbelte so schnell zwischen Brunhilds geübten Händen umher, dass die Walküre hinter einem goldenen Flirren zu verschwinden schien. Siegfried hielt das nicht von einem neuerlichen Ausfall ab, und auch Hagen drang erbost auf sie ein. Stahl klirrte gegen Stahl, während Brunhild die Hiebe beider Männer mit ihrem Doppelspieß abwehrte. Den Schaft der ungewöhnlichen Waffe unter ihren rechten Arm geklemmt, stand sie da und schwenkte nur die Spitze zwischen ihren Widersachern hin und her.

Dann wirbelte sie die hintere Spitze nach vorn und ging wieder gegen die beiden Ritter vor, um sie in die Defensive zu drängen. Funken sprühten auf, denn die Drachenschwerter hielten ihren harten Schlägen stand. Trotzdem mussten Siegfried und Hagen nacheinander vor ihr zurückweichen.

Nie zuvor hatte der Graf von Tronje gegen eine Frau wie diese gekämpft.

„Sie ist kein Mensch, sondern eine Asin!", rief ihm Siegfried zu. „Wir müssen sie vereint bedrängen, oder wir sind verloren."

Der Nibelung hatte recht, das spürte Hagen mit jeder Faser seines Leibes. Behände sprang er über Wolframs Kopf hinweg, um nicht in dem Gemisch aus Blut und Wein auszurutschen, das den Toten umgab. Dann nutzte er seine neue Position, um Brunhild von hinten anzugehen. Weder er noch Siegfried trugen Kettenhemden, das erhöhte ihre Beweglichkeit.

Brunhild fuhr sofort herum und blockierte den herabsirrenden Stahl, gab dadurch aber ihren Rücken preis. Ein blind nach hinten geführter Stich zwang Siegfried, den heranschießenden Spieß abzuwehren, dafür erhielt nun Hagen genügend Luft, um erneut auszuholen. Die Walküre befand sich in der Zwickmühle, darum sprang sie seitlich in die Höhe und katapultierte sich mit einer leichtfüßig anmutenden Drehung aus der Reichweite der Schwerter.

„Sie will fliehen!", warnte Hagen noch, da war sie auch schon zur Tür hinaus.

Siegfried wollte sofort hinterdrein, aber ein vor ihm anwachsender Schatten blockierte plötzlich den Weg. Balmung fraß sich mit großer Leichtigkeit durch das Fleisch und die Knochen des neuen Gegners. Aber was nutzte das bei einem frisch zum Leben erwachten Draugr?

Gar nichts!

In einem zornigen Aufschrei drehte Siegfried sein Schwert in der Wunde, um es schneller wieder freizubekommen. Da packte ihn der tote Wolfram am Hals und riss ihn fest an sich. Die knapp über dem Hüftknochen steckende Klinge glitt zurück in den Stichkanal.

Siegfried ließ von seinem Schwert ab und stieß beide Fäuste nach oben und genau zwischen Wolframs Armen hindurch, die sich auf diese Weise nach außen zwängen ließen. Sich nur keinen Kratzer einzufangen und nicht so zu enden wie Gernot, war alles, was der Nibelung in diesem Moment wollte.

Wolfram fasste sofort nach, erwischte ihn am Gewand und schleuderte ihn hart gegen die Mauer. Rasselnd entwich die Luft aus Siegfrieds Lungen.

Die ohnehin schon überlegenen Kräfte des Gardisten hatten sich durch den Fluch der Unverwundbarkeit noch weiter verstärkt. Selbst ein Krieger von Siegfrieds Schlage konnte dagegen nur mühsam bestehen. Hagen beendete das unwürdige Schauspiel, indem er Gram tief in Wolframs Nacken versenkte. Knackend brach das Genick des Draugrs, doch erst als er Wolframs Hals durch ein paar schnelle Hiebe gänzlich durchtrennte, erstarrten die untoten Bewegungen.

Lediglich ein paar Hautfetzen hielten den Kopf noch. Als auch sie zerrissen, rollte er seitlich über die Schulter hinweg in die Tiefe.

„Dieses verdammte Miststück beherrscht die Toten mit ihrem Gürtel!“, fluchte Siegfried. „Ich habe genau gesehen, wie sie wieder über das geflochtene Leder gestrichen hat, kurz bevor Wolfram in die Höhe schoss.“ Fluchend stemmte er einen Fuß gegen die Brust des Toten und zerrte Balmung frei.

Statt sich für seine Rettung zu bedanken, stieß er Hagen gleich darauf grob zur Seite und drängte an ihm vorüber. Ein schmatzendes Geräusch, wie es beim Durchtrennen von Hälsen entstand, erfüllte die Schlafkammer.

Mit einem dumpfen Laut landete ein Haupt aus großer Höhe am Boden.

Als Hagen sich umwandte, sah er, dass Gernot von seinem zerfleischten Bruder abgelassen hatte und bis auf eine Schrittlänge hinter ihn gelangt war. Fast ein Wunder, dass er den fauligen Atem des Draugrs noch nicht im Nacken gespürt hatte. Rasch wollte Hagen die Verfolgung der Walküre aufnehmen, doch Siegfried hielt ihn zurück.

„Warte“, sagte er. „Zuvor gibt es noch etwas zu erledigen.“ Dabei stellte er sich, Balmungs Griff mit beiden Händen umfassend, vor das Bett mit der blutigen Felldecke.

Allein der Gedanke, dass auch Gunthers ausgeweideter Körper zu neuem Leben erwachen könnte, erschien Hagen geradezu grotesk. Er selbst brachte es jedenfalls nicht übers Herz, den vor ihnen liegenden Mann, dem er so viele Jahre treu gedient hatte, zu enthaupten.

Siegfried war da aus ganz anderem Holz geschnitzt.

„Es geht nicht anders“, sagte der Nibelung mit großem Nachdruck. „Gerade bei denen, die wir lieben, ist es unsere Pflicht, sie vor dem Fluch der Unverwundbarkeit zu schützen.“

Ein flirrender Halbkreis, der auf Gernots Leichnam herabzuckte, unterstrich den Ernst seiner Worte.

Auf der Spur

Brunhilds Spur zu folgen, war nicht sonderlich schwierig. Leichen pflasterten ihren Weg durch die Burg der Burgunder. Eine Walküre verfügte über größere Kräfte als normale Menschen. Geschmeidig, als wöge ihre Rüstung nicht mehr als ein Federkleid, rannte Brunhild jedem Bewaffneten mühelos davon und sprang von den Burgzinnen in die Tiefe, ohne sich im Geringsten zu verletzen.

Hagen und Siegfried, die den normalen Weg durchs Haupttor nehmen mussten, waren nicht in der Lage, die Fliehende einzuholen. Darüber hinaus war ihnen die direkte Verfolgung auf dem Burghügel verwehrt, da rund um die Festungsmauern zahllose Bauern aus dem Umland kampierten, die innerhalb der Stadt keinen Platz mehr gefunden hatten. Selbst die neue Kapelle am Fuße des Osthangs wurde von Karren mit abgespannten Planen, Tieren und Menschen belagert, während in ihrem Inneren die Kranken und am stärksten Bedürftigen eine Bleibe gefunden hatten.

„Da hinten!“ Siegfried deutete auf einen goldenen Reflex über den Köpfen der ahnungslosen Menschen. „Sie rennt zum Südtor!“

Tatsächlich! Es war der Flügelhelm der Walküre!

Gemeinsam bahnten sie sich einen Weg durch die dicht an dicht lagernde Menschenmenge. Einige Männer und Frauen sorgten sich ein wenig, als sie die zwei Ritter mit gezogenen Schwertern vorübereilen sahen, die meisten gingen aber davon aus, dass nur ein Hühnerdieb gejagt wurde. Eine Weile liefen ihnen sogar einige begeisterte Kinder hinterher, die das Ganze für einen großen Spaß hielten.

Erst als Hagen ihnen eine wütende Standpauke hielt, fuhren sie vor Schreck zusammen und tauchten in der Menge unter. Zumindest dafür war seine aufgerissene Wange zu gebrauchen.

Am Fuß des offenen Lagers angelangt, wiesen ihnen Alarmrufe und Hornstöße den weiteren Weg. Sie mussten zum Südtor, so viel war gewiss.

Die Männer, die dort ihren Dienst verrichteten, waren allesamt dem Tode geweiht. Schon von Weitem war zu sehen, wie die Unglücklichen dem Doppelspieß zum Opfer fielen. Mit abgetrennten Gliedmaßen und furchtbaren Wunden sanken sie neben ihren Kameraden zu Boden. Selbst Kettenhemden vermochten nicht, den goldenen Schneiden zu widerstehen.

Vom Stöhnen der Sterbenden begleitet, zog Brunhild das Fallgitter in die Höhe und machte sich anschließend daran, den schweren Torbalken aus den eisernen Halterungen zu heben. Wozu selbst ein Hüne wie Dankwart nur mit Mühe fähig gewesen wäre, vollbrachte Brunhild mit allergrößter Leichtigkeit.

Polternd knallte das schwere Holz zu Boden.

Einen lähmenden Atemzug lang geschah daraufhin nichts, doch sobald die Walküre ihren Gürtel berührte, begann das Stadttor zu erzittern. Draußen hatte sich bereits eine große Draugar-Menge versammelt, die auf ihren lautlosen Befehl hin gegen das massive Eichenholz drängte. Mit einem lauten Knarren schwangen die Flügel nach innen und gaben damit den Weg frei.

Ein unübersehbares Heer aus lebenden Leichen wurde in dem Durchgang sichtbar. Dicht an dicht drängten sie durch den steinernen Bogen herein, ohne von brennendem Pech oder heißem Wasser empfangen zu werden.

Die Posten auf dem Söller, die über die entsprechenden Kessel wachten, schwammen genauso in ihrem eigenen Blut wie die Wachen am Boden. Brunhild war längst über die rechte der beiden Außentreppen zum Wehrgang hinaufgeeilt und hatte ganze Arbeit geleistet.

Wie Blut aus einer offenen Wunde, so quollen die Draugar aus dem Innentor und verteilten sich sofort in mehrere Richtungen. Allen Alarmrufen zum Trotz kam die Wormser Gegenwehr nur schleppend voran. Die schweren Kämpfe der Nacht forderten ihren Tribut. Das Gros der Menschen war noch immer müde und zerschlagen. Nur die nackte Angst ums eigene Überleben trieb sie überhaupt auf die Beine.

Die Draugar bewegten sich hingegen so schnell – oder so langsam – wie immer. Mit Knüppeln und Klingen bewaffnet, fielen sie in die Stadt ein, bereit, alles Leben in Worms für immer auszulöschen. Statt aber über jeden herzufallen, der ihren Weg kreuzte, gingen sie zielgerichtet vor.

„Die anderen Tore!“, rief Siegfried. „Sie marschieren von innen darauf zu, damit noch mehr von ihnen eindringen können.“

Hagen haderte damit, dass sie zu spät gekommen waren.

„Worms ist verloren“, bestätigte er grimmig.

„Nein!“ Siegfried sah den Waffenbruder entschlossen an. „Wenn uns dieser elende Ledergürtel in die Hände fällt, mit dem Brunhild ihre Befehle an die Draugar erteilt, können wir vielleicht noch das Schlimmste verhindern.“

Es war nur eine schwache Hoffnung, die er mit diesen Worten schürte, trotzdem stimmte Hagen umgehend zu. Sie *mussten* ganz einfach alles versuchen, was in ihrer Macht stand, um die absolute Niederlage zu verhindern. Für das Volk von Burgund, aber auch für die Menschen in den umliegenden Königreichen.

Vor allem aber für all jene, die sie liebten.

Eine fünfzehnköpfige Wachmannschaft stürmte über den Wehrgang auf die Plattform oberhalb des Stadttors zu, um dem Einfall der lebenden Toten Einhalt zu gebieten. Doch ehe sie dazu kamen, die dampfenden Pechkessel zu besetzen, sprang ihnen Brunhild entgegen und fuhr mitten unter sie.

Während sie ihren sich pausenlos drehenden Doppelspieß von einer Hand in die andere wechselte, hauste sie wie ein stählerner Wirbelwind, dem niemand zu entkommen vermochte. Köpfe, Arme und selbst Beine flogen durch die Luft, und wo die scharfen Schneiden der langen Spitzen auf einen Brustkasten trafen, hinterließen sie klaffende Schluchten. Das Pflaster des Söllers, auf dem sie kämpfte, war bald schlüpfrig vom Blut, trotzdem machte Brunhild die Truppe bis auf den letzten Mann nieder.

Selbst jenen Unglücklichen, der ihr schon den Rücken zugewandt hatte, weil er in heilloser Panik davonstürmen wollte.

Immerhin hielt sie das einseitige Gemetzel lange genug auf, damit Hagen und Siegfried zu ihr hinaufstürmen konnten. Stets zwei Stufen auf einmal nehmend, jagten sie die rechte Treppe nach oben.

Die Masse der in die Stadt flutenden Draugar achtete nicht auf den über ihnen stattfindenden Kampf, sondern folgte stur dem einmal in ihre Köpfe gepflanzten Befehl. Wollte Brunhild die Untoten zu Hilfe rufen, musste sie erst ihren Runengürtel berühren. Dazu war es allerdings nötig, eine Hand von ihrer Waffe zu nehmen. Das war der Moment, auf den Hagen und Siegfried hofften, während sie sich ihr in lauernder Stellung näherten.

„Sieh an!“, höhnte die Walküre. „Der Zwergenprinz und sein durch die Backe sabbernder Freund. Glaubt ihr beiden wirklich, dass ihr diesmal mehr Glück haben werdet?“

„Du bist doch vorhin vor uns geflohen, nicht wir vor dir!“, knurrte Hagen zurück.

Brunhild wechselte die Doppellanze fortwährend von einer Hand in die andere, wobei sie rückwärtsging, um die sie umkreisenden Männer im Blick zu behalten.

In der Stadt wurde erster Kampflärm laut. Wo die Draugar auf Widerstand stießen, gingen sie zum Angriff über. Allerorts wurden die engen Straßen zum Schlachtfeld.

„Wenn erst mal eure Köpfe auf meiner Lanze stecken, bricht der menschliche Widerstand endgültig zusammen“, frohlockte die Gestalt in der goldenen Rüstung. „Damit steht die Rückkehr der Asen unmittelbar bevor.“

Brunhild versuchte Zeit zu schinden, denn es gab für sie nichts mehr zu verlieren. Die beiden Ritter waren hingegen dazu verflucht, schleunigst ihren Runengürtel zu erbeuten, andernfalls war Worms verloren. Hagen hielt es als Erster nicht mehr aus und deckte Brunhild mit wuchtigen Hieben ein, die sie aber allesamt mit der oberen und unteren Spitze ihrer Waffe abfing.

Trotzdem wich sie zurück, damit ihr Siegfried nicht während des Schlagabtauschs in den Rücken fallen konnte. Trotz ihrer vollständigen Panzerung hatte Brunhild also Respekt vor der Durchschlagskraft der beiden Schwerter. Bei ihrem Gegenangriff zeigte sich auch, dass Gram und Balmung keine gewöhnlichen Waffen waren. Während die Klingen der Wachmannschaft unter Brunhilds Hieben ebenso zerbrochen waren wie die Kettenhemden, hielten die beiden Drachenschwerter stand.

Das machte den beiden Männern Mut.

In der Stadt loderten erste Brände auf, während der Kampf zwischen der Walküre und den Rittern mehrmals hin und her wogte. Immer mehr bewaffnete Wormser trafen ein. Sobald sie versuchten, sich dem Tor zu nähern, fühlten sich die Draugar allerdings bedroht und griffen ihrerseits an.

Eine von Dankwart geführte Abteilung nahte deshalb über die noch unbehelligten Wehrgänge.

„Bleibt zurück!“, schrie ihnen Siegfried zu. „Eure Rüstungen und Waffen haben den Goldschneiden dieser Walküre nichts entgegenzusetzen.“

Während dieser Warnung wandte er seinen Kopf für die Spanne eines Wimpernschlags zur Seite, und schon diese kurze Unaufmerksamkeit reichte der Walküre, ihn in Bedrängnis zu bringen. Nur Siegfrieds guten Reflexen war es zu verdanken, dass der plötzlich auf ihn einprasselnde Schlaghagel immer wieder an Balmungs Breitseite abprallte. Anstatt dem Waffenbruder sofort zu Hilfe zu eilen, arbeitete sich Hagen in den Rücken der Asin vor.

Der Runengürtel!

Er musste ihn endlich in die Finger bekommen, um das grausame Schlachten in der Stadt zu beenden. Für einen tödlichen Schlag war die Distanz noch zu groß, doch die beständig umhertänzelnde Walküre handelte zu geschickt, als dass er noch einen Schritt näher herangekommen wäre.

Und für das, was er plante, reichte die Entfernung ohnehin schon aus.

Hagen setzte zu einem kurzen, aus dem Handgelenk geführten Hieb an, der blitzschnell über Brunhilds Rücken strich. Sein gewagter Plan ging auf. Die doppelseitig geschliffene Schneide durchtrennte den Runengürtel wie ein einfaches Stück Pergament. Mehr noch, Grams Spitze ritzte sogar ihre bislang makellose Rüstung an.

Auch wenn das nur einen Kratzer bedeutete, so war es doch mehr, als andere mit kräftigen Hieben erreicht hatten. Brunhild schrie auf, als hätte sie einen Schnitt durch die Wirbelsäule erhalten. Doch es war wohl eher der Verlust ihres Gürtels, der sie vor Wut aufheulen ließ.

„Du elender Narr!“, entfuhr es ihr, als hätte Hagen größtes Unglück über die Menschheit gebracht.

Lautlos glitt das durchtrennte Leder von ihren Hüften und fiel zu Boden. Triumphgefühl brandete in Hagen auf. Endlich war es ihnen gelungen, die verdammte Asin in Bedrängnis zu bringen.

„Treib sie vor dir her!“, verlangte er von Siegfried. „Dann ist der Runengürtel unser!“

Wut oder Triumph, Angst oder Hochmut – starke Gefühle waren im Kampf grundsätzlich fehl am Platze. Diese Lektion hatte ihm Dankwart schon als Kind auf dem Übungsplatz eingebläut. Dass er sie ausgerechnet bei einem so gefährlichen Gegner wie der Walküre vergaß, kam Hagen teuer zu stehen.

Noch während er seine Zeit für überflüssige Anweisungen verschwendete, riss Brunhild ihren Waffenarm blind nach hinten. Zischend fuhr der Spieß von unten zu Hagen herauf. Er bemerkte die

Bedrohung für sein Gesicht erst, als die goldene Spitze in die offene Wange drang. Unter einem Schwall von aufspritzendem Blut riss sein Fleisch bis zum Jochbein auf, danach fuhr ihm der Stahl durchs Auge.

Gleißender Schmerz durchzuckte ihn von den Fußsohlen bis unter die Schädeldecke. Seine linke Augenhöhle füllte sich mit Blut. Dunkelheit breitete sich aus. Hagen konnte auf einer Seite nichts mehr sehen.

Mit einem gellenden Schrei presste er die freie Hand auf den Schnitt und stolperte zurück. Quälende Pein schüttelte seinen Körper, raubte ihm alle Kraft. Stöhnend sank er auf die Knie und krümmte seinen Leib so stark zusammen, dass ihm die Kapuze vom Nacken bis in die Stirn rutschte …

23. Kapitel

Die Walküre lachte erfreut. „So wie Hagen wird es dir auch ergehen“, drohte sie Siegfried. „Ein Auge nach dem anderen werde ich dir nehmen! So wie ihm!“

Bereit zum Gnadenstoß, wirbelte sie herum, aber dort, wo Hagen eben noch gekauert hatte, herrschte plötzlich gähnende Leere auf dem Söller. Und auch im weiteren Umfeld war der Verwundete nicht mehr auszumachen. Fast so, als wäre er nicht nur aufgesprungen und davongestolpert, sondern hätte sich gleich vor Scham von den Zinnen gestürzt.

Ihm nun durch einen Stich in den Hinterkopf auch das zweite Augenlicht zu rauben, war nicht mehr möglich. Rasch vollendete Brunhild die Drehung und nutzte ihren Schwung, um eine Attacke gegen den zweiten Gegner zu führen. Siegfried hätte die Lanzenspitze mit Balmungs Breitseite ablenken können, doch stattdessen wich der blonde Recke zurück.

Brunhild hielt das für aufkeimende Angst, weil ihr der Nibelung nun allein gegenüberstand. „Ich hätte dem Tronjer lieber ein Bein abschlagen sollen“, lästerte sie. „Dann hätte er nicht so schnell davonspringen können.“

Den Doppelspieß voran, marschierte sie drohend auf Siegfried zu, bis etwas mit so großer Kraft auf ihr linkes Schulterblatt krachte, dass sie nach vorn geworfen wurde. Ein lauter Knall, gefolgt von einem stählernen Sirren, begleitete ihr verzweifeltes Bemühen, sich auf den Beinen zu halten.

Klirrend landete eine abgebrochene Klingenspitze vor ihren Füßen. Brunhild verstand nicht, was das zu bedeuten hatte. Ein Blick über die Schulter zeigte ihr nur, dass plötzlich ein langer Riss in ihrer Goldrüstung klaffte.

Der gewaltige Schwerthieb, bei dem offenbar die Klinge zerbrochen war, hatte die Panzerung vollständig durchschlagen. Unter den eingedrückten Goldkanten drang eine blutige Masse hervor. Noch ehe die Walküre reagieren konnte, spürte sie einen Luftzug in der Wunde. Gleichzeitig traten hinter ihr, völlig aus dem Nichts heraus, die Umrisse einer zerbrochenen Schwertklinge hervor.

Von unsichtbarer Hand geführt, drang die scharfkantige Bruchstelle durch den offenen Panzer ein. Auch zerbrochen glitt der Stahl mühelos durchs Fleisch, bis er an einer Rippe abrutschte und sich von hinten durch das Herz der Walküre bohrte.

Bis zum Heft versank der Schwertstumpf in ihrem Körper.

Ein glatter Todesstoß, von einem Einäugigen ausgeführt.

Brunhild konnte es nicht fassen.

Obwohl sich ihr Blickfeld rasch verengte, zeichnete sich plötzlich Hagens blutüberströmtes Gesicht klar und deutlich in der Luft ab. Irgendwie wirkte es so, als schöbe er eine Kapuze in den Nacken. Gleich darauf nahm auch seine übrige Gestalt Konturen an.

Alberichs Tarnmantel!, durchfuhr es sie. *Wo kommt der auf einmal her?*

Die Schwärze am Rande ihres Blickfeldes breitete sich weiter aus, bis ihre flatternden Lider sich für immer schlossen.

Ewige Finsternis hüllte sie ein.

„Donar!“, entfuhr es ihr noch, bevor sie zu Boden sank. Doch ihr Gebieter vermochte sie in diesem Moment weder zu hören, noch sie zu sich zu holen.

„Stimmt, du hattest ja noch Vaters Mantel an!“ Siegfried sah mitleidig zu Hagen hinüber, der sich vergeblich mühte, den gespaltenen Augapfel mit der Hand an seinem Platz zu halten. „Warum hast du ihn nicht viel eher benutzt?“

„Weil ich ihn ebenso vergessen hatte wie du“, grollte Hagen. „Und jetzt - rasch, heb den Runengürtel auf. Schick die Draugar in den Rhein hinaus!“ Er hatte ihren Sieg über die Walküre teuer erkauft, aber für Trauer und Schmerz war keine Zeit. Nun galt es erst einmal, Worms zu retten.

Siegfried kniete neben der toten Brunhild nieder und griff nach dem zerschnittenen Leder. Erst jetzt sah er, dass auf der Innenseite des Flechtwerks Runen eingewebt waren. Zwei von ihnen hatte Hagens Schwerthieb durchtrennt.

„Den Feind ins Wasser zu schicken, bringt uns nicht weiter“, erinnerte Siegfried. „Draugar ersaufen nicht wie die Ratten. Sie sind schon tot.“

Rasch nahm er die Gürtelhälften in beide Hände und formulierte in Gedanken einen Befehl: *Lasst von allen Lebenden ab und verschwindet aus der Stadt!*

Ein vielstimmiges Knurren war die Folge, ansonsten zogen die Draugar weiter ihres Weges. Als er die Anweisung noch einmal wispernd wiederholte, steigerte sich der Unmutslaut zu einem bedrohlichen Chor.

Siegfried ballte vor Wut die Fäuste, bis seine Fingerknöchel sich weiß abzeichneten. Ein Blick in die Tiefe zeigte ihm, dass die eingedrungenen Draugar stehen geblieben waren und orientierungslos auf der Stelle traten. Viele von ihnen pressten ihre Handflächen gegen die Ohren, als wollten sie sich vor unangenehmem Lärm schützen.

Siegfried wiederholte abermals, was er von ihnen wollte. Das hatte zur Folge, dass sie sich noch wütender gebärdeten. Einige setzten sich zwar in Bewegung, allerdings nur, um auf die beiden Aufgänge zuzuwanken, die auf den Söller führten.

Dankwart befahl sofort einige seiner Männer auf die Stufen. Sie sollten verhindern, dass die Toten zu ihnen heraufkamen. Mit

Schwert und Schild gingen die Gardisten gegen die herantorkelnden Draugar vor. Ihre erhöhte Position machte es leicht, auf die Köpfe der Toten einzuschlagen. Angesichts der gegnerischen Übermacht war es aber nur eine Frage der Zeit, bis sie die Treppe würden räumen müssen.

Siegfried rieb wie besessen an dem Runengürtel herum, so wie er es bei der Walküre gesehen hatte, doch es half alles nichts. So heftig er auch befahl, dass die Draugar verschwinden sollten, sie strömten weiter zum Tor herein.

Allerdings wandten sich die Neuankömmlinge sofort zur Seite und strebten ebenfalls den Treppenaufgängen entgegen. Außerdem kehrten einige von denen, die bereits in Richtung Burghügel verschwunden waren, wieder zum Tor zurück. Offensichtlich verfolgten sie alle die Absicht, des Runengürtels habhaft zu werden.

„Hör auf mit deinen Beschwörungen!“, forderte Dankwart erschrocken. „Du hetzt uns damit nur die ganze Meute auf den Hals.“

Entmutigt ließ Siegfried den Gürtel sinken. „Zwei der eingewebten Runen sind zerschnitten“, erklärte er dem Marschall. „Dadurch muss der Gürtel an Zauberkraft verloren haben.“

Die Masse der Draugar nahm ihre Hände wieder von den Ohren. Nun, da sie kein Ruf mehr ereilte, quälte sie auch nichts mehr.

Trotz des Schmerzes, der in seinem Schädel pochte, sah Hagen sich alles mit seinem verbliebenen Auge an.

„Aber irgendeine Wirkung geht noch von dem Gürtel aus“, stellte er fest. „Wenn auch eine äußerst unangenehme. Seht doch nur! Sie rücken an, als wollten sie einem schlechten Barden die Laute um die Ohren schlagen.“

„Ja, das müssen wir unbedingt ausnutzen.“ Siegfried trat an die Goldene Rüstung heran, hob den linken Handschuh an und hantierte so lange an ihm herum, bis er den Flammenring ertastet hatte. Nachdem der Reif wieder in die ursprüngliche Stellung zurückgedreht war, schrumpfte die Panzerung umgehend zusammen. Schon wenige Herzschläge später hatte sich alles Gold in den Walkürenring zurückgezogen, und Brunhild lag unbekleidet vor ihnen.

Im Tode trug sie einen beinahe milden Zug um die Lippen.

Dankwart und einige seiner Männer schnauften überrascht, als sie sahen, *wer* unter der glänzenden Rüstung gesteckt hatte.

Siegfried zog Brunhild den Ring vom Finger und steckte ihn auf den eigenen. Noch ehe ihn jemand daran hindern konnte, drehte er die einander überzüngelnden Flammen so herum, wie er es in Gunthers Kammer beobachtet hatte.

Und das Wunder geschah. Der Ring entfaltete bei ihm die gleiche Magie wie bei der Walküre. Gleich darauf stand er in der goldglänzenden Rüstung vor ihnen.

Der tiefe Einschnitt, den Gram geschlagen hatte, klaffte allerdings weiter im Rückenpanzer. Diese Beschädigung schien von Dauer zu sein.

„Wird trotzdem schon gehen“, sagte Siegfried.

„Was hast du vor?“, fragte Hagen erstaunt.

„Das untote Pack hinter mir herlocken, bis wir es auf einem Haufen haben“, erklärte der Nibelung. „Schafft rasch so viele Pechfässer wie möglich heran, um ein großes Feuer zu entzünden. Dann sind wir die Draugar bald los.“

„Aber … wirst du dabei nicht selbst verbrennen?“

Siegfried schüttelte den behelmten Kopf. „Diese Rüstung hat sogar Fafnirs flammendem Maul standgehalten. Ihr kann keine von Menschenhand entfachte Glut etwas anhaben, und wäre sie noch so heiß.“

Hagen blickte zur Stadt.

Aus vielen Dächern schlugen Flammen empor. Schwere, öligschwarze Rauchwolken drangen zwischen den Schindeln hervor und breiteten sich zu einem alles erstickenden Teppich aus. In dem offenen Lager, das die Burg umgab, brannte es ebenfalls an vielen Stellen.

„Bruder!“ Auch wenn es keine leiblichen Bande zwischen ihnen gab, so fühlte Hagen in diesem Moment doch, als ob Siegfried von seinem eigenen Blute wäre. „Das darfst du nicht tun! Das ist zu gefährlich.“

Das Häusermeer war vermutlich nicht mehr zu retten, aber wenn das Volk von Worms nicht in dieser Flammenhölle elendig verbrennen sollte, mussten sie rasch handeln.

„Lass mich gehen“, schlug Hagen deshalb vor. „Ich habe nicht mehr so viel zu verlieren wie du.“

Siegfried lachte freundlich. „Guter Hagen, es gibt keinen Grund, um die Ehre dieses Ganges zu streiten. Du bist verletzt, weil du die unbesiegbare Walküre bezwungen hast. Außerdem ist dabei dein Schwert zerbrochen, während mein Balmung noch in einem Stücke glänzt. Nun bin ich an der Reihe, mein Bestes zu geben.“

Ehe ihn irgendjemand daran hindern konnte, drehte Siegfried den Flammenring so weit zurück, dass sich der Helm öffnete. Rasch wickelte er den Runengürtel fest um seine Stirn. Unter ihnen jaulte erneut der Chor der Draugar auf. Kein Wunder. Von nun an dröhnte jeder einzelne von Siegfrieds Gedanken als schmerzhafter Ruf durch ihre Köpfe.

Erneut versuchten einige der Ruhelosen, die Treppen zum Wehrgang zu stürmen, um die Quelle ihrer Pein zu erreichen. Die dort postierten Gardisten hatten alle Mühe, sie zurück in die Tiefe zu befördern.

Der goldene Helm schloss sich wieder.

Zufrieden nahm Siegfried Balmung in die Hand, stieg auf die Zinnen und ließ sich nach vorn fallen. Sein Sturz in die Tiefe endete auf den Köpfen der dicht gedrängten Draugar-Menge, die sich weiterhin vor dem offenen Tor staute. Einige der Schädel, auf denen er landete, platzten durch die Wucht des Aufschlags auseinander. Die unter ihm zusammensackenden Körper milderten seinen Aufprall aber so stark, dass er unbeschadet auf dem Boden landete.

Sofort federte er wieder in die Höhe und schlug mit Balmung eine Bresche in die ihn umgebende Menge. Siegfried drängte in Richtung des Rheins, aber die aufgestachelten Draugar stürzten von allen Seiten auf ihn los und versuchten mit allen Mitteln, des für sie unsichtbaren Runengürtels habhaft zu werden. Wäre nicht die alles umschließende Rüstung gewesen, sie hätten Siegfried in Stücke gerissen.

„Dieser ungestüme Narr!“, schimpfte Dankwart. „Warum hat er nicht eine Stelle ausgesucht, an der sich weniger Feinde tummeln?“

Ein Blick entlang der Stadtmauer enthüllte jedoch, dass die untoten Horden allgegenwärtig waren.

„Die Pechkübel!“, rief Hagen aus. „Schnell, fasst mit an!“

Ohne länger auf seine blutende Wunde zu achten, sprang er als Erster an die Winde, mit der sich die beiden Kessel kippen ließen. Alle, die nicht dringend zur Verteidigung der Aufgänge gebraucht wurden, griffen ebenfalls zu.

Knarrend neigten sich die beiden Gusshähne der vor den Zinnen eingelassenen Pechrinne entgegen. Die durch kleine Feuer am Köcheln gehaltene Masse schlug immer wieder Blasen, die laut zerplatzten. Zischend ergoss sich das flüssige Pech in die stählerne Rinne, von der drei durch die Außenmauer führende Röhren abzweigten. Beißender Qualm stieg auf, während das Pech gurgelnd in den Abflüssen verschwand und zu den als Drachenmäulern gestalteten Speiern strömte.

Dankwart stellte sich mit einer brennenden Fackel an die Rinne.

„Noch nicht!“, rief ein nervöser Soldat, dabei wusste Dankwart ganz genau, was zu tun war.

Eiskalt wartete er den richtigen Moment ab, in dem das letzte Pech gerade durch die Abflusslöcher verschwand. Erst da hielt er die blakende Fackel an das noch alles miteinander verbindende Rinnsal. Augenblicklich schoss eine breit gefächerte Stichflamme in die Höhe. Die Entzündung setzte sich durch die Röhren hindurch fort. Der schwarze Regen, der sich bereits aus den Speiern auf das Heer der Untoten ergoss, entflammte augenblicklich zu einem höllischen Inferno.

Reihenweise sanken Draugar zu Boden, weil ihnen das Haupt, die Schultern und noch mehr Körperteile schlagartig verkohlten. Anderen zerplatzte in dem einsetzenden Hitzesturm der Schädel.

Jene, die weiter entfernt standen, wankten zunächst noch brennend weiter, doch jeder, der von dem flammenden Schauer getroffen wurde, war des Todes. Brennendes Pech war weder mit Wasser noch mit Sand zu löschen. Wo es einen Draugr traf, fraß es sich durch Kleidung und Haut tief ins Fleisch hinein.

Ausgeblutet und ausgetrocknet, wie die meisten der seit Tagen umherwankenden Toten waren, loderten sie auch von innen heraus weiter. Bis die rasend schnell um sich greifenden Flammennester an Brust und Rücken aufplatzten und die Draugar in umherwandelnde Fackeln verwandelten.

Der Einzige, an dem der Flammenregen abperlte, war Siegfried.

Die Vermutung des Nibelungen erwies sich als goldrichtig. Feuer vermochte seiner Rüstung nicht das Geringste anzuhaben. Wäre nicht der klaffende Spalt im Rücken gewesen, Hagen hätte sich keinerlei Sorgen mehr gemacht. So aber starrte er bangen Herzens auf den Waffenbruder, der die sich lichtenden Reihen der Draugar dazu nutzte, sich endlich freizukämpfen.

Wie durch ein Wunder blieb Siegfrieds verwundbarste Stelle von den Flammen verschont. Kurz darauf lief er den immer noch vorrückenden Untoten davon und schlug einen großen Bogen, der ihn zum Ufer des Rheins führen sollte.

Überall entlang der Stadtmauer wandten sich daraufhin die Draugar um und folgten der Gestalt in der Goldrüstung. Der Schmerz, der Ruf in ihren Köpfen war so stark, dass sie alles andere um sich herum vergaßen.

Darum marschierten jene, die schon in Worms standen, wieder unverdrossen zum Tor hinaus, obgleich sie dadurch in ein tosendes Flammenmeer gerieten, das ihnen das Fleisch von den Knochen leckte. Zischend verpufften die geschmolzenen Körperfette in kleinen Explosionen. Haltlos brach ein Draugr nach dem anderen zusammen, bis ein brennender Leichenberg entstand, den die nachfolgenden Massen zu überwinden hatten.

Eine widerliche, nach versengten Haaren und angekohltem Fleisch stinkende Pestwolke stieg zum Himmel empor, aber das störte die Männer auf den Zinnen nicht. Für sie roch es einzig und allein nach Sieg.

„Siegfried hat recht, so können wir die toten Unholde ausmerzen“, jubelte Dankwart. „Er muss sie nur lange genug an einer Stelle versammeln, sodass wir ihnen tüchtig einheizen können.“

„Ich glaube, er läuft zum Wik!“, rief ein Gardist, der auf die Zinnen gesprungen war, um einen besseren Überblick zu haben.

„Das ist eine gute Idee von ihm!“, lobte Hagen. „In einem der dortigen Speicher kann er sich verbarrikadieren und lange genug ausharren.“

Dankwart gab sofort Befehl, einen Karren zu organisieren, auf dem sich die zur Reserve bereitstehenden Pechfässer transportieren ließen. Außerdem sandte er Späher aus, die die Lage am Rheintor auskundschaften sollten.

Die Aufgänge zum Söller blieben weiterhin mit jeweils einem

Posten besetzt, obwohl diese nichts zu tun bekamen. Die in Worms eingedrungenen Draugar, die noch laufen konnten, zogen langsam wieder von dannen, ohne sich weiter um die überall befindlichen Menschen zu kümmern. Nur wenn man sie angriff, reagierten sie voller Wut und großer Kampfeslust. Darum hielten sich die Wormser bald von ihnen fern und setzten lieber alles daran, ihre brennende Stadt vor dem Schlimmsten zu bewahren.

Dankwart ging zu einer offenen Kiste mit Leinenstreifen, die zum Verbinden von Wunden bereitlagen. Mit mehreren von ihnen in Händen trat er an seinen Neffen heran. „Komm her, du dummer Hund“, raunzte er freundlich. „Sonst blutest du noch so lange, bis du uns umfällst.“

Bereitwillig ließ sich Hagen den Schnitt durch Wange und Auge verbinden. Ob der verletzte Augapfel entfernt werden musste, konnte Dankwart nicht abschätzen, deshalb bandagierte er ihn erst einmal fest mit ein.

Bei einsetzendem Wundbrand war ohnehin ein Medicus gefragt.

„Du kämpfst endlich Seite an Seite mit dem Nibelungenprinzen?“, fragte Dankwart dabei.

„Ja“, antwortete Hagen leise. „Ich weiß jetzt, was ihn mit Kriemhild verbindet, auch ohne dass er oder Alberich wortbrüchig werden mussten.“

Dabei zupfte er an dem Tarnmantel, den er trug, um seine Worte zu unterstreichen. Nach außen hin wirkte der melierte Stoff zwar unscheinbar, aber Dankwart hatte gesehen, wie sein Neffe hinter der Walküre unsichtbar geworden war, deshalb wusste er, was Hagen anzudeuten versuchte.

Während der Verband an seinem Hinterkopf verknotet wurde, sah Hagen mit dem gesunden Auge zur Burg hinauf. Nach dem Einmarsch der Draugar waren ihre Tore umgehend geschlossen worden. Auf dem Aussichtssöller nahe dem Festsaal entdeckte

Hagen zwei blonde Frauen, die zwischen einem jungen Mann und einem Kleinwüchsigen standen.

Ute und Kriemhild mit Alberich und Giselher.

Hagen hoffte inständig, dass seine Geliebte gesehen hatte, wie er mit ihrem Zwillingsbruder Rücken an Rücken kämpfte und dass sie auch über den Verlust seines linken Auges hinwegsehen konnte.

„Was ist bloß mit Alberich los?“, brummte Dankwart verstimmt. „Will der faule Kerl gar nicht mit Nothung auf die Draugar eindreschen?“

„Der macht nur, was ich auch am liebsten täte. Seinem geliebten Weib zur Seite stehen. Sicherlich haben sie in der Burg schon entdeckt, dass Gunther und Gernot tot sind. Das Geschlecht der Burgunder hat heute bereits einen hohen Blutzoll entrichtet.“

Diesem Argument konnte sich der Marschall nicht entziehen. Außerdem eilte ein Herold über die Wehrmauer heran, um zu melden, dass große Teile des Draugar-Heeres durch das von innen aufgebrochene Rheintor abzogen.

„Gib sofort Befehl, dass alle Pechfässer oberhalb des Rheintors zum Wik hinabtransportiert werden. Wir machen von hier aus das Gleiche.“ Dankwart deutete auf ein nahendes Ochsengespann, das seine Männer aufgetan hatten. Nach ein paar weiteren Worten, die ihren Plan erklärten, versprach der Herold mit Nachdruck, alles Notwendige zu veranlassen, und rannte zurück.

Inzwischen hatten fast alle Draugar die Stadt verlassen. Die, die dennoch irgendwo umherirrten, wurden zwischendurch von jenen Männern und Frauen erschlagen, die gerade damit beschäftigt waren, lodernde Mauern mit Brandhaken einzureißen, um ein Übergreifen der Flammen auf andere Häuser zu verhindern.

Hagen warf einen letzten Blick auf die nackte Walküre zu ihren Füßen. Täuschte er sich, oder verblasste ihre Gestalt allmählich? Gleich darauf erkannte er, dass ihn seine Augen nicht trogen.

Brunhilds Fleisch wurde tatsächlich durchscheinend. Von einem Herzschlag auf den anderen schimmerten ihre Knochen unter hauchdünnen Linien hervor, dann war sie gänzlich verschwunden.

Rasch sprang Hagen zu der Stelle, wo sie eben noch gelegen hatte, um sicherzustellen, dass sie nicht bloß unsichtbar geworden war. Sein Tritt fuhr ins Leere. Die Walküre hatte sich tatsächlich vollständig aufgelöst.

Das war wohl die Art und Weise, in der Asen Bifröst überqueren.

Verstört eilte er jenen zu Hilfe, die gerade die letzten Pechfässer aufluden. Ihr Versuch, mit dem Gespann zum Wik zu fahren, scheiterte jedoch schon am Stadttor. Ihre Zugtiere scheuten vor dem schwarz verklumpten Berg zurück, der sich immer noch unterhalb der Pechspeier auftürmte. Alles Prügeln mit Peitsche und Knüttel half nichts. Sie mussten die beiden Ochsen ausspannen und die Pechfässer mit eigener Muskelkraft nach draußen schaffen.

Vorauseilende Männer bahnten ihnen einen Weg durch den noch immer dampfenden Leichengrund. Hin und wieder bewegte sich etwas in der Wand aus miteinander verschmolzenen Gliedern, doch nicht so, dass ihnen noch irgendeine verkohlte Hand oder ein mit Zähnen besetzter Kiefer gefährlich werden konnte.

Ihre Augen tränten, und das Atmen wurde immer stärker zur Qual. Trotzdem hielten sie durch, und je weiter sie die Stadtmauer hinter sich ließen, desto angenehmer wurde es wieder, Luft zu holen.

Das abschüssige Gelände vor den Toren war ebenfalls eine Hilfe.

Ein zu allem entschlossener Trupp von gut dreißig Bewaffneten wechselte sich mit dem Schieben und Bremsen ab, sodass es schnell voranging.

Sobald die Siedlung am Ufer des Rheins in Sicht kam, entdeckten sie, dass sich dort bereits Tausende von Draugar zusammengefunden hatten und einen Kornspeicher bestürmten, der inmitten der

Häuser aufragte. Siegfried musste sich darin verbarrikadiert haben. Die Untoten hämmerten vergeblich mit ihren Fäusten gegen die Eichentür, bis ihnen das Fleisch in Fetzen von den Knochen hing.

Die Wachen des Rheintores warteten bereits in sicherer Entfernung mit einem Dutzend Fässer auf sie. Dankwart gab sofort Befehl, alles abzuladen und einen großen Bogen um die Siedlung zu schlagen, den der Rhein auf der gegenüberliegenden Seite begrenzte.

Nicht einmal die Untoten, die ihnen am nächsten standen, kümmerten sich um die schweren Tonnen, die über den Boden rollten. Als beinahe zwanzig Fässer aufrecht an ihrem Platz standen, zum Teil nur fünfzehn Schritte von den ineinander verkeilten Draugar entfernt, gab Dankwart den Befehl, ihre Holzdeckel einzuschlagen, sie umzukippen und den Hang hinabzurollen.

Die völlig von Siegfrieds Ruf eingenommene Menge, die längst zu einer lebenden Wand aus ineinander verflochtenen Gliedern geworden war, reagierte auch darauf nicht.

Dankwart ließ Feuer legen.

Die im Sand klebenden Pechspuren loderten knisternd auf, rasten auf die Fässer zu und setzen sie in Brand. Stichflammen stiegen zum Himmel auf, mehrere Pechlachen explodierten regelrecht, trotzdem versuchte keiner aus der hirnlosen Masse zu entkommen. Immer noch von dem Ruf gezogen, den Siegfried aus ihrer Mitte sandte, kannten sie alle nur noch ein einziges Ziel: den Fremden in die Hände zu bekommen, ihn zu zerreißen und ihm den Runengürtel abzunehmen.

Mittlerweile schob sich die wild übereinanderkrabbelnde Menge an der Speicherfassade empor und erreichte das löchrige Reetdach. Einige Draugar drangen ein, andere stellten sich so ungeschickt an, dass sie in die Tiefe stürzten. Gleichzeitig loderten die ersten Körper am Rande der Menge auf.

Erneut vermochten die trockenen Körper den Flammen nicht viel entgegenzusetzen.

Betroffene Draugar stöhnten verwirrt auf und schlugen um sich, unfähig, die sie bedrängende Gefahr zu bannen. Trotzdem wichen sie nicht zurück. Mochten sie auch äußerlich wie Menschen wirken, so waren sie doch in Wirklichkeit nichts anderes als von tödlichen Instinkten geleitete Dämonen.

Schweigend blickten Ritter und Gardisten auf das vor ihnen knisternde Flammenmeer. Emporspritzendes Pech regnete glühend wieder zu Boden. Einzelne Brandnester breiteten sich kreisförmig aus und vereinten sich zu großen Flächen.

Feuersäulen wuchsen in die Höhe. Arme, Beine und Köpfe versanken in einem Gemenge aus verwirbelnden Flammen.

An den Gestank von verbranntem Fett hatten sich die Wormser längst gewöhnt, der hing ihnen ohnehin schon die ganze Zeit in der Nase. Irgendwann wurde die von dem riesigen Scheiterhaufen ausgehende Hitze jedoch so stark, dass sie weiter zurückweichen mussten.

Nirgendwo ertönte Jubel, auch nicht auf den Stadtmauern. Dazu brannten dort unten zu viele Gesichter, die man kannte.

„Was ist mit Siegfried?“, fragte Hagen besorgt, als die ersten Hausdächer einstürzten.

„Die Rüstung wird ihn schützen“, behauptete Dankwart. „Sie hat auch Fafnirs Atem widerstanden.“

Der Marschall wirkte überzeugt von dem, was er da sagte. Trotzdem wuchs Hagens Unruhe von Herzschlag zu Herzschlag, bis ein Aufschrei durch die Menge ging. Zuerst sah er nicht, was viele andere schon erblickt hatten, aber dann erkannte er ebenfalls den von gelben und roten Lohen umtosten Schemen, der sich einen Weg durch die verkohlenden Leichen bahnte.

Eine goldene Gestalt mit einem Flügelhelm, dem inzwischen die

Sichtschlitze fehlten. So waren die Augen geschützt. Und Siegfried sah trotzdem, wohin er ging. Freudenschreie ertönten – und verebbten wieder, als er nur wenige Schritte hinter dem brausenden Rund stehen blieb.

Mit Balmung in der Hand winkte er Hagen zu und rief nach ihm.

Feine Rauchfäden stiegen von seinem Rücken auf.

Dort, wo der Riss im Panzer verlief, hatte ihm die Hitze das Fleisch verbrannt. Sofort eilten noch weitere Männer los, um den Helden von Worms in Sicherheit zu bringen und seine Wunde zu kühlen. Siegfried aber schrie ihnen entgegen, dass sie zurückbleiben sollten, und schwenkte drohend das Schwert.

Hagen beschleunigte seine Schritte.

Er machte sich Sorgen. Verdammt, es gab doch sicher einen Grund dafür, warum ihn der Waffenbruder als Einzigen in seiner Nähe dulden wollte.

Ihn beschlich ein ungutes Gefühl.

Siegfried kämpfte sich noch einige Schritte weiter voran, dann fiel er auf die Knie. Hagen eilte ihm zur Seite. Die Furcht, dass er sich an der goldenen Rüstung verbrennen könnte, erwies sich als unbegründet. Der biegsame Stahl fühlte sich unter seinen Händen kein bisschen heiß an. Eher angenehm kühl, wie Eisen an einem trüben Herbsttag.

Beherzt griff Hagen dem Nibelungenprinzen unter die Achseln und versuchte, ihn auf die Füße zu ziehen. Siegfried wehrte ihn jedoch brüsk ab.

„Nein“, forderte er, „keinen Schritt weiter. Ich muss mit dir sprechen.“

Die Hitze des brennenden Wiks biss Hagen unangenehm in die Haut, trotzdem stimmte er zu. Daraufhin drehte Siegfried am Walkürenring. Die goldene Rüstung verschwand von seinem Körper. Wie Hagen schon befürchtet hatte, zog sich ein schwarzer Strich über Siegfrieds linke Schulter. Unterhalb der zerschlagenen Stelle waren zuerst die Kleidung und dann das Fleisch verbrannt. Die nässende Wunde sah furchtbar aus, trotzdem würde sie bald niemand mehr sehen, weil er sie unter seiner Kleidung verbergen konnte.

Glücklicher Siegfried!

„Ich bin des Todes!“, verkündete der blonde Recke mit dem schweißverklebten Haar.

„Was?“, stammelte Hagen verwirrt.

Als Siegfried zu ihm aufblickte, glänzte es fiebrig in seinen Augen.

Als Hagen die Schulterwunde genauer betrachtete, verspürte er einen Stich im Herzen, der ihm wie eine kalte Messerklinge die Kehle hinaufwanderte. Unter dem rohen Fleisch erkannte er Spuren einer älteren Verletzung, die eindeutig von Fingernägeln stammte. Der klaffende Spalt hatte also nicht nur Flammen, sondern auch Draugrfingern Einlass gewährt.

„Wir brennen die Wunde noch tiefer aus“, flüsterte er hastig. „So wie bei mir vor der Wassermühle.“

„Zu spät!“ Siegfried schüttelte traurig den Kopf. „Der erste Menschenfresser hat mir noch vor dem Südtor das Fleisch aufgerissen. Das ist zu lange her.“

Hagen packte den Knienden bei der Schulter und wollte ihn zu Dankwart und den anderen schleifen, doch Siegfrieds Rechte legte sich auf die seine und umklammerte sie so fest, dass Hagen mitten in der Bewegung innehielt.

„Lass es!“, forderte sein Waffenbruder mit großem Nachdruck. „Und hör mir gut zu!“

Nachdem Hagen mit einem Nicken sein Einverständnis gegeben hatte, fuhr der Nibelung fort: „Ohne die Macht des Rings wäre ich schon gestorben und wieder neu erwacht, doch lange kann mich das Walkürengold nicht mehr schützen. Ich spüre bereits Fafnirs Blut durch meine Adern pulsieren, das nach seinem Recht verlangt. Es fordert vehement, dass ich ein Unverwundbarer werde."

Unvermittelt hob Siegfried den Kopf. Tränen nässten die blauen Augen, in denen ein erster Anflug von Wahnsinn glomm.

„Hilf mir Hagen!", bettelte er. „Hilf mir bitte so, wie es nur ein Waffenbruder kann."

„Das will ich gern! Sag nur, wie?"

Siegfrieds Augen wurden hart. „Erinnerst du dich an das, was ich dir in Gernots Kammer sagte?"

„Nein!", schrie Hagen, obwohl er ganz genau wusste, worauf Siegfried anspielte. *Gerade bei denen, die wir lieben, ist es unsere Pflicht, sie vor dem Fluch der Unverwundbarkeit zu schützen.* Die Worte hallten schon in seinen Ohren, bevor sie der vor ihm Kniende wiederholte.

„Siegfried! Hagen! Ihr lebt!" Nie hatte sie die Fröhlichkeit in Kriemhilds Stimme stärker entsetzt als an diesem Tag.

Verzweifelt sah Hagen zu dem kleinen Tross auf, der sich vom Rheintor her näherte. Angeführt von Giselher, dem einzig verbliebenen Thronanwärter, folgten dort Ute und Kriemhild mit Alberich an ihrer Seite. Beim Anblick der beiden Männer, die sie am meisten liebte, konnte die junge Prinzessin nicht länger an sich halten. Rasch hob sie ihr langes Gewand bis zu den Knöcheln, sodass sie alle anderen überholen und mit langen Schritten auf ihren Bräutigam und ihren Zwilling zueilen konnte.

Dankwart und mehrere Gardisten riefen ihr zu, sie solle stehen bleiben, doch keiner von ihnen wagte Hand an die Prinzessin von Burgund zu legen. So lief sie einfach an allen vorbei, direkt auf ihre beiden Liebsten zu.

„Rasch!", drängte Siegfried. „Sie darf mich so nicht sehen. Nicht als Draugr soll sie mich in Erinnerung behalten, sondern als Mensch!"

„Ich kann nicht.“ Hagen schüttelte den Kopf.

„Du musst!“ Siegfried klaubte Balmung aus dem Sand. Entschlossen drückte er den Waffengriff in Hagens Hände. „Hier nimm, als Ersatz für Gram. Das ist mein Geschenk an dich. Nun tue deine Pflicht und töte mich.“

Hagen umfasste die beiden umeinander geschlungenen Drachenhälse, aber nur, um Balmungs Spitze fest in die Erde zu seinen Füßen zu rammen.

Siegfrieds Gesicht verzerrte sich unter Schmerzen. Die Finger seiner Hände verkrampften sich ineinander. Ein unartikuliertes Röcheln entstieg seiner Kehle.

„Tu es!“, forderte er mit einer Stimme, die nicht mehr die seine war. „Meine Schwester darf mich so nicht sehen. Und ihr darf nichts passier…“

Die letzte Silbe ging in einem wütenden Knurren unter.

Hagen hörte feine, leichte Schritte, die sich ihnen schnell näherten.

Gleichzeitig sah er, wie Siegfried den Walkürenring von seinem Finger zog und davonschleuderte, als bereitete er ihm Schmerzen. Die helle Haut auf seinen Händen und im Gesicht überzog sich übergangslos mit einem unansehnlichen Blaustich, wie ihn Hagen schon auf vielen erkalteten Leichen gesehen hatte.

Mordlust flackerte in Siegfrieds Augen auf. Ein weiteres Knurren, wilder und gefährlicher als zuvor, entfuhr seiner Kehle.

Die heranstürzende Kriemhild bemerkte ebenfalls, dass etwas nicht stimmte.

„Siegfried! Hagen! Was ist denn los mit euch?“ Ihre Finger entließen ihr Gewand in den Staub, während sie die Hände hob, um ihren Zwilling in die Arme zu schließen. Nur noch wenige Schritte, dann war sie heran, obwohl sie das Knurren aus der brüderlichen Kehle doch längst hätte warnen müssen.

Da wusste Hagen, was seine Pflicht war.

Einen lauten Schrei auf den Lippen, zog er Balmung aus der Erde, schwang die Klinge hoch über seinen Kopf und versenkte sie mit aller Kraft in Siegfrieds Nacken. Er köpfte ihn, der gerade im Aufstehen begriffen war, mit einem einzigen Hieb, wie es sich unter Waffenbrüdern wie ihnen geziemte.

Blut spritzte aus den gekappten Schlagadern hervor, obwohl kein Herz mehr pumpte. Kriemhilds Gesicht und ihr Gewand wurden damit von oben bis unten besudelt. Der Kopf ihres Zwillingsbruders rollte ihr direkt vor die Füße.

Siegfrieds Körper sackte zurück auf die Fersen und blieb aufrecht sitzen.

„Es tut mir leid, aber es ging nicht anders“, entschuldigte sich Hagen bei ihr. „Siegfried hat mich darum gebeten, denn er ist zum Draugr geworden. Ich habe es für ihn und für dich getan.“

Einen quälend langen Moment sah es so aus, als würde die am ganzen Körper zitternde Kriemhild in Ohnmacht fallen. Der Wind fächerte ihr langes blondes Haar auf, während sie fassungslos in das blutige Rund des kopflosen Torsos starrte.

Dann wurde ihr Blick anklagend.

„Mörder!“, rief sie laut, und deutete vor aller Welt mit dem Finger auf ihn. „Du elender, von Eifersucht und Neid getriebener Mörder!“

Alberich glaubte Hagens Worten, die von Dankwart und mehreren Gardisten bestätigt wurden. Doch Kriemhild wollte die Wahrheit nicht hören. Nicht an diesem Tag und auch an keinem der darauffolgenden.

Hagen konnte es ihr nicht einmal verübeln.

Schweigend ließ er Kriemhilds Hasstiraden über sich ergehen. Sie bespuckte und kratzte ihn sogar, bis Ute ihre Tochter bei den

Armen nahm und sie mit sanfter Gewalt von dem Ort des Schreckens fortführte. Die vor die Tore der Stadt geeilten Wormser bildeten eine Gasse für die königlichen Damen. Sie alle starrten ohne Ausnahme auf Hagen herab. Viele verstanden noch gar nicht, was eigentlich passiert war, doch die Verachtung in den versammelten Blicken überwog bereits.

Niedergeschlagen suchte Hagen den Walkürenring aus dem Staub und sah zu den rauchenden Trümmern des Wiks hinüber. Nur noch eine Handvoll Getreuer war ihm geblieben und die Klinge in seiner Hand. Das Schwert des besten Waffenbruders, den ein Ritter an seiner Seite haben konnte.

Balmung fing einen Sonnenstrahl auf und reflektierte ihn gleißend hell, als wollte er diesen Gedanken bestätigen. Ob das wohl eine Botschaft von Siegfried aus der Anderwelt war? Hagen wusste es nicht. Er wusste nur eins: Der Kampf gegen die Draugar war noch lange nicht zu Ende.

Nein, er hatte gerade erst richtig begonnen.

HIER HAT DIE MÄR EIN ENDE,
DAS IST DER NIBELUNGEN NOTH ...

Nachspiel

Ein erster Hahnenschrei zerriss die morgendliche Stille, als sich Hagens Bericht langsam dem Ende näherte. Nur von wenigen Pausen unterbrochen, in denen das Feuer geschürt und etwas Speis und Trank gereicht worden war, hatte er tatsächlich die ganze Nacht hindurch gesprochen.

Das hatte seine Spuren hinterlassen.

Sein einstmals schwarzes Haar schimmerte plötzlich grau, und seine Stimme klang alt und brüchig, trotzdem fuhr er unbeirrt fort: „Balmung war mir all die Jahre eine große Hilfe, als es galt, die letzten Reste der untoten Brut auszumerzen. Die elende Pest flackerte mehrmals wieder auf, doch wo auch immer die Draugar ihr schmutziges Haupt erhoben, haben wir es ihnen sofort wieder vom Halse geschlagen, damit sie sich nicht weiter ausbreiten konnten."

Bruder Konrads Augen waren ebenso rot gerändert wie die der anderen. Ein ganzes Tintenfass und drei Gänsekiele hatte er schon verbraucht, dennoch schrieb er unverdrossen weiter, damit kein einziges Wort dieser unglaublichen Geschichte verloren ging. Was der alte Ritter zum Schluss zu berichten hatte, war allgemein bekannt, trotzdem versuchte der Schreiber so wortgetreu wie möglich zu bleiben.

„Die Schlacht um Worms war gewonnen, doch die Wunden, die Burgund in jenen Tagen geschlagen wurden, waren von jener Art, die sich nie richtig schließen oder gar verheilen. Im ganzen Land packten die überlebenden Menschen ihre Bündel und ließen Haus und Hof zurück, aus Furcht, die Toten könnten sich erneut aus ihren Gräbern erheben. Das Volk der Burgunder drohte sich in alle Winde zu zerstreuen. Darum blieb Giselher gar nichts anderes übrig, als sich an die Spitze der Flüchtenden zu stellen, um sie wenigstens geschlossen in neue Gefilde zu führen.

Wie man hört, ist ihm das gut gelungen. Rund um den Genfer See und im oberen Rhônetal hat er sich mit Kriemhild und den übrigen Wanderern angesiedelt und dort mittlerweile so viel Einfluss gewonnen, dass man den Landstrich, in dem sie jetzt leben, das neue Burgund nennt.

Die menschenleere Öde, die sie hinterließen, schimpfte man dagegen das Reich der Nibelungen, obwohl Alberich und die Seinen keine Schuld an dem Unglück trugen. Im Gegenteil, die Zwerge gehörten zu den wenigen, die dem alten Burgund die Treue hielten. Dankwart und einige andere blieben ebenfalls mit mir zurück, um überall dort, wo Drachenblut noch Höfe, Felder oder Wälder verseuchte, die Draugar für alle Zeiten auszumerzen. Keiner hat es uns je gedankt, denn Kriemhilds Lügen reiften zu bitteren Früchten heran. Dabei ist es ausschließlich uns zu verdanken, dass die jetzt nachdrängenden Franken und Ihr, Bruder Martin, Worms für Euch in Besitz nehmen könnt."

Zum ersten Mal in all den Stunden, die er schon sprach, begann Hagens Stimme zu schwanken. Ein trockenes Schluchzen entrang sich seiner Kehle. Gleich einem Ertrinkenden umfasste er den vor ihm stehenden Silberpokal mit beiden Händen, während er die aufsteigenden Tränen zu unterdrücken suchte. Gleichwohl schwamm sein gesundes Auge in feuchtem Schimmer, als er den Bischof fixierte.

„Dankwart und die anderen Getreuen, die an meiner Seite fochten, haben ihren Kampf gegen die Draugar im Laufe der Zeit alle mit dem Leben bezahlt. Ich allein bin übrig geblieben."

Mit jedem Wort, das er nun sprach, verkam die Stimme des Einäugigen weiter zu einem undeutlichen Krächzen. Schließlich hatte er ein Einsehen mit den Zuhörern und trank mit hastigen Schlucken von dem Wein in seinen Händen. Als er den geleerten Kelch wieder absetzte, war der Tränenschimmer aus dem Auge verschwunden, und seine Stimme klang so bärbeißig wie zuvor.

„Um ihretwillen habe ich Euch die ganze Nacht hindurch von dem berichtet, was einmal war", stellte er mit neu erwachtem Stolz fest. „Diese tapferen Männer haben nicht verdient, unter Kriemhilds Lügen zu leiden. Man soll ihrem Mut für alle Zeiten gedenken. Lange Zeit wusste ich kein Mittel, dies zu bewerkstelligen, denn ich vermag besser mit Balmung als mit Worten umzugehen. Erst als ich hörte, dass jener Bruder Martin, von dem wir dachten, er sei in den Fluten des Rheins ertrunken, der neue Bischof von Worms ist, wusste ich, wie ich die Wahrheit in alle Königreiche tragen kann."

Der Bischof sah unangenehm berührt zu seinem Schreiber hinüber. Zum Glück bedeutete ihm Konrad sofort, dass er sich wegen des unfreiwilligen Rheinbades keine Sorgen zu machen brauche. Der Kaplan hatte die entsprechende Passage wohl ein wenig geschönt, wie es seine Pflicht als aufrechter Diener war.

„Bruder Martin!" Hagens befehlsgewohnte Stimme riss den Kleriker aus allen Überlegungen. „Ich bitte nicht für mich, das lag mir nie, doch ich bitte für Siegfried, Dankwart und all die anderen, die ihr Leben für den gerechten Kampf geopfert haben. Wollt Ihr bitte so gut sein und die Wahrheit über das Blut der Nibelungen durch die Klosterbücher verbreiten lassen?"

Hagens rauchgraues Auge starrte den Bischof so durchdringend an, dass dieser kalte Furcht unter seiner Haut entlangkriechen spürte. Mochte der schwarze Ritter auch das Wort *bitte* im Munde führen, so *forderte* er doch in Wirklichkeit, dass seinem Wunsch entsprochen wurde.

„Aber natürlich", versicherte der Geistliche eilig.

„Ich danke Euch!" In Hagens Stimme schwang ehrliche Erleichterung mit. „So kann ich mich endlich zur Ruhe begeben."

Seufzend stemmte er sich in die Höhe und schwankte einen Augenblick bedenklich, bis er die an seinen Kräften zehrende Erschöpfung abzuschütteln vermochte und festen Stand erlangte.

„Bruder Konrad wird Euch sofort eine Schlafstelle zuweisen", bot der Bischof an, während Hagen seinen Flügelhelm unter den Arm klemmte.

„Das ist nicht nötig." Der alte Recke schüttelte den Kopf. „Ich bin den Aufenthalt unter so vielen Menschen nicht mehr gewohnt, darum zieht es mich ins Freie hinaus. In irgendeiner alten Hütte oder Scheune werde ich die Ruhe finden, die ich hier unmöglich erlangen kann."

Möge es die ewige Ruhe sein, dachte der Bischof, während er seine Erleichterung über den plötzlichen Abschied zu verbergen suchte. Während er mit dem Daumen ein Kreuz schlug, sagte er laut: „Wie Ihr wünscht, Hagen von Tronje. Möge Euch Gottes Segen fürderhin auf all Euren Wegen begleiten."

Hagen antwortete nicht darauf, vielleicht, weil ihm seine Stimme vom vielen Sprechen zu sehr schmerzte. Ohne ein weiteres Wort zu verlieren, schlurfte er zur Tür und entschwand genauso, wie er tags zuvor eingetreten war. Ganz allein und ohne auf Formen der Höflichkeit oder Etikette zu achten.

Konrad rieb sich das schmerzende Handgelenk, während er dem schwarzen Ritter nachsah.

„Was für eine Nacht", sagte er mit deutlicher Bewunderung in der Stimme. „Wahrscheinlich muss mir der Medicus den Arm amputieren, aber das war es wert."

Während der Kaplan über die letzten, noch tintenfeuchten Pergamentblätter blies, um sie vor dem Sortieren zu trocknen, trat der Bischof schweigend ans Fenster und sah in den Burghof hinaus. Nach geraumer Zeit tauchte Hagen dort hoch zu Ross auf und ließ sich von den Wachen das Tor öffnen. Der Bischof hegte keinen Zweifel daran, dass ihr unheimlicher Gast auch die Stadtmauern verlassen würde.

Abrupt drehte er sich um und befahl: „Die ganzen Seiten, die du heute Nacht geschrieben hast, sofort ins Feuer damit, bevor sie noch ein anderer zu sehen bekommt!"

„Was?" Konrad sah den Bischof aus weit aufgerissenen Augen an. „Seid Ihr von Sinnen?" In seiner grenzenlosen Überraschung dauerte es einen Moment, bis ihm die volle Tragweite seiner Unverschämtheit aufging.

Schuldbewusst zuckte er zusammen.

„Verzeiht mir, Herr", versuchte er sich eilig zu entschuldigen. „Aber …"

„Ins Feuer mit den Seiten!", herrschte ihn der Bischof an. „Dann will ich deine Frechheit noch einmal vergessen!"

„Aber … *Herr!*" Trotz des großzügigen Angebots stand Konrad einfach nur da und starrte traurig auf den vor ihm liegenden Pergamentstoß herab.

In diesem Moment verspürte der Bischof fast so etwas wie Mitleid mit seinem persönlichen Schreiber. Es war eine beinahe übermenschliche Leistung gewesen, Hagens Worte die ganze Nacht hindurch schriftlich niederzulegen, eine Arbeit, wie sie wohl nur Konrad fertigbringen konnte. Und nun sollte das Werk, das seine Hand noch Wochen schmerzen lassen würde, gleich wieder in Flammen aufgehen? Weniger fromme

Gesellen hätte das noch zu weitaus schlimmerem Ungehorsam getrieben.

„Es tut mir leid, lieber Konrad", warb der Bischof mit ungewöhnlich großer Milde um Verständnis. „Es muss leider sein."

„Aber … warum?" Mit Tränen in den Augen wandte der Mönch den Blick ab.

„Ja, verstehst du denn nicht? Du hast doch gehört, was die Nibelungen immer wieder zu Hagen gesagt haben. Es ist der Glaube an die alten Götter, der ihnen eine Brücke in unsere Welt schlägt. Sobald alle erfahren, was wirklich geschehen ist, wird es die Menschen nicht nur in Angst und Schrecken versetzen, nein, ihr Glaube an die Allmacht der Asen wird neuerlich erwachen und so ihre Rückkehr ermöglichen. Das darf auf keinen Fall geschehen, sonst versuchen sie erneut, sich zu unseren Göttern aufzuschwingen! Aus diesem Grund *müssen* wir verhindern, dass die vermaledeite Wahrheit ans Licht gerät!

Deshalb darfst du zu niemandem ein Wort über das verlieren, was du heute Nacht gehört hast, und musst so schnell wie möglich damit beginnen, einen neuen Bericht über die Vertreibung der Burgunder zu verfassen. Eine schauerliche Mär, die die furchtbare Wahrheit verschleiert. Oder - besser noch - mehrere voneinander abweichende Versionen, sodass bald niemand mehr weiß, welcher davon man Glauben schenken soll."

Mit einem verständigen Nicken wischte sich Konrad die Tränen aus den Augen.

Von neuem Eifer beseelt rückte er seine Utensilien zurecht, doch als er nach einer der Gänsefedern griff, zuckte er unter Schmerzen zusammen und ließ sie augenblicklich wieder fallen. Seine Hand war viel zu lädiert, als dass er so bald mit der neuen Aufgabe beginnen konnte. Als hätte der Rückschlag ihn auch anderweitig eines Besseren belehrt, runzelte er die Stirn und warf dem Bischof einen durchdringenden Blick zu.

„Aber was wird Hagen von Tronje dazu sagen?“, fragte er mit einer Heftigkeit, die ihn wohl selbst erschreckte. „Er wird doch davon erfahren und uns überall große Lügner schelten.“

Er schnäuzte sich in seinen rechten Ärmel, um die laufende Nase zu reinigen.

„Von Tronje?“ Das Gesicht des Bischofs verhärtete sich. „Den wirst du in deinen Texten als einen so gewissenlosen Lumpen und Mörder abstempeln, dass ihm kein Bauer mehr einen Kanten alten Brotes zusteckt, geschweige denn noch Glauben schenkt.“

„Wie Ihr befehlt, Herr“, zeigte sich Konrad unterwürfig. „Doch eine gute Lüge hält sich stets eng an die Wahrheit. Deshalb wäre es gut, wenn wir Hagens Beichte noch einige Tage aufbewahren würden, damit ich mich an ihr orientieren kann.“

Zwischen den Augenbrauen des Bischofs entstand eine steile Falte.

„Nur so lange, wie ich brauche, um die Verse der ersten Dichtung zu verfassen“, fügte Konrad eilig hinzu, als er den Unmut seines Herrn sah. „Danach übergeben wir das heidnische Gewäsch den Flammen.“

Und so geschah es.

Basierend auf Hagens Erzählungen fertigte der Mönch Konrad ein Werk an, das sich in vielen Punkten dicht an die unglaubliche Wahrheit hielt, und doch alles weit genug verdrehte, damit es in einem neuen, dem christlichen Verständnis entsprechenden Lichte erschien.

Die von ihm mit der Feder geschmiedeten Verse erlangten

rasch große Beliebtheit und gingen als Nibelungenlied in die Geschichte ein. Doch bei aller Lüge, die Konrad damit zu verbreiten half, eines tat er nicht.

Statt Hagens Beichte aus jener Nacht zu vernichten, verbrannte er nur eine heimlich angefertigte Abschrift. Die wahren Worte des Tronjers dagegen hob er auf. Sicher versteckt überdauerten die geheimen Pergamente Konrads Tod und blieben dadurch bis zum heutigen Tage erhalten.

Und du, lieber Leser, hast ihren Inhalt gerade zum ersten Mal vernommen.

ENDE

blanvalet
www.blanvalet.de
SIE GLAUBEN AN DAS BLUT DER ERDE – UND HÜTEN EIN URALTES GEHEIMNIS!
Mitreißende Abenteuerfantasy von Bernd Frenz!
blanvalet
BERND FRENZ
DER KRIEGER
BLUTORKS
Hochwertige Klappenbroschur
Roman | 400 Seiten | € 9,95 [D]
ISBN 978-3-442-26608-1
Auch als E-Book erhältlich
blanvalet
BERND FRENZ
DER SKLAVE
BLUTORKS
Hochwertige Klappenbroschur
Roman | 400 Seiten | € 9,95 [D]
ISBN 978-3-442-26609-8
Auch als E-Book erhältlich
blanvalet
BERND FRENZ
DER BEFREIER
BLUTORKS
Hochwertige Klappenbroschur
Roman | 400 Seiten | € 9,95 [D]
ISBN 978-3-442-26610-4
Auch als E-Book erhältlich

DER TV-SERIEN-HIT! STAFFEL 1 AB OKTOBER AUF DVD!
THE WALKING DEAD
DER ABSOLUTE ZOMBIE-COMICKULT
VON ROBERT KIRKMAN UND CHARLIE ADLARD!
DIE VORLAGE FÜR DIE ERFOLGREICHE TV-SERIE!
NEU! COMICBAND 14: IN DER FALLE AB OKTOBER IM HANDEL!
ROBERT KIRKMAN CHARLIE ADLARD CLIFF RATHBURN
THE WALKING DEAD
In der Falle
THE WALKING DEAD
DIE COVER
NEU! DIE COVER ARTBOOK AB OKTOBER IM HANDEL!
image
SKYBOUND
THE WALKING DEAD is ™ and © 2011 Robert Kirkman.
WWW.CROSS-CULT.DE
cross cult